レイトン・コートの謎

アントニイ・バークリー

ある夏の日の朝、裕福な実業家スタンワース氏の額を撃ち抜かれた死体が、田舎屋敷レイトン・コートの書斎で発見された。現場は密室状態で遺書も残されており、地元警察の見解は自殺に傾いていたが、滞在客の不審な動きと死体のある奇妙な点に目をとめた作家ロジャー・シェリンガムは殺人説を主張、アマチュア探偵の名乗りをあげる。年下の友人アレックをワトスン役に指名して、自信満々で調査に取りかかったが……。名探偵の想像力溢れる推理と軽快なユーモア、フェアプレイの実践。英国探偵小説黄金時代の巨匠バークリーの記念すべき第一作。

登場人物

ヴィクター・スタンワース……………レイトン・コートの主人
レディ・シンシア・スタンワース………ヴィクターの義妹
ジェファスン少佐………………………ヴィクターの秘書
ミセス・メアリ・プラント………………文官夫人
ミセス・シャノン…………………………レディ・スタンワースの旧友
バーバラ・シャノン………………………その娘
ロジャー・シェリンガム…………………小説家
アレグザンダー（アレック）・グリアスン……シェリンガムの友人
グレイヴズ…………………………………執事
ウィリアム…………………………………庭師
ジョン・プリンス…………………………？
マンスフィールド…………………………警部

レイトン・コートの謎

アントニイ・バークリー
巴　妙子訳

創元推理文庫

THE LAYTON COURT MYSTERY

by

Anthony Berkeley

1925

わが父へ捧げる

親愛なるお父さんへ

お父さんほど探偵小説の好きな人を他に知りません。おそらくぼく自身を除いては。だからぼくが探偵小説を書き、お父さんが読めば、いずれにしろ二人とも楽しめるはずです。

ぼくが、最終的に事件を解決することになる紳士に、現実ではこうするだろうという行動を可能な限り取らせようと努めたのを、お父さんならわかっていただけるでしょう。言い替えれば、彼はスフィンクスのように謎めいた人物からはほど遠く、時には一つ二つ間違いをしでかすということです。例の鷹のような目をして、唇をきつく結び、静かに容赦なく物事の核心をずばりと突いて、一度たりともぐらついたり、偽のゴールを追ってわき道にそれることもないような輩《やから》を、ぼくはあまり信用していません。それに探偵小説でも、他のもっと軽い小説と同じように、自然な雰囲気を作り出すことをなぜ目指してはいけないのでしょう。

同時に、読者も探偵とまったく同じ情報を自由に使えるように、どんな小さな証拠も、発見されたままのごく明瞭なかたちで書き記しているのを、おわかりいただけたらと思います。これこそ唯一のフェアなやり方に思えるのです。最終章まである重大な証拠を取っておいて（ちなみに往々にして、それさえわかれば事件はきわめて単純に解決できるのです）、読者を驚かせるために、決定的な証拠をほのめかしもしないで探偵に犯人を捕らえさせるのは、ぼくに言わせれば断じて公平ではありません。

少し説教臭くなってしまいましたが、今までしていただいたことすべてに対する、ほんのささやかなお返しとして、この本をあなたに捧げます。

目次

レイトン・コートの謎

1　午前八時

レイトン・コートの庭師、ウィリアムは陰気臭く慎重な人物だった。急《せ》いては事を仕損じる、というのがウィリアムの持論だった。薔薇についたアブラムシを取り除くといった、人生の重大事においてはなおさらである。行動に移る前に注意深く悲観的に、考えうるすべての、特に最悪の見地から検討しなければならない。

その夏の朝、ウィリアムはがっくりして四十五分以上も薔薇を見つめていた。間もなく作業を始められるだけの気力が湧いてくるだろう。

「いつもアブラムシを退治する前にいちいち数えているのかい、ウィリアム君？」突然背後から声がした。

前屈みになって、アブラムシが卵を産みつけたカロリーヌ・テストゥの入り組んだ花びらを、暗い顔で眺めていたウィリアムはあわてて振り向いた。最も機嫌の良い時でも近くから話しかけられるのは嫌いだったが、その声の自然な陽気さには、彼の繊細な感情を耐えがたいほど逆なでるものがあった。その上あわてて振り向いたせいで身体の一部が別の薔薇の茂みに触れ、鋭い痛みを覚えたことも、その時のウィリアムの気分を明るくするはずがなかった。

「数えてたわけじゃねえです」彼はそっけなく答え、小声で無作法につけ加えた。「うるせえぞ、シェリンガムの旦那！」

「ほう！　ぼくはまた、獲物の数を前もって足し合わせているのかと思ったよ」新参者は馬鹿でかいパイプをくわえながら、まじめくさって述べた。「アブラムシの捕獲記録はどのくらいだい、ウィリアム？　千つがいには達しただろうな。まあ、もの静かな趣味を好む人たちには、十分面白い娯楽に違いないね。切手収集みたいに。切手を集めたことはあるかい、ウィリアム？」

「いいえ」憂鬱そうに虫をにらみながらウィリアムは言った。ウィリアムはいわゆるおしゃべり屋の一人ではなかった。

「本当に？」会話の相手は興味津々で聞き返した。「ぼくは以前夢中になったね。もちろん子供の頃さ。だが実に馬鹿げた遊びだよ、きみと同意見だ」彼はウィリアムの視線の先を追った。「ああ、早朝の虫よ！」彼は朗らかに続けた。「早起き鳥の餌となるのを拒むことで、自らの天命のあらゆる掟に逆らっている。この上なく専門家らしからぬふるまいだ！　我々は皆この虫から学ぶ教訓があるよ、ウィリアム、それが何だかわかればいいんだが。この問題にきちんと取り組む時間ができたら、戻ってきて教えてあげよう」

　ウィリアムは不機嫌そうにブツブツ言った。この世にはウィリアムが承認しがたいものがたくさんあったが、シェリンガム氏はその中でもずば抜けていた。笑う門《かど》には福来《きた》るという信条など、この厳格な実利主義者にしてアブラムシの処刑人にとっては、何の魅力もなかった。ロジャー・シェリンガムはウィリアムのこの上なく非難がましい態度にも、いたって平然としていた。まったく信じがたいほど不恰好な灰色のフランネルのズボンのポケットに、両手を深く突っ込んで、彼は薔薇の花壇の間をぶらぶらし、やや大きめの口の端にくわえた格別に臭いパイプから不快な煙を撒き散らして、楽しそうに、香《かぐわ》しい空気を台無しにしていた。彼の後ろでウィリアムが鼻を鳴らし雄弁に気持ちを表していたが、一顧だにされなかった。ロジャーはすでにウィリアムの存在を忘れていた。

朝の八時は夏の日における最上の時間だと考える人は多い。彼らが言うには、その時間までに大気はすっかり心地よく温められ、あと一、二時間後のようにじりじり焼かれることもない。そして詩人が霊感を得るためにわざわざ六時に起きなくても、多くを語れるくらい、葉や花はまだたっぷり露を置いているというのだ。確かに十分吟味する価値のある意見である。

この物語が始まった時、ロジャー・シェリンガム氏はその吟味に没頭していた。

しかしロジャー・シェリンガムは詩人というわけではなかった。決してそうではない。その次に悪いもの――作家だった。そして夏の朝八時に薔薇の園が――それ以外の世界すべてについても――どのような様子か知ることは、作家にとって商売道具の一つなのだ。ロジャー・シェリンガムはその主題に関し、心のメモを更新しているところだった。

彼がそうしている間、逆に我々の方でも彼を吟味してみよう。近い将来、彼とは頻繁に会うことになるだろうし、第一印象というのはいつでも大事である。

おそらく彼について、身体的特徴にも先立ってまず気づかされるのは、その果てしない溢れんばかりのエネルギーだろう。ロジャー・シェリンガムは明らかに、他の人の一分間でどういうわけか二分間生きているように見える、精力的人物の一人だった。彼がたまたまやっていることは何であれ、生涯で唯一本当にやろうと決めたことのように思えるのだ。今、この薔薇園に見入っている様子を誰かが見たら、あまりにも一心不乱に凝視しているので、実際にその詳細を暗記しているところだと思うだろう。少なくとも、一つの苗床に何本の苗が植わっているか、一つの苗に薔薇がいくつ咲いているか、そして一つの薔薇にアブラムシが何匹いるか、後で彼が教えてくれるという方に喜んで賭けるだろう。この観察癖が生来のものにせよ、技能を磨いた賜物であるにせよ、ロジャーのそれがきわめて高度であることは間違いない。

外見的には平均よりいくぶん背が低く、ずんぐりした体型だった。どちらかといえば長いというより丸い顔に、鋭くきらめく灰色の目。身につけている型崩れしたズボンとみすぼらしい古ぼけたノーフォーク・ジャケットが示しているのは、いくらか変わり者だということと、まったく自然というにはやや意識的だが、これ見よがしのポーズにまでは堕していない、しきたりへの軽蔑であった。口の端にくわえた軸が短く火皿の大きいパイプは、彼自身の身体の一部と化している。それに加えて年齢は三十歳以上四十歳以下、ウィンチェスター校とオックスフォード大学出身、そして彼の出版社によれば驚くほど大勢いる自分の本の読者層を馬鹿にしきって（とにかくそう公言して）いる――これがロジャー・シェリンガム殿である。どうぞお見知り置きを。

家の裏手で薔薇園と芝生を仕切っている広い砂利道を近づいてくる足音で、彼は早朝の現象に関する熱心な熟考から呼び覚まされた。次の瞬間、大柄で肩幅が広く、人好きのする明るい顔立ちの若者が、角を曲がって現れた。

「こりゃ驚いた！」ロジャーは心底仰天した調子で叫んだ。「アレックじゃないか！　寝室から下りてくる時間より一時間半も早く！　いったいどうしたんだ、アレック？」

「きみにも同じことを聞きたいよ」若者はニヤリと笑った。「ここに来て以来、十時前にきみが下にいるのを見るのは初めてだ」

「まだたった三日目の朝じゃないか。でもいいところを突いたな。ところで我らが奇特なご主人はどこだろう？　毎日朝食の前に庭で一時間過ごすのが、彼のご苦労千万な日課じゃなかったかな。少なくとも昨日の午後、本人がそう長々としゃべってくれたよ」

「知らないな」アレックはそっけなく言った。「でもそれはそうと、どうしてこんなところに、ロジャー？」

「ぼくかい？　ああ、働いていたのさ。この地の植物相と動物相を研究し、後者はウィリアムがその見事な標本となってくれたんだ。なあ、きみもウィリアムとは近づきになるべきだよ、アレック。きっと相通ずるところがあるはずだ」

彼らは歩きだし、そこかしこにある苗床の間を散策した。

「この時間に仕事をしているのかい？」アレックは聞いた。「きみの駄作はみんな、深夜から明け方にかけて書かれているのかと思ってたよ」

「まれに見る文学的眼識を持った若者だね、きみは」ロジャーはため息をついた。「ぼくの作品を駄作だなんて言える奴は他にいないよ。でもぼくらにはその通りだとわかってる、そうだろう? だけど頼むからきみの意見を他人には言わないでくれ。ぼくの収入は本の売れ行きにかかってるんだからね。アレグザンダー・グリアスンはこう考える、なんてひとたび広まろうものなら――」

アレックは作家の胸に拳固《げんこ》を食らわせた。「おい、いいから黙れよ!」彼は文句を言った。「おしゃべりをやめることはないのか、ロジャー?」

「あるさ」ロジャーは残念そうに認めた。「寝ている時だ。ぼくには大変な試練だよ。だから寝床に入るのは大嫌いなんだ。だがきみがなぜこんなに早くから起きて歩き回っているのか、まだ教えてくれてないじゃないか?」

「眠れなかったんだ」アレックは少しきまりが悪そうに答えた。

「ほう!」ロジャーは立ち止まり、連れの顔を間近からしげしげと眺めた。「どうやらきみを調査しなければならないな、アレック。もし迷惑だったら非常に申し訳ないが、ぼくには英国民に対する義務があるし。一目瞭然だね、我が興味深い恋する若者よ。さあこれで、来なくてもいい時間にのこのこ現れて、この素晴らしい庭を冒瀆している本当の理由を聞かせてくれるだろうな?」

「もうやめろったら、こいつめ!」興味深い恋する若者は真っ赤になって怒鳴った。

ロジャーは彼をじっくり観察した。

「婚約したばかりの動物、雄属の習性に関する注釈」彼は穏やかにつぶやいた。「その一――あらゆる習性や本能に逆らって、まだベッドでゴロゴロできる時間に起きだし、新鮮な空気を求める。その二――何も怒らせることはしていない親友を攻撃する。その三――ごく簡単な質問をされると、明るい煉瓦色に顔色を変える。その四――」

「黙らないなら、薔薇の苗床に投げ飛ばしてやろうか?」しつこくいじめられたアレックは叫んだ。

「黙るよ」すぐにロジャーは言った。「でもウィリアムのためだぜ。そこをわかってくれよ。手塩にかけた薔薇の茂みに落ちているぼくなんて、ウィリアムは全然見たくもないだろうからな。ますますしおれてしまって、そうしたらどんな風になるかとても想像したくないね。ちなみに今しがた、屋敷からじゃなく番小屋の方から来たのはどういうわけだい?」

「今朝はいやに根掘り葉掘り聞くんだな」アレックは微笑んだ。「知りたきゃ言うが、村まで行ってきたのさ」

「こんなに早く? アレック、やっぱりどこかおかしいに違いない。いったいまたどうして村へ行ったんだ?」

「それは――ええと、どうしてもって言うなら、手紙を出しにだ」アレックはしぶしぶ言った。

「へえ! いつもの屋敷での回収を待てないくらい重要で大至急の手紙なんだね?」ロジャーは好奇心をかき立てられたように尋ねた。「さて、その手紙はおおかた『タイムズ』紙にでも送られたんじゃないかな？　『素晴らしい、ホームズ！　どうしてそんな推理を？』『ぼくのやり方を知ってるだろう、ワトスン。それを応用するだけでいいのさ』。さあ、アレグザンダー・ワトスン、当たってるかい？」

「いいや」アレックは簡潔に答えた。「馬券屋に出したんだ」

「ふうん、ぼくに言えることは『タイムズ』に婚約の告知を出すべきだったってことくらいだ」ロジャーは憤然として言い返した。「実際、『タイムズ』に出していないなんて、掟破りだとさえ言ってもいい。きみのくだらない手紙が『タイムズ』宛てだという結果を指し示す事実をご丁寧に見せておきながら、手の平を返したように馬券屋に出したなんぞと澄ましてのたまうんだからな。それを言うなら、そもそもなぜ馬券屋に手紙など書く？　馬券屋と連絡を取るなら電報が確実な手段じゃないか。きみだって知ってるだろう？」

「喉がつぶれるってことはないのか？」アレックはうんざりしてため息をついた。「喉ぼとけが外れたりはしないのか？　ぼくはまた――」

「ああ、きみのちょっとした医学講座はぜひ聞きたいところだが」ロジャーは大真面目な顔であわててさえぎった。「残念だが前からの緊急な約束があって、その楽しみにあずかることができないんだ。たった今人に会わなきゃならないのを思い出して――ええと、何の件だったかな？　そうだ！　思い出した。ヤギのことだ！　じゃあさよなら、アレック。朝食の時にまた会おう」

彼はあっけに取られた友人の手を握ると親しげに振り回し、村の方へすばやく歩み去った。

アレックは口をぽかんと開けてその背中を見送った。知り合ってからかなり経つにもかかわらず、彼はロジャーにすっかり慣れたとは言えなかった。

背後で芝生を踏む軽い足音に彼は振り返り、ロジャーがそそくさと去った理由を目にした。得心の笑みが彼の顔をさっとかすめた。それから熱心に足を速め、ロジャーについての考えは頭からきれいさっぱり消えてしまった。より重要な人物が現れると、我々はいともあっさり忘れられてしまうものだ。

芝生を横切って近づいてくる少女は小柄でほっそりしており、間の離れた大きな灰色の目と、豊かな金髪を持ち、後ろから斜めに射す日光が頭の周りで明るい金色のもやとなっていた。彼女はただ可愛らしいだけではなかった。単なる可愛さは常にある種の退屈さを感じさせるが、バーバラ・シャノンの顔にはそんなものは微塵もなかった。反対に、彼女の小さな顔立ちからただ一つ、あごだけに見られるしっかりした線をとってみても、その年頃の娘らしくない性格の強さが表れていた。十九歳かそこらの女性には、そういうものはめったに期待できない。

アレックは彼女のもとに急ぎながら、一息ついた。彼女が結婚を約束してくれたのはほんの昨日のことであり、彼はまだその状態にあまり馴染んではいなかったのだ。

「愛しい人！」彼は叫び、腕に抱かんばかりに近づいた（ウィリアムはアブラムシ退治の武器を探すため、とっくに消えていた）。「愛しい人、ここでぼくが待っているとわかるなんて、きみはなんて素晴らしいんだろう！」

バーバラは小さな手を差し出して、彼を押し留めた。その表情はたいそう深刻で、目の縁には涙の跡があった。

「アレック」低い声だった。「よくない知らせがあるの。ひどく恐ろしいことが起こって――あなたには言えないようなことよ、だからどうか聞かないでね。ますますつらくなるだけだから。でももう婚約はできないわ。昨日のことはなかったものと忘れてちょうだい。今ではもう考えられないの。アレック、わたし――あなたとは結婚できないわ」

2 中断された朝食

レイトン・コートで進行中の小さなパーティの主人、ヴィクター・スタンワース氏は、数多くのさまざまな友人たちの評判によれば、きわめて立派な人物ということだった。彼の敵がどう思っていたか――つまり敵がいたらの話だが――は記されていない。だがともかく見たところでは、敵が存在するか怪しいものだった。温和な六十がらみの老紳士でかなりの財産家であり、素晴らしいワインと同じく素晴らしい葉巻のコレクションを持ち、気前よく上機嫌に振舞ってくれるような人に、敵などいるはずがない。ヴィクター・スタンワースとはつまり、それだけの人物であった。もしかするとそれ以外のことも、わずかにあったかもしれないが。

彼にもし目立った弱点があるとしたら――ごく些細なことなので、短所というほどではない

――おそらく写真週刊誌に載っているような人々への、ややあからさますぎる関心であった。スタンワース氏が上流志向の俗物だとか、その類いだというわけではない。公爵よりもむしろごみ収集人と冗談を交わすことを選ぶだろうが、それでもそのどちらより百万長者の方を好むだろう。だがもう死んで十年以上になる弟が、グラシンガム伯爵の長女レディ・シンシア・アングルミアとの結婚に（大方の予想と、レディの家族が示した率直すぎるほどの願いに反して）成功した時、彼は満足を隠そうとはしなかった。実際、当の婦人がスタンワースの苗字を名乗り続ける限りにおいて、年に千ポンドという申し分ない額を与えることを承認しさえした。とはいえ、彼女がレディの称号をも使い続けることが、贈与の条件として規定されていたことは注目に値した。もちろん噂話では、スタンワース家の素性が必ずしも言われている通りではないということから、この利害関係が生まれたとほのめかされていた。しかしそこに真実があろうとなかろうと確かに言えることは、その素性がどうであれ、今では分厚い黄金色の覆いに包まれて念入りに葬られており、それをわざわざ暴こうという望みや粘り強さを持つ者は誰もいないということだった。

スタンワース氏は独身で、かの神秘的な金融のメッカ、シティにおいて少なからぬ力を持つ人物であることは広く知られていた。それ以上のことは明らかにされておらず、より詳しい説明は不要だと当然のように考えられていた。しかし興味のある向きはその気になれば、ロンドン市長公邸から半マイル圏にさまざまな事務所を構えているような、小さくとも景気のいいまっとうな数社の取締役会に、スタンワース氏の名があるのを見つけることができるだろう。いずれにせよそれらの会社は、人生のより楽しい過ごし方に係われなくなるほど、スタンワース氏の時間を大幅に奪っている様子はなかった。冬は週に二、三日ロンドンで過ごし、夏にはそれが二週間に一日にまで減ることもあったが、友人間での金融面の信望を保つだけでなく、多くの人々の無邪気な楽しみの源泉である巨額の収入を維持するにも、それで十分なようだった。

スタンワース氏が気前よく寛大にもてなすたちであることはすでに述べた。それはまったく事実だった。愉快で陽気な、たいてい若い人たちからなる小人数の仲間を周りに集めるのが彼の楽しみだったのだ。そして毎年、夏にはそのために違う土地に家を借りた。より大きく、古く、貴族社会とのより長年にわたる絆《きずな》がある場所ならなおよかった。冬の間は外国か、セント・ジェイムズ通りの快適な独身暮らしのフラットで過ごした。

この年は夏の住居を、ジェイムズ一世時代風の切妻造りで格子窓があり、部屋にはオークの羽目板が使われているレイトン・コートに定めた。スタンワース氏はレイトン・コートを心から気に入っていた。彼は一ヶ月以上もそこに腰を落ち着けており、今まさにたけなわであるこの小さな集まりは、夏の間次々と開かれるもののうち二つ目だった。義妹のレディ・スタンワースはそういう時、彼のために女主人の役目を果たすのが常だった。

ロジャーもアレックも、以前から主人と知り合いだったわけではない。彼らがその集いに加わったのは、一つの状況が次々に別の事情を呼んだせいである。レディ・スタンワースの旧友、ミセス・シャノンが最初に招待され、彼女と一緒に娘のバーバラが加わった。するとスタンワース氏は義妹に向かって楽しそうにウィンクして言った。バーバラはこの頃やけにきれいになってきたが、レイトン・コートで会ったら喜ぶような人が誰か特にいるんじゃないかね、え？ レディ・スタンワースは自分の意見として、バーバラはアレグザンダー・グリアスン氏なる人物とこの辺で出会ったら、悪い気はしないだろうと述べた。そこでスタンワース氏は矢継ぎ早に質問し、アレグザンダー・グリアスン氏がかなりの財産を持った若者で（これは彼の興味を大いに引きつけた）、オックスフォードではクリケットの代表選手を三年間務めた経験があり（これはさらに興味深かった）、見るからに非の打ちどころのない性格と品性の持ち主である（こっちはさっぱり彼を引きつけなかった）と確かめると、ある指示を出した。その結果、二日後にアレグザンダー・グリアスン氏は魅力的な短い手紙を受け取り、喜び勇んですぐに返事を出した。ロジャーに関しては、なぜかスタンワース氏の耳に（つまり物事が往々にしてそうなるように）、彼がアレックと親しいことが伝わったらしい。そしてスタンワース氏が借りるような家なら必ず、世界的な名声と豊かな学識を備えたロジャー・シェリンガムのような人物を泊める余地があるのだ。二通目の魅力的な短い手紙が、一通目のすぐ後に続いて送られた。

ロジャーはスタンワース氏が気に入った。この陽気な老紳士には、朝の十時以降なら何時でも、半クラウンの葉巻と戦前のウィスキーを人に押しつけるという愉快な習慣があり、彼の眼鏡に適ったのだ。たとえ実際にはそうでなくても常に、今にも腹の底から大笑いしそうな赤い柔和な顔や、気高く堂々とした義妹へのいたずらっぽいからかい方も好ましく、ごくわずかに感じられる無作法も、彼の場合に限ってはただ親しみを増し、人への接し方により誠実さを加えているように見える。そう、ロジャーはスタンワースという老人が、十分研究に値する人物だとわかったのである。初めて会ってから三日のうちに、彼らの親交はほとんど友情といえるまで急速に深まっていった。

これがハートフォードシャーのレイトン・コートの目下の主人、ヴィクター・スタンワース氏である。おそらく読者諸君が思うように（そしてロジャー自身一時間もしないうちに、驚きとまどいながら言うことになったのだが）、この世に何の心配事もない人物である。

しかし朝食の銅鑼《どら》が鳴ってからすでに十分が経っている。スタンワース氏が周りにどのような人々を集めたか自分の目で見たければ、そろそろ食堂へ向かった方がよいだろう。

アレックとバーバラはすでにいた。前者は当惑し傷ついた表情を浮かべ、彼の求婚に降りかかったばかりの不可解な破滅をはっきりと示していた。後者はあまりにもきっぱりと自然に振る舞っていたので、かえって不自然であった。彼らの後からぶらぶらと入ってきたロジャーは、二人の沈黙や張りつめた表情に気づいて、ちょっとしたいさかいの類いは、絶え間ない軽口で収めてしまおうと決めた。ロジャーは分別をもって使う軽口がいかに役立つか、重々承知していた。

「おはよう、バーバラ」彼は明るく言った。ロジャーは三十歳に満たない未婚女性なら誰でも、知り合って一日二日もすればクリスチャン・ネームで呼ぶことにしていた。それは彼を自由人と呼ぶ世間の評判に違わず、また手間も省けるのだった。「素晴らしい日になりそうだね。ハムをちょいと叩き切ってあげようか、それともゆで卵の気分かい？　本当に？　そりゃまた妙な気分だろうねえ？」

バーバラはかすかに微笑んだ。「ありがとうございます、シェリンガムさん」テーブルの端にずらりと並んだ銀器から保温カバーを外しながら、バーバラは言った。「紅茶かコーヒーはいかがですか?」

「コーヒーを頼むよ。朝食に紅茶を飲むなんてストラヴィンスキーをハーモニカで吹くようなもんさ。合わないよ。さて、今日の予定はどうなってる? テニスを十一時から一時まで、二時から四時までテニス、五時から七時の間にもちょっとテニス、そして夕食の後はテニスの話。こんな感じかな?」

「テニスはお好きじゃないの、シェリンガムさん?」バーバラは無邪気に尋ねた。

「好きかって? 大好きだとも。二、三日のうちに誰か教えてくれる人を見つけないといけないな。ところできみは午前中どうするつもりだい、アレック?」

「どうしないつもりか教えてやるよ」アレックはニヤリとした。「きみとテニスをすることさ」

「どうしてだよ、恩知らずめ。きみのためにあれこれしてやったのに」ロジャーはムッとして問い詰めた。

「だってぼくがそういうゲームをする時は、正々堂々《プレイ・クリケット》とやるからね」アレックはやり返した。

「そうしたらきみの方はボールを止めるのに、野手をまわり中に置かなきゃ。そうすりゃずいぶん面倒が省けるよ」

ロジャーはバーバラの方を振り向いた。「聞いたかい、バーバラ? ひどいよな。そりゃぼくのテニスは少しばかり努力を要するかもしれないが——おや、おはよう少佐。テニスをするのに四人暮ろうとしてたところだよ。よかったらどうだい?」

現れたのは背が高く、血色の悪い無口なタイプの人物で、バーバラに軽く頭を下げた。「おはようございます、ミス・シャノン。テニスかい、シェリンガム? いや、申し訳ないが今朝はとても忙しいんでね」

彼は壁ぎわのテーブルのところまで行くと厳めしい顔で皿を吟味し、魚を何切れか取った。それを持って席に着くか着かないうちに、ドアが再び開いて執事が入ってきた。

「ちょっとお話があるのですが、よろしいでしょうか?」執事は声をひそめて尋ねた。

少佐は顔を上げた。「わたしかい、グレイヴズ? いいとも」彼は席を立って執事の後から部屋を出ていった。

「かわいそうなジェファスン少佐!」バーバラは感想を漏らした。

「そうだね」ロジャーは同情を込めて言った。「彼の仕事を自分がやってなくて良かったと思うよ。スタンワース爺さんはもてなし役としては素晴らしいが、雇い主にはなってほしくないね。なあ、アレック?」

「ジェファスンは仕事に追われているようだね。残念だな、だってそりゃあすごいテニスをするんだぜ。ところで彼の役割を正確には何と言ったらいいと思う? 私設秘書か?」

「そんなところかな」とロジャー。「おまけにその他もろもろひっくるめたものさ。爺さんの雑役係だよ。うんざりするような仕事だね」

「軍人がこんな仕事に就くなんて、ちょっと妙じゃありません?」黙っているより何か言った方がいいという理由からバーバラは尋ねた。その場の雰囲気はまだ少しぴりぴりしていた。

「軍隊を離れたら恩給がつくと思っていました」

「その通りだよ」ロジャーは答えた。「でも恩給はいずれにせよ大した額ではないんだ。それにスタンワースは、相当社会的地位のある人間を側《そば》に置いておきたいんじゃないかな。うん、しかもジェファスンを使ってみて、非常に有能だとわかったに違いないね」

「でもずいぶん無愛想な奴だよな？」アレックが評した。「コーヒーをもう一杯もらえるかい、バーバラ？」

「いや、彼はいい奴だよ」ロジャーはきっぱり言った。「でもあの執事とは闇夜に二人だけで出歩きたくないね」

「今までに見たこともないような変わった執事よ」とバーバラはコーヒーポットを手にしつつ断言した。「ときどき本当にぎょっとさせられるわ。執事というよりプロボクサーみたい。どう思います、シェリンガムさん？」

「実を言うと大当たりだよ、バーバラ」アレックが口を挟んだ。「あいつは元ボクサーなんだ。ジェファスンが教えてくれたよ。スタンワースは何年か前に何かの理由で彼を雇い、それ以来ずっと側に仕えてるってわけだ」

「奴ときみが戦うところを見てみたいね、アレック」ロジャーは残忍な調子でつぶやいた。

「きっと甲乙つけがたいだろうよ」

「そりゃどうも」アレックは笑った。「今日は止めとくよ。あっさりやっつけられるだろうからな。彼はほとんど苦もなく勝つに違いないね」

「しかしきみは臆病者じゃない。ああそうだ、もし考え直すことがあったら教えてくれよ。ちゃんと賞金を用意するからな」

「話題を変えましょうよ」バーバラは軽く身震いして言った。「あら、おはようございます、ミセス・プラント。おはようお母様、よく眠れて？」

ミセス・シャノンは娘と同じように小柄で金髪だったが、それ以外の点では考えられる限りまるでバーバラとは似ていなかった。娘の方の特徴ある小さな顔にひきかえ、ミセス・シャノンの顔立ちは人形のように面白味がない。否定的で投げやりな言い方をしてしまえば十分きれいだったが、彼女に興味が湧くとすれば容貌だけだった。母親に対してバーバラは、辛抱強い保護者のような態度を取っていた。二人が一緒にいると、その年齢を抜きにすれば、バーバラが母親でミセス・シャノンの方が娘だと思われた。

「よく眠れたかって？」彼女はだだをこねるように繰り返した。「この子ったら、こんな寂《さび》れたところじゃわたしは一睡もできないんだって、何度言ったらわかるのかしら？　鳥が鳴いてなければ犬が吠えるし、犬がいなきゃ――」

「そうね、お母様」バーバラはなだめるようにさえぎった。「何を召し上がる？」

「ああ、ぼくがやりますよ」アレックが大声で言って、弾かれたように立ち上がった。「ミセス・プラントも、何がよろしいでしょう？」

ミセス・プラントは上品な二十六歳くらいの黒髪の女性で、夫はスーダン在勤の文官であった。彼女はハムを所望した。ミセス・シャノンは揚げたヒラメで気持ちを静めることを承諾した。会話は一般的なものになっていった。

ジェファスン少佐が部屋を覗き、心配そうな様子で中を見回した。「今朝スタンワース氏を見かけた方はいらっしゃいませんか？」と、その場の一同に尋ね、誰も返事をしないでいると、また出ていった。

バーバラとロジャーはテニスとゴルフのどちらが優れているかを巡って、猛烈な議論を戦わせていた。というのも、ロジャーはオックスフォードのゴルフ部で補欠選手だったのである。ミセス・シャノンは二切れ目のヒラメを食べながら、なぜこのところ朝食があまり進まないかを、アレックにくどくどしゃべっていた。メアリ・プラントはバーバラに加勢して、ゴルフは年寄りか身体の不自由な者のためのスポーツで、若く元気な者にとってテニスこそ、夏にできる唯一の楽しみであることを証明しようとしていた。部屋はガヤガヤとざわめいていた。

レディ・スタンワースが現れ、会話はぴたりと止んだ。通常、彼女は自室で朝食を摂《と》っていた。背が高く、威厳に満ち、髪に白いものが混じり始めた女性で、常に落ち着いて気品を保っていた。しかしこの朝、彼女の表情はいつもよりさらに深刻そうに見えた。一瞬彼女は戸口に立ち、ジェファスン少佐が数分前にしたように部屋をぐるりと見渡した。

それから「おはようございます、皆さん」とゆっくり言った。「シェリンガムさん、グリアスンさん、少しお話ししてもよろしいかしら？」

しんと静まり返った中、ロジャーとアレックは椅子を引いて立ち上がった。何かいつもと違うことが起こったのは明らかだったが、誰もあえて質問しようとはしなかった。いずれにせよ、レディ・スタンワースの様子は好奇心を掻き立てるものではなかった。彼女は二人が戸口まで来るのを待って、先に出るよう身振りで促した。彼らが通ると背後でそっとドアを閉めた。

「どうしました、レディ・スタンワース？」自分たちだけになると、ロジャーは遠慮なく聞いた。

レディ・スタンワースは気持ちを固めているかのように、唇を噛んでためらっていた。「何でもないといいんですけど」少し間を置いてから彼女は言った。「でも今朝誰も義兄《あに》を見ていないし、ベッドにも寝た様子がないんですが、書斎のドアと窓に内側から施錠されているんです。ジェファスン少佐がわたくしを呼びに人をよこし、二人で話し合った結果、ドアを破ろうということになったんです。彼は万一——万一家の者以外の証人が必要になった時に備えて、あなたとグリアスンさんにもいていただくのがいいだろうと提案しました。一緒に来ていただけます？」

彼女は先に立って書斎の方へ向かい、あとの二人もついて行った。

「呼びかけてはみたんでしょうね？」アレックは注意を促した。

「ええ。ジェファスン少佐もグレイヴズも、ここからと書斎の窓の外から呼びかけました」

「おそらく書斎の中で、気を失ったか何かしたんでしょう」ロジャーは自分が感じている以上の確信を込めて、元気づけるように言った。「それとも発作かもしれない。心臓が悪いなどということがありますか？」

「わたくしが聞いている限りではありません、シェリンガムさん」

書斎のドアの側で、ジェファスン少佐と執事が待ち構えていた。前者はいつも通り平静で、後者は明らかに居心地が悪そうだった。

「ああ、来てくれたね」少佐が言った。「こんなふうにわずらわせて申し訳ないが、わかってくれたまえ。さてグリアスン、きみとグレイヴズとわたし、大男三人がいっせいに肩でドアを押せばむりやり開けることはできると思う。だがとても手強いぞ。お前は取っ手の側だ、グレイヴズ。で、きみはその隣だ、グリアスン。そうそう。さあ行くぞ、一――二――三――、それっ！」

三回目の試みで木造部が壊れる音がして、重いドアは蝶番《ちょうつがい》を軸にぐるりと回転した。ジェファスン少佐はさっと敷居をまたいだ。他の者は後ろでぐずぐずしていた。すぐに彼は戻って来たが、血色の悪い顔はさらにほんの少し青ざめていた。

「どうでした？」レディ・スタンワースは心配そうに尋ねた。「ヴィクターはいるの？」

「しばらくお入りにならない方がいいでしょう、レディ・スタンワース」彼女が中へ入ろうとするのを押し留めながら、ジェファスン少佐はゆっくり言った。「スタンワース氏は銃で自殺したようです」

3　シェリンガム氏、当惑する

レイトン・コートの他の多くの部屋と同じく、書斎もたいそう近代化されていた。いまだ黒いオークの羽目板が壁を覆っていたが、高い炉棚のついた大きな暖炉は塞《ふさ》がれて、現代風の火床《ひどこ》が据えられていた。部屋は広く、家の右手奥の角に位置し（邸の正面扉を背にして玄関ホールを入ったところに立っていると考えてほしい）、反対側の食堂と対を成していた。この二部屋の間には、玄関ホールと同じ幅のやや小さい部屋があり、銃器室や物置として、あるいは普段なにかと便利に使っていた。奥行きのある玄関ホールの、入り口に近い方の両側には、書斎と同じ側に客間、反対側に居間があった。居間と食堂の間の狭い廊下は使用人たちの部屋につながっていた。

家の裏手の芝生に面している書斎の壁には、一対のフランス窓があり、食堂も同じ造りだった。もう一方の外に面した薔薇園を見渡せる側には、大きな現代風のサッシ窓がはまっており、その下には厚い壁を切って深い窓腰掛けが設けてあった。唯一残っている元々の窓といえば、サッシ窓の左側の角にある小さな格子窓のみだった。ホールから部屋に入るドアは、格子窓とは対角線に位置していた。暖炉はフランス窓の真正面だった。

部屋にはそれほど家具は多くなかった。暖炉の側に肘掛け椅子が一つ二つ。ドアと同じ側《がわ》の壁際には、タイプライターの載った小さなテーブル。サッシ窓と暖炉に挟まれた隅には、深々とした黒いカバーの長椅子がある。最も重要な家具は、部屋の中心にあってサッシ窓に面している大きな書き物机だった。壁には本棚がずらりと並んでいた。

書斎のドアの外に集まった小人数の中で、ジェファスン少佐のぶっきらぼうな、ほとんど乱暴と言ってもいい告知を聞いた時、ロジャーの記憶力の良い脳をよぎったのは、以上のような配置だった。本能的な好奇心から彼は、その光景のどこにぞっとするような追加がなされたのかと思った。次の瞬間同じ本能により、振り返って女主人の顔を探るように見た。

レディ・スタンワースは叫んだり気絶したりはしなかった。そういう類いの人間ではないのだ。実際、思わずかすかに息をのんだことの他には、ほとんど何の感情も表さなかった。

「銃で自殺?」彼女は静かに繰り返した。「確かなの?」

「残念ながらまったく疑いようがありません」ジェファスン少佐は重々しく言った。「亡くなってからもう数時間は経っているでしょう」

「それでわたくしは入らない方がいいと?」

「気持ちのいい眺めではありません」少佐は手短に言った。

「わかったわ。でもとにかくお医者様には電話した方がいいんじゃないかしら。わたくしがやりましょう。何週間か前、ヴィクターが花粉症にかかった時、マシュースン先生を呼んだわね? 誰か迎えにやるわ」

「それから警察にも」とジェファスン。「連絡しなければ。わたしがやります」

「一緒に知らせるわ」ホールを突っ切って電話のある方に向かいながら、レディ・スタンワースは返事をした。

ロジャーとアレックは視線を交わした。

「素晴らしい女性だと常々言っていただろう」少佐の後から書斎に入りながら、ロジャーは口元を手で覆ってささやいた。

「何かお手伝いいたしましょうか？」執事が入り口から尋ねた。

ジェファスン少佐は鋭い目を彼に向けた。「そうだな、きみも入ってくれ、グレイヴズ。証人が増える」

四人の男は列になって無言で部屋へ入っていった。カーテンは閉まったままで、あたりは薄暗かった。いきなりジェファスンは大股でフランス窓に近づき、カーテンを開けた。それから振り向いて、大きな書き物机の方を見て黙ったままうなずいた。

その後ろの椅子は、机から少しそれた方を向いていたが、そこに腰掛けて、というより、もたれかかっていたのはスタンワース氏の死体だった。床に届きそうなほど脇に垂れ下がった右手は、小さなリボルバーをしっかり握り締め、指はまだひきつったように引き金に巻きついていた。額の中心のちょうど生え際あたりに小さな丸い穴が開いており、その縁は奇妙に黒ずんでいた。頭は背もたれの上から後ろにだらりと垂れ、大きく見開いた目は天井をぼんやり見つめていた。

ジェファスンが言った通り、気持ちのいい眺めではなかった。

最初に沈黙を破ったのはロジャーだった。「何てことだ！」彼は小声で言った。「何だってこんな真似をしようと思ったんだろう？」

「人はどうして自殺すると思う？」動かない姿から秘密を読み取ろうとするように眺めながら、ジェファスンが聞いた。「その人なりの立派な理由があるからだろうよ」

ロジャーは少しいらついたように肩をすくめた。「そりゃそうさ。でもよりによってスタンワースだぜ！　彼に何か悩み事があったなんて考えてもみなかった。もちろん彼を特によく知っていたわけじゃないが、昨日もきみに言ったんだよな、アレック――」彼は急に話を止めた。アレックの顔は死人のように青ざめ、椅子の中の人物を怯《おび》えきった目で見つめていた。

「忘れていたよ」ロジャーはジェファスンに向かって低い声でつぶやいた。「彼の若さでは戦争には行っていないんだ。まだ二十四だからね。初めて死体を見るのはちょっとショックだろう。特にこんな有り様ではな。フーッ！　ここは死の臭いがする。窓を少し開けよう」

彼は振り返ってフランス窓を開け放ち、暖かい風を部屋に入れた。「ちゃんと内側から施錠されてたよ」開けながら彼は指摘した。「後の二つの窓もそうだ。さあアレック、しばらく外に出たらいい。多少ムカムカするのも無理ないよ」

アレックは弱々しく微笑んだ。彼はなんとか自分を取り戻し、頬にも赤みが戻ってきた。「いや、大丈夫だよ」少し震えながら彼は言った。「最初少しショックだっただけさ」

風が書き物机の書類をはためかせ、一枚が床に落ちた。執事のグレイヴズが前に進み出て拾い上げた。元に戻す前に彼は、そこに書いてあることにぼんやり目をやった。

「少佐！」彼は興奮して叫んだ。「これをご覧ください！」

彼はジェファスン少佐に紙を渡し、少佐は食い入るように読んだ。

「何か面白いことでも？」ロジャーは好奇心をそそられて尋ねた。

「非常にね」ジェファスンはそっけなく答えた。「これは遺書だ。読んであげよう。『関係者の皆様へ。純粋に個人的な理由から、わたしは自殺を決意した』そして一番下にサインがある」彼は考えにふけりながら手の中で紙をひねり回した。「しかしその理由を書き残してくれたら良かったのに」当惑したような口調で彼はつけ加えた。

「ああ、驚くほど控え目な文章だね」ロジャーは同意した。「でも単純明快じゃないか？　見せてもらってもいいかな？」

少佐の伸ばした手から彼はそれを受け取り、興味津々といった様子で調べた。その紙にはわずかにしわが寄り、メッセージそのものはタイプで打ってあった。ヴィクター・スタンワースというサインは太くしっかりしていた。しかしそのすぐ上に、Vicという文字までしかなかったが、もう一つ書こうとした跡があり、インクのよく出ないペンで書かれたように見えた。

「彼はものすごく考えた末に実行したに違いないな」ロジャーは指摘した。「手で書く代わりにわざわざタイプしている。それにペンを十分にインク壺に入れていなかったと気づくと、冷静にサインし直している。そしてこのサインを見てみろよ！　びくびくしたところなんて微塵もないだろう？」

彼が紙を返すと、少佐は再び見直した。

「スタンワースはびくびくしたことなど、ほとんどなかったからね」彼はそっけなく述べた。「それにサインは確かに本物だ。誓ってもいい」

アレックは、ロジャーがあえて聞こうとしなかった質問への答えを、ジェファスンの言葉が提供していると思わずにはいられなかった。

「ええと、ぼくはこの手のことにあまり詳しくないんだが」ロジャーは言った。「一つだけ確かなことがある。警察が来るまで遺体には触れてはいけない」

「自殺の場合でも？」ジェファスンは疑わしそうに聞いた。

「どんな場合でもだ、もちろん」

「この場合にそれが問題になるとは思わなかったな」とジェファスンはやや気乗りしない調子で言った。「でもたぶん、きみが正しいんだろう。どちらにしろ構わないし」彼は急いで言い添えた。

半開きになったドアを叩く音がした。

「マシュースン先生と警察に電話したわ」レディ・スタンワースの穏やかな声だった。「エルチェスターから警部をすぐによこすそうよ。それからもう、食堂の人たちに伝えた方がいいんじゃないかしら？」

「確かにその通りです」たまたまドアの一番近くにいたロジャーが答えた。「遅らせても仕方がない。それに今教えた方が、警察が来るまでに少しは立ち直る時間がありますす」

「まったくだ」とジェファスン。「それから使用人たちもだ。グレイヴズ、台所に行ってニュースを伝えた方がいい。できるだけうまくやってくれよ」

「かしこまりました」

最後の、しかし無表情極まりない一瞥を亡くなった主人に投げかけて、がっしりした男はきびすを返してのっそりと部屋から出ていった。

「二十年も一緒に暮らした人が亡くなったというのに、あんなに落ち着き払った人間は見たことがないよ」ロジャーは意味ありげに眉を上げて、アレックの耳にささやいた。

「それから食堂の人たちにはあなたから知らせてほしいの、ジェファスン少佐」レディ・スタンワースは言った。「わたくしにはできそうにないわ」

「もちろんです」ジェファスンはすばやく言った。「実際のところ警察が来るまでの間、部屋に上がって少しお休みになった方がいいですよ、レディ・スタンワース。大変緊張されたことでしょうから。メイドの誰かにお茶を持って行かせます」

レディ・スタンワースは少々驚いたような顔をし、一瞬この成り行きに反対するのではと思えた。しかしそうだとしても、明らかに考え直したようだ。というのはただ静かにこう言ったからである。「ありがとう。そうね、そうするのが一番だと思うわ。警察が来たらすぐに知らせてちょうだい」

彼女は少し疲れた様子で歩いていき、広い階段を上って視界から去った。

ジェファスンはロジャーの方を向いた。「実を言うと、もしよかったらご婦人方にはきみから話してもらいたいんだ、シェリンガム。きみの方がはるかにうまくやってくれるだろう。不愉快なことを要領よく話すのはどうも苦手でね」

「わかった、その方がいいならね。アレック、きみは少佐とここにいたまえ」

ジェファスンはためらった。「実はグリアスン、ひとっ走り馬小屋に行ってきて、チャップマンに今日一日車が入り用な時、いつでもすぐ使えるよう、用意をしておいてくれと伝えてもらえると助かるんだが。行ってくれるかい？」

「もちろん」アレックは即座に答え、少しでも身体を動かせる機会ができたことがうれしくて、そそくさと出ていった。彼はまだ、最初に見た降り注ぐ日光の下の死人の姿から、完全には立ち直っていなかった。

ロジャーは食堂のドアの方へゆっくり歩いていったが、考えていたのは皆に何と言おうかということではなかった。彼は自らに何度も繰り返していたのだ。「なぜジェファスンはあれほど躍起になって、我々四人をこんなに急いで追い払おうとしたんだ？　なぜ？　なぜ？　なぜ？」

ドアのノブにまさに手をかけた時、可能性のある答えがもう一つの疑問という形で浮かんできた。

「どうしてジェファスンは、警察が来るまで遺体に触れてはいけないと認めるのを、あんなに渋ったんだろう？」

食堂のドアを開けた時のロジャーは少々上の空で、仰天した三人の女性に、屋敷の主人が銃で自分の頭を撃ち抜いたといういささか驚くべき事実を知らせにかかった。

彼女たちの反応は、ロジャーの如才なさを証明したとはいえなかった。おそらく彼の頭を占めていた考えのせいで、持ち前の才を発揮できなかったのだろう。しかしそんな彼でさえ、聞き手の振る舞いにかなり驚かされたのは事実だった。しかもロジャーはよほどのことがないと驚かないのだ。

ミセス・シャノンは、正当でないこともない不快感を込めて、本当のところ、あと十日間ここに泊まるつもりであらゆる手はずを整えたのに、こうなっては一刻も早く立ち去らなければならないだろう、実際とんでもなく困ったことになった、と述べただけだった。街の家は締め切っていて使用人も皆いないのに、いったいどこに行けというんでしょう？　バーバラはすっかり血の気の引いた顔で、そろそろと立ち上がって少しふらつき、すとんと腰を下ろして外の太陽に照らされた庭を眺めたが、目には何も映っていない様子だった。ミセス・プラントは知らせを聞くやいなや、声も上げずに失神した。

しかしロジャーには、失神やヒステリーを起こしたご婦人方をつきっきりでお世話する以外に、すべきことがあった。やや礼儀には反したが、ミセス・プラントの介抱をバーバラとその母親に任せて、彼は足音をさせないよう用心しつつ書斎へ急ぎ戻った。彼の目に飛び込んできた光景は、まさに予想通りだった。

ジェファスン少佐が死人の上に屈み込み、すばやくかつ入念にポケットを次々に探っていたのである。

「やあ」ロジャーは戸口から気軽に呼びかけた。「ちょっとまっすぐに直してやっているのかい？」

少佐はひどくびくっとした。それから唇を噛んでのろのろと背中を伸ばした。

「ああ」できるだけ間を置かず、彼はゆっくりと答えた。「そう、こんな不自然な姿勢の彼を見るに忍びなかったんだ」

「ひどいもんだね」何気なく部屋に入って後ろでドアを閉めながら、ロジャーは同情を込めて言った。「わかるよ。でもぼくだったら動かさないな。いずれにしろ警察が見るまではね。こういったことに連中はやかましいと思うよ」

ジェファスンは顔をしかめて肩をすくめ、「まるっきり馬鹿げていると思うが」と無遠慮に言った。

「いいかい」ロジャーはだしぬけに意見した。「このことでいらいらしちゃいけないよ。一緒に庭に出て気分転換しよう」

彼は少佐と腕を組み、相手のあからさまなためらいを観察しながら、開いた窓の方に引っ張っていった。「絶対きみのためになるよ」彼は言い張った。

ジェファスンは説得に折れた。

二人で数分間芝生をぶらぶらしながら、ロジャーはあたりさわりのない話を続けていくことに心を砕いた。しかしその努力にもかかわらず、ジェファスンはしきりに時計を気にし続け、警察が着くと思われる時間まであと何分あるか計算しているのは明らかだった。いくら観察してもロジャーがわからなかったのは、連れが到着を待ちわびているのか否かであった。一つだけ確かなのは、この物に動じない男がどうしたわけか、ひどくそわそわしていたことだ。雇い主の不体裁な死という単純な事実が、この異例の状態を引き起こしたのかもしれない、とロジャーは考えた。確かにジェファスンと老スタンワースは、長い間一緒にいたのだから。一方、そうではないかもしれない。それが理由でないなら、いったい何だろう?

薔薇園を三度巡った後、ジェファスンはふいに立ち止まった。

「警察がもうそろそろ来るはずだ」彼は唐突に言った。「番小屋まで出迎えに行かなければ。用があったら声をかけるよ」

これ以上はっきりしたいとま乞いは考えられなかった。ロジャーは精いっぱい潔く受け入れた。

「わかった」彼はうなずいた。「外のこのあたりにいるよ」

ジェファスンはさっさと私道を通って立ち去り、ロジャーはとり残されて一人歩き続けた。しかし退屈する気はさらさらなかった。考えるべきことが山のようにあると感じ、むしろそうしたかったので、何分か一人になれる機会は望むところだった。彼はパイプを盛んに吹かし、煙をものうげに後ろにたなびかせながら、おもむろに芝生の方に戻っていった。

しかしロジャーはまだ考えにふけることはできなかった。芝生にたどり着くが早いか、アレックが馬小屋の方から、いくぶんカッカと顔を紅潮させて現れたのだ。彼はロジャーと肩を並べると、これほど長くかかった言い訳をしはじめた。

「あのいまいましい野郎から逃げ出せなかったんだ！」彼は吐き出すように言った。「何もかも最初からずっと話さなきゃならなくて——おや！　どうかしたのか？」

ロジャーは立ち止まると、書斎の窓から中を見ていた。「あのドアは閉めたはずだぞ」彼はとまどったような口調で言った。「誰かが開けたんだ。来いよ！」

「どこへ行く？」アレックはびっくりして聞いた。

「書斎に誰がいるのか見にいくのさ」すでに芝生を半ば突っ切っていたロジャーは答えた。彼は歩調を速めて走り出し、フランス窓から中に飛び込んだ。アレックも後に続いた。

部屋の向こう側で何かの上に屈み込んでいた女性が、彼らの接近であわてて身を起こした。それはミセス・プラントで、彼女が屈み込んでいたのは、タイプライター用のテーブル近くの壁際に置かれていた、大きな金庫の上だった。ロジャーはかろうじて、自分たちの足音を聞いて彼女が飛び上がる前、必死でつまみを回していたのを見ることができた。

彼女は胸を激しく波打たせ、怯えた目をして彼らと向き合った。片手はワンピースのひだをつかみ、もう一方は身体の脇で拳を握り締めている。彼女は明らかに動転していた。

「何かお捜しですか？」ロジャーは丁寧に尋ねながらも、自らの気の利かない言葉にほぞを嚙む思いだった。

非常な努力をもってミセス・プラントは自制心を働かせたようだった。

「宝石です」彼女はぽつりとつぶやいた。「スタンワースさんに——先日お願いしたんです——金庫にしまってくださるよう。わたくし心配になって——警察が押収してしまうでしょうか？　取り出した方がいいのではと――」

「大丈夫ですよ、ミセス・プラント」つっかえながら話すのをさえぎって、ロジャーはなだめるように言った。「警察はいずれにせよ押収したりしないでしょう。それにどれがご自分のものかすぐおわかりになりますね。まったく安全ですよ、ご安心なさい」

彼女の頬に少しずつ赤みが戻り、息遣いも落ち着いてきた。「どうもありがとうございます、シェリンガムさん」今までよりもほっとした様子で彼女は言った。「本当にどうかしていますわね。でもかなり価値のあるものなので、急にうろたえてしまって。もちろん自分で取り出そうとしてはいけなかったのに。自分がしたことが信じられないわ」彼女は神経質な笑い声を上げた。「まったくお恥ずかしい限りです。こんな馬鹿なことをしでかしたからって、お見捨てにはならないでしょうね？」

最後の一言には、言葉そのものの軽さの下からせっぱ詰まった訴えがにじみ出ていた。

ロジャーは安心させるように微笑み、「もちろんですとも」とすかさず言った。「思いもよりませんよ」

「ああ、本当にありがとうございます。信頼できる方だとわかってました。それにグリアスンさんも。さあ、誰かに見られないうちに退散した方がよさそうですわね」

書き物机の脇の椅子を見ないよう用心しながら、彼女は部屋から出ていった。

ロジャーはアレックの方を向き、低く口笛を吹いた。

「さて、何のためにあんな嘘をつこうと思ったんだろう？」彼は眉を上げて問いを発した。

「彼女が嘘をついていたと思っているのか？」アレックはとまどったように聞いた。「ミセス・プラントはとても率直な人だと言おうとしていたのに」

ロジャーはいかにも絶望した風を装って、肩をすくめてみせた。「で、ぼくもそう言うべきだと！　今の話が事態をますます異常なものにしているんだぞ。だがもちろん彼女は嘘をついてたさ。思いきりね！　それもあんなお粗末な！　金庫が開けばたちまち、彼女の話は引っくり返ってしまうんだからね。最初に思いついたことを口にしたに違いない。アレック、いいかい、何かとてつもなく妙なことが、ここで起こってるんだ！　ミセス・プラントだけが嘘をついているわけじゃない。庭に出てジェファスンの二枚舌を聞いてやろうぜ」

4　ジェファスン少佐、躊躇する

エルチェスター署のマンスフィールド警部は几帳面な人物だった。自分が何をなすべきか、そしていかにしてやるかを正確に理解していた。そしてちょうど仕事に必要なだけの想像力を備えており、それ以上は微塵も持ち合わせていなかった。探偵小説に何と書かれていようと、良心的な警察官にとって想像力がありすぎるのは、重大なハンディキャップになり得るのである。

警部がジェファスンとともに玄関ホールから書斎に入ってきた時、その到着を聞きつけたロジャーは、この興味深い状況をできるだけ見逃すまいと決意し、忠実なアレックを従えたまま、うまいことフランス窓に姿を現した。

「おはようございます、警部」彼は朗らかに挨拶した。

ジェファスンはわずかに顔をしかめた。おそらくロジャーに最後に放った言葉を思い出していたのだろう。「シェリンガムさんとグリアスンさんです、警部」彼はややつっけんどんに紹介した。「我々がドアを破って入った時、彼らも一緒でした」

警部はうなずいた。「おはようございます。悲しい事件ですね。非常に」彼は部屋をさっと見回した。「ああ、あれが遺体ですね。失礼、少佐」

彼はすばやく歩を進め、椅子に座った死体の上に屈み込み、念入りに調べた。それから膝をつき、リボルバーを握った手をじっくり眺めた。

「医者が診るまではさわれません」立ち上がってズボンの膝の埃《ほこり》を払いながら、彼は手短に説明した。「話しておられた文書を見せていただけますか、少佐?」

「もちろんです、警部。机の上にあります」

ジェファスンは紙が載っているところを指し示し、警部は手に取った。ロジャーは部屋に少しずつ入り込んでいった。今のところ彼とアレックの存在に異を唱える者はいなかったが、その場にいる権利を確かなものにしたかったのだ。さらに、警部が今調べているいささか注目すべき文書についてどんな見解を示すかに、彼は並々ならぬ関心を抱いていた。

警部は目を上げた。「ふむ！」どっちつかずの感想を漏らすと、紙をまた机に置いた。「ともかく要点をついてはいますな。スタンワース氏はペンとインクではなくタイプライターを使う習慣があったんですか？」

「それこそまさにぼくが指摘した点ですよ、警部」ロジャーが割り込んだ。

「そうですか？」警部は礼儀正しく言った。彼はジェファスンの方に向き直った。「もしかしてご存じですか、ジェファスン少佐？」

「ええ、そうでしたね」ジェファスンは考えつつ言った。「確かに手紙はいつもタイプライターで打っていました。頻繁に使っていたようです」

「だけどあんなものを落ち着いてタイプで打つなんて！」ロジャーは力を込めた。「どうしたってそんな必要はないと思えますがね」

「ではどう解釈します、シェリンガムさん？」警部は辛抱強く興味を示して尋ねた。

「ここに表れているのは冷徹なまでの慎重さで、スタンワースさんがきわめて並外れた人物であることがわかりますよ」ロジャーはすかさず答えた。

警部はかすかに微笑んだ。「行動より性格を重視される方のようですな」彼は言った。「では、もっとありふれた解釈として、すでに何か別の文章をタイプライターで打っていたスタンワース氏が、さらに紙を一枚差し込んであれを打ったのかもしれませんね」

「ああ！」ロジャーは当惑したような声を上げた。「そうですね、それは考えなかった」

「人がときに、単純なことを思いつかないのは不思議なものです」警部は訳知り顔で言った。

「でもその場合」ロジャーは考えにふけりながら述べた。「彼がタイプライターで打っていた別のものが見つかるはずじゃありませんか？　部屋の外に出たとは考えられないでしょう？」

「そうとも言えませんよ」話を打ち切ろうという調子で警部は言った。「スタンワース氏が昨夜何をしていたか、少しもわかってはいないのです。自らを撃つ前に、外へ出て手紙を一、二通投函したかもしれない。そしてたまたま誰かが彼を見かけでもしていなければ、本当にそうしたのかどうか知る術《すべ》はないんです。さて、わたしが思うに」とジェファスン少佐の方を向いて彼はつけ加えた。「スタンワース氏はどちらかというと、ぞんざいできっぱりとした人ではなかったですか？」

ジェファスンは考えを巡らせた。「きっぱりとはしていました、確かに。でもなぜぞんざいだとおっしゃるのか、よくわかりません。どうしてですか？」

「この遺書の言葉遣いからですよ。少しばかり――そう、普通とは違うでしょう？」

「実に独特です」ジェファスンは簡潔に言った。

「ね？　そこがわたしの言いたいところですよ。では彼が匂わせている理由について思い当たるような節は、何かありませんか？」

「皆目わかりません。真っ暗闇にいるような気分です」

「ああ！　まあおそらくその点については、レディ・スタンワースが後ほど光を投げかけてくださるでしょう」警部はドアの方へゆっくり歩いていくと、錠を調べ始めた。

ロジャーはアレックを脇に引っ張った。「なあ、こいつはめっぽう面白い仕事だな」彼はささやいた。「今まで捜査中の警察官なんて見たことがなかった。でも小説なんて嘘っぱちばかりだな。この男はどこから見ても馬鹿じゃない。その反対さ。あのタイプの件ではぼくの見落としを指摘した、それも二度もね。言われてみたらそれ以上ないほど明白な点だよ。なぜ自分で思いつかなかったのかな。そこが固定観念《イーディ・フィクス》の厄介なところだ。その考え以上のことも、その周りさえ見えなくなってしまう。おや、今度は窓を調べだしたぞ」

警部は部屋を横切って、フランス窓の留め金を検分していた。「部屋に入った時、これらは全部ドアと同様に締まっていたとおっしゃいましたね？」彼はジェファスンに問いかけた。

「ええ、でもそれについてはシェリンガムさんの方が、わたしより正確に答えられるでしょう。開けたのは彼ですから」

警部はロジャーをちらりと見た。「で、全部しっかりと締まっていましたか？」

「間違いなくね」ロジャーは確信を持って答えた。「その時そう言ったのを覚えていますよ」

「どうして開けたんですか？」

「風を入れるためです。死の匂いがしたんですよ。わかっていただけると思いますが」

警部はその説明に納得したようにうなずいたが、ちょうどその時、玄関のベルが鳴った。

「きっと先生でしょう」ジェファスンは言い、ドアの方へ向かった。「見てきます」

「バタバタと駆けずり回ってるな」ロジャーは心の中でこう批評した。声に出しては、この機会をとらえて注意を促した。「きっと金庫の中で、この件の解明に役立つような個人的な書類が見つかりますよ」ロジャーは金庫の中に何があるのか知りたくてうずうずしていた。そして何がないのかも！

「金庫ですって？」警部は鋭く言った。「どの金庫です？」

ロジャーは金庫がある場所を指差した。「スタンワースさんはいつもあれを手元に置いていたようですよ」彼はさりげなく言った。「ということは、中に何か参考になるものが入っていると見ていいんじゃないかと、ぼくは思いますね」

警部はあたりを見回した。「こうした自殺というものを、ご存じないとは思いますが」彼は内々の話を打ち明けるような口調で言った。「時には理由がはっきりしていることもあります。しかし何の理由もないように見えることも珍しくありません。胸のうちにしまったままだったのか、突然気がおかしくなってしまったのか、どちらかですがね。『一時的な錯乱』というのは、巷《ちまた》で言われているより真実をついていることが多いのですよ。鬱病とかその類いですな。その点では医者の先生が助けてくださるでしょう」

「そのお医者さんが今ご到着だ。ぼくの勘違いでなければね」近づいてくる話し声を耳にして、ロジャーは述べた。

次の瞬間ジェファスンが再び現れ、小さな鞄を持った背の高い痩せた男を部屋に通した。

「こちらがマシュースン先生です」彼は言った。

医者と警部は顔なじみ同士のうなずきを交わした。「あれが遺体です、先生」警部は注意を促し、椅子の方に手を振った。「特に目立ったところはありませんが、もちろん検視官は詳細な報告書を求めますからね」

マシュースン医師はまたうなずき、机の上に鞄を置いて、椅子に座った動かない身体の上に屈み込み、検死に取りかかった。

長くはかからなかった。

「死亡はおよそ八時間前ですね」背中を伸ばしながら、彼は簡潔に見解を警部に述べた。「ええと、今ちょうど十時を過ぎたところですね？　今朝の二時前後に亡くなったということです。弾丸はたぶん――」撃った時リボルバーは、額から数インチしか離れていなかったはずです。彼は死体の後頭部を注意深く探り、それからポケットからランセット（外科用の小型で両刃のメス）をさっと取り出して、頭骨を切開した。「ほら、これです」皮膚から小さな光る金属製のものを抜き取って、彼はつけ加えた。「頭皮のすぐ下で止まっていましたよ」

警部は手帳に短いメモをいくつか書きつけた。

「むろん自分でやったことは明白ですな？」彼は言った。

医者は垂れ下がった手を持ち上げ、リボルバーを持った指を子細に調べた。「明白ですね。握り方はきちんと合っていて、生きている間に持ったものに違いありません」苦労して彼は、握り締められた命のない指を緩め、机越しに凶器を警部に渡した。

渡された方は弾倉を開ける前に思案するようにくるくる回した。「全部は装塡されていない。一発だけ撃ってある」と告げると、彼はさらにメモを取った。

「傷の縁は黒ずんで、周りの皮膚に火薬の跡があります」医者は言葉を補った。

警部は空《から》の薬莢《やっきょう》を取り出し、中に弾丸をそっとはめて、それを他の発射されていない薬包の弾丸と見比べた。

「なぜそんなことをするんです？」好奇心でいっぱいのロジャーが尋ねた。「弾丸がそのリボルバーから発射されたのはわかってるでしょう」

「わたしの仕事は何かをわかることじゃないんです」警部は少しいらついて答えた。「証拠を集めるのが仕事です」

「いや、やり方が間違っているなどと言うつもりはなかったんです」ロジャーはあわてて言った。「しかしこういったことを見るのは初めてなもので、死因がこんなにはっきりしているのに、なぜそうまで苦労して証拠を集めるのか不思議に思ったんですよ」

「いや、死因を決めるのはわたしの務めではありません」警部はあからさまな関心を示している相手を前にして、やや打ち解けて説明した。「それは検視官の仕事です。わたしがやらなければいけないのは、どんなに些細に思えるものでも、できるだけ多くの証拠を集めることです。次にそれらを検視官に提出し、その上で彼は陪審をしかるべく導くのです。これが正しい手続きです」

ロジャーは引き下がった。「言った通り、奴には隙がないよ」ずっと黙っていたが、負けず劣らず興味を持って成り行きを見守っていたアレックに、彼はブツブツこぼした。「ぼくを叩きのめしたのはこれで三度目だ」

「ところで先生」警部はマシュースン医師に話しかけていた。「レディ・スタンワースがあなたを呼ばれたようですが、こちらのご家族が当地に着いてから往診されたことがあったんですか？」

「その通りです、警部」医者はうなずいた。「スタンワースさんご本人に呼ばれました。軽い花粉症にかかったんです」

「ほう！」警部は関心を持った。「すると多少は診察されたんでしょうな」

医者はかすかに笑みを浮かべた。彼はまさにこの部屋で患者と過ごした、いささか骨の折れた半時間を思い返していたのだ。「実を言うと、本当に徹底的に診察したんです。もちろん彼のたっての希望でね。この十五年間医者にかかったことがなかったそうで、この際きちんと精密検査してもらいたいとのことでした」

「それでどんな状態でした？」警部は興味津々で尋ねた。「ひどく悪いところがありましたか？　心臓か何か？」

「彼の狙いがわかるかい？」ロジャーはアレックに耳打ちした。「スタンワースが自殺に追い込まれるような、不治の病に苦しんでいたのかどうか突き止めたいんだよ」

「まったく悪いところはありませんでした」医者は断言した。「健康そのもの、というやつです。実際、あの歳にしては実に驚くほど健康な状態でしたよ」

「ほう！」警部は見るからに少し失望していた。「ええと、それではこの金庫はどうでしょう？」

「金庫？」ジェファスン少佐はびっくりしたような声で繰り返した。

「ええ。もしよかったら、中を見せていただきたいのですが。この件の解明に役立つかもしれません」

「しかし――しかし――」ジェファスン少佐は躊躇し、興味を持ったロジャーの目には、いつも冷静な顔に本物の警戒の色が表れたように見えた。「しかし、必要なことですか？」少佐はより静かな調子で聞いた。「極秘の類いの個人的な書類があるかもしれません。わたしがそれについて何か知っているというわけではないんですが」彼はやや急いでつけ加えた。「スタンワース氏は、その中身については絶対話そうとはしませんでした」

「となるとますます拝見したいですね」警部はそっけなく答えた。「内密のものについては、もちろん外に漏れることはありません。そうせざるを得ない理由が生じれば別ですが」彼は陰気に言い添えた。

それでもジェファスンはためらっていた。「もちろんそこまでおっしゃるなら」彼はのろのろと言った。「何も言うことはありません。でもまったくの無駄とわたしには思えますがね」

「それを決めるのはわたしです」警部はにべもなく答えた。「さて、鍵のありかと番号の組み合わせを教えてもらえますか？」

「スタンワース氏はたいてい、ベストの右ポケットにキーリングを入れていました」ジェファスンはその話題に興味を失ったかのように、抑揚のない声で言った。「組み合わせについては、さっぱりわかりません。そこまでスタンワース氏の信頼を得ていたわけではなかったので」彼は苦々しさをできるだけ抑えた声でつけ加えた。

警部は言われたポケットを探った。「うん、今ここにはないな」彼は言い、すばやく手際よい動きで他のポケットも探した。「ああ！　ここにあった。胸ポケットだ。うっかり違うポケットに入れてしまったんだろう。でも組み合わせはわからないんでしたね？　それじゃどうやって見つけ出せばいいのかな」彼は考えにふけりながら、手の中でキーリングの重みをじっくり確かめた。

ロジャーは何気ない様子で部屋をぶらぶら歩き回った。もしあの金庫が開けられることがあったら、中をつぶさに見たいものだと思いながら。今彼は暖炉の前で立ち止まった。

「おやおや！」彼は突然注意を促した。「誰かがここで何か燃やしたんだ」彼はしゃがんで火床を凝視した。「紙だ！　この灰があなたのいう証拠の残骸だとしても、ぼくは驚きませんよ、警部」

警部は急いで部屋を突っ切り、彼の側に来た。「確かにおっしゃる通りです。シェリンガムさん」彼はがっかりしたように言った。「自分で気づくべきでした。ありがとうございます。それはそれとして、ともかくあの金庫をできるだけ早く開けなければ」

ロジャーはアレックの側に行った。「ぼくの方に一点だ」彼はニヤリとした。「いいかい、彼が小説に出てくる類いの警部なら、自分が見逃したものを見つけたというんで、ぼくに当たり散らしたに違いない。あの男が気に入ったよ」

警部は手帳をしまった。「さて先生」彼はてきぱきと言った。「ここでわたしたちができることはこれ以上ないと思いますが、いかがですか？」

「わたしにはもうありませんね」マシュースン医師は答えた。「よろしければわたしもおいとましましょう。今日はかなり多忙なので。すぐに報告書はお出ししますよ」

「ありがとう。いえ、これ以上は結構ですよ。検死審問がいつになるかは後でお知らせします。おそらく明日でしょう」彼はジェファスンの方を振り向いた。「さて少佐、電話を使わせていただければ、検視官に知らせたいのですが。その後、他に適当な部屋があれば、この方たちとあなたご自身、それからお家の他の皆さんからもお話を伺いたいと思います。それでスタンワース氏が書いておられた理由なるものに、少しは近づけるでしょう」彼は件《くだん》の文書を折りたたみ、ポケットに慎重にしまい込んだ。

「ではこの部屋にもうご用はないんですね？」ジェファスンが聞いた。

「今のところは。でも連れてきた巡査を置いて、しばらく監視させますよ」

「ああ！」

ロジャーは少佐を興味深く眺めていた。それからアレックの方を向いた。

「さて、ぼくの思い過ごしか」二人して他の人々の後をついて部屋から出る際、彼は抑えた声で言った。「それともきみの耳にも、今しがたのジェファスンの声はがっかりしたように聞こえたかい？」

「どうだかね」アレックはささやき返した。「ぼくにはそうは聞こえなかったよ。きみときたら誰よりも始末に負えないね！」

「二人きりになるのを楽しみにしてろよ。しゃべりまくるからな」ロジャーは請け合った。

警部は、警官の恰好をした大柄で頑丈そうな田舎者に、指示を与えた。その男は辛抱強く、玄関ホールでずっと待っていたのだった。ジェファスンが皆を居間に案内すると、警官はもったいぶってゆったりと書斎に入っていった。一時的とはいえ、こうした重大な任務を与えられたのは初めてであり、この上なく鼻高々であった。

悲劇の現場に着くと、彼は重々しく顔をしかめてあたりを見回し、少しの間死体を厳しい表情でにらみ、それからインク壺の臭いを大真面目に嗅いだ。かつてぞっとするような話を読んだことがあり、その中では最初自殺と思われた事件が、結局毒の入ったインク壺を使った殺人だったと判明したのである。そこで彼は一か八か試してみたのだ。

5 シェリンガム氏、質問する

「さて皆さん」四人全員が居間に腰を落ちつけたところで警部は言った。「片づけなければならないお決まりの仕事がいろいろとありましてね。さして重要でないと思われるかもしれませんが」彼はロジャーに向かって軽く微笑みかけた。

「そんなことはありません」当の紳士はすかさず言った。「こうしたことすべてが非常に興味深いですよ。探偵小説を書こうと思ったら、これがどんなに役に立つか、とてもおわかりにはならないでしょう」

「さてそれでは、一番わたしが知りたいのは」警部は話を戻した。「生前の故人を見た最後の人物は誰かということです。さあ、最後に彼を見たのはいつですか、ジェファスン少佐？」

「夕食の一時間半ほど後です。十時頃でしょう。彼はシェリンガムさんと一緒に庭で煙草を吸っていて、わたしは今日の準備について何か聞こうと思ったのです」

「その通りです」ロジャーはうなずいた。「覚えていますよ。十時を数分過ぎたところでした。村の教会の時計が鳴ったばかりでしたから」

「それで、彼に何を尋ねようと思ったのですか？」

「いや、大したことではありません。朝は何時に車の用意をすればよいかとか、その程度のことです。ただ毎晩そのくらいの時間に、彼のところに行くことにしていたのです。次の日の指示がある場合に備えて」

「なるほど。で、彼は何と言いましたか？」

「今朝は車はいらないということでした」

「彼は普通の様子でしたか？　何らかの形で動揺やいら立ちを見せたことは？　まったく普段通りでしたか？」

「ええ、まったく」

「一日中そうでしたか？　例えば夕食の時は？」

「もちろんです。実のところ、夕食の席ではきわめて上機嫌でした」

「どういう意味です？」警部は即座に聞いた。「いつも上機嫌というわけではないのですか？」

「いえ、たいていはそうです。ただ頑固で強情な人はほとんどそうですが、その気になれば非常に不機嫌になることもありました」

「では秘書の仕事の間に、最近彼が悪い知らせを受けたのではないかと気づいたことはありますか？　財政的に、あるいは他のことでも？」

「いいえ」

「もし彼にそんな知らせがあったら、あなたにはわかりましたか？」

「どうでしょうね。財政的なことであれば教えてくれたかもしれません。投資や何かのことでは、しょっちゅう手紙を書かなければならなかったのでね。でも他のことだったら絶対教えてくれなかったでしょう。スタンワース氏は個人的なことについては、非常に口の重い人でした」

「わかりました。暮らし向きは良かったんでしょう？」

「ええ、とても。それ以上といっていいくらいでしたよ」

「要するに大金持ちだったんですね。それで投資にはどのように金が使われていたんでしょう？　例えば一つの会社にほとんどの金を注ぎ込んでいましたか？」

「つまり一つの事業の失敗によって、破産するような立場にあったかということですか？　いいえ、それはありません。彼の金は多くの事業にわたって投資されていました。それにわたしが知る限り、国債にも非常に多くの投資をしているはずです」

「ということは、自分の命を絶った理由が何であれ、金の問題と関係ないことは確かですね？」

「ええ、わたしはそう確信しています」

「では別の面を見てみましょう。ええとスタンワース氏には、義理の妹さん以外に親族はいましたか？」

「彼の下に六年間いましたが、わたしの知る限りではいません。もちろん弟さんはいました。レディ・スタンワースのご主人です。しかし他の人については聞いたことがありません」

「なるほど。ではジェファスン少佐、スタンワース氏が自殺した理由について、まったく思い当たる節はないということですか？　どうかよく考えてみてください。自殺というのはきわめて深刻な行為で、理由もまたそれに応じて深刻であるはずです。検視官はそれを明るみに出すため全力を尽くさねばなりません」

「まるで心当たりはありません」ジェファスンは静かに言った。「まさかスタンワース氏がこんなことをするとは思いもよりませんでした」

警部はロジャーの方を向いた。「さて、あなたは昨夜十時に彼と庭にいたのですね。その後はどうなりました？」

「その後はそれほど長く外にはいませんでした。二十分もいなかったと思いますね。ぼくには仕事があったので、二人で中に入りました」

「庭ではどんな話をしましたか？」

「主に薔薇のことですね。彼は薔薇に熱中していて、ここの薔薇園に非常な関心を寄せていました」

「楽しそうな様子でしたか？」

「それはもう。彼はいつでも格別に楽しそうな印象を与える人でしたね。実に朗らかだった」

「彼の言葉で何か、自殺を考えていたかもしれないと思わせるものはありますか？　もちろんその時ではなく、後から振り返ってということですが。普段と違う一言とか、そのようなことは？」

「とんでもない！　それどころか、将来についていろいろと語っていましたよ。来年はどの地方に滞在するつもりだとか、そんなことをね」

「わかりました。では中に入ってからはどうしました？」

「ホールでミセス・プラントに会い、彼は話をするため彼女を呼び止めました。ぼくはそのまま客間に入って、そこに置いておいた本を取りました。ぼくが戻ると彼らはまだホールで話していました。二人にお休みを言って、ぼくは部屋に上がりました。それが彼を見た最後ですよ」

「ありがとうございます。ではお心当たりはないんですね？」

「残念ながらまるっきりね。すっかりお手上げですよ」

警部はアレックに目を向けた。「で、あなたはいかがです？　彼を最後に見たのはいつですか？」

アレックは考え込んだ。「夕食の後はほとんど見ていません、警部。つまり話はしていません。でも庭でシェリンガム君と一緒にいるところは、一、二度見かけました」

「あなたも庭にいらっしゃった？」

「ええ」

「何をなさっていたんですか？」

アレックは赤くなった。「ええと、ぼくは――その――」

ロジャーが助け船を出した。「グリアスン君と、あなたがいまだお近づきになる光栄に浴していないミス・シャノンは、昨日婚約したのですよ、警部」彼は真面目くさって、ただし横目でウィンクしながら言った。

警部は愛想よく微笑んだ。「それでは昨夜グリアスンさんが庭で何をしておられたか、伺う必要はありませんね」彼は快活に言った。「それからミス・シャノンに後で質問する際にも、その件については必要ないでしょう。それ以外の方面から、我々の助けになってはいただけませんか？」

「申し訳ないですが、警部。いずれにしろ、スタンワースさんについてはほとんど知らないのです。三日前ここに着いた時、初めてお目にかかったんですから」

マンスフィールド警部は立ち上がった。「ええと、お伺いすることはこれで全部だと思います、皆さん。ともかく、たとえ理由を解明できなかったとしても、十分明白な事件です。ドアやすべての窓は内側から施錠されており、彼が手にしていたリボルバーは、医師によれば生きている間に握られたものです。彼自身の遺書については言うまでもありません。検視官も裁断を下すのにそう長くかかるとは思えませんな」

「検死審問についてはどうでしょう?」ロジャーが尋ねた。「我々にもお呼びがかかるんですか?」

「あなたとグリアスンさんは呼ばれるでしょう。それとドアを破った時にその場にいた人――執事でしたね? それからもちろん少佐、あなたと、レディ・スタンワースも。あと最後に生きている彼を見た人もです。ここには他にどなたがおられます? ミセス・シャノンとミス・シャノン、それにミセス・プラントですか? そうですね、その方たちは召喚はされないでしょう。何か重要な情報をお持ちでない限り。なお、出席していただきたい方には、検視官からお知らせがいくでしょう」

「それで検死審問は明日ですか?」ジェファスン少佐が尋ねた。

「おそらくはね。このくらい単純な事件の場合、遅らせても意味はありませんから。さてそれでは少佐、レディ・スタンワースに降りてきていただいて、お話ができればと思いますが。それとあなたには、金庫の暗号が見つかるか、その辺を捜していただきたいのです。もちろん必要とあらば、製造業者から聞き出すこともできますが、なるべくならそうしたくないので」

ジェファスン少佐はうなずいた。「やってみます」彼は短く答えた。「それからメイドにレディ・スタンワースを呼びにやらせましょう。ご自分の部屋におられます」

彼はベルを鳴らし、ロジャーとアレックはドアの方へ向かった。

「それからお家の他の皆さんには、わたしが会うまでは屋敷を離れないようにとご注意ください」戸口を通る時、警部がそう言ったのを彼らは聞いた。「すべての方に質問しなければなりませんからね、当然」

ロジャーはアレックを食堂に引っ張っていき、そこから庭へ出た。芝生の中ほどに来てようやく彼は話しだした。

「アレック」彼は真顔で言った。「こいつをどう考える？」

「どう考えるって、何を？」アレックは尋ねた。

「どう考えるって、何を？」ロジャーは馬鹿にしたように繰り返した。「おいおい、これまでのこと全部に決まってるじゃないか。アレック、いつになく物わかりが悪いんだな。ジェファスンが必死に何か隠しているのに気づかなかったのか？」

「確かにちょっと口が重かったようだね」アレックは慎重に同意した。

「口が重いだって？　いやいや、あいつが知っていることの十分の一でも言ってたら驚きだね。それからミセス・プラントはどうだ？　それにどうして誰も、金庫の組み合わせ番号を知らないんだ？　いいかい、裏で何か複雑怪奇なことが起こってるぜ」

アレックは用心深さをかなぐり捨てた。「妙だよね」彼は思いきって認めた。

ロジャーは自分の考えに熱中していた。「それになぜジェファスンは、スタンワースのポケットを探っていたんだ？」彼は突然問いただした。「ああ、でももちろん、そんなことはわかりきってる」

「だったら首をやるね。いったいどうしてだい？」

「金庫の鍵を探すためさ。他に何が考えられる？　何らかの理由で、ジェファスンはあの金庫を開けられたくなかったんだ。とにかく警察にはね。そしてミセス・プラントもだ。なぜだ？」

「わからないよ」アレックはお手上げの体《てい》で言った。

「ぼくもさ！　そこが癪《しゃく》にさわるんだ。わからないものには我慢がならない。ずっとそうだった。この真相を突き止めるのは一種の挑戦だな」

「突き止めるつもりかい？」アレックはニヤリとした。

「突き止められる真相があればね」ロジャーは挑むように言った。「だからそうやけに皮肉っぽく笑うのはやめろよ。嫌な奴だな、知りたいとは思わないのか？」

アレックは躊躇した。「ああ、多少はね。でも結局のところ、ぼくたちには関係ない話じゃないか？」

「後になってみないとわからないよ。ぼくが知りたいのは――誰に関係のある話かってことさ。今のところ、全員みたいに思えるよ」

「それで警察には話すつもりなのか？」

「いや、そんなことはするもんか」ロジャーはきっぱりと言った。「誰に関係があろうと構わないが、警察でないのは確かだ。とにかく今はまだね」彼はちょっと脅すようにつけ加えた。

アレックはすっかり仰天した。「何だって！　最終的には警察が係わってくると思ってるんじゃないだろうな？」

「どう考えればいいかわかれば苦労しないよ！　ところでジェファスンの話に戻るが、ぼくが火床で灰を見つけて、ジェファスンがほのめかしていた謎の個人的書類の残骸かもしれないと指摘したのを覚えているかい？　ではその瞬間、彼がいやにほっとしたようだとは思わなかったか？」

アレックは思い返してみた。「あの時ぼくは、彼を見ていなかったと思うよ」

「そうか、ぼくは見ていたんだ。というより彼がどう受け止めるか見るために、わざと指摘したのさ。彼がその考えを大いに気に入ったのは誓ってもいいぜ。でもなぜだ？　それにスタンワースの個人的な書類と何の関係があるんだ？」

「でもいいかい、考えてもみろよ」アレックはゆっくり言った。「きみが考えているように、彼が本当に何か隠していたとしても、自分が隠しているのはどんなことかあっさり白状して、手の内を見せるはずがないよ。つまり、もし本当に何か隠しているとすれば、ぼくたちの目を逸らすために書類の話を持ち出したんじゃないかな。実際はまったく違うと思うよ。つまり、ぼくが言いたいのは――」

「わかったよ。きみが言いたいことは飲み込めてきた」ロジャーは優しく言った。「でも真面目な話、アレック、きみの言うことにも一理あるな。つまるところ、ジェファスンは自分をさらけ出すような男じゃないからね」

「そうとも」アレックは熱心に言った。「ほらね、ぼくが言いたいのは――」

「おや！」ロジャーは無作法に話の腰を折った。「警部が私道を歩いていくぞ。おまけにジェファスンはいない、しめた！　急いで追いかけて、他に何かわかったか聞いてみよう」そして返事も待たずに、帰っていく警部を駆け足で追っていった。

砂利を踏み鳴らす足音を聞きつけ、警部は振り向いて彼らを待ち受けた。

「どうしました？」彼はにっこりした。「何かわたしに言うことを思い出しましたか？」

ロジャーは足を緩めた。「いいえ、そうではなく、あなたの方からぼくに教えてくれることはないかと思いましてね。何か他にわかったことはありますか？」

「ひょっとして報道機関と関係をお持ちではないでしょうね、シェリンガムさん？」警部は疑わしそうに尋ねた。

「いやいや、単なる自然な好奇心からですよ」ロジャーは笑った。「公表しようとか何とか考えているわけじゃありません」

「あなたのせいで、困った立場に追い込まれるかもしれないと考えていたんですよ。わたしが必要以上にしゃべりすぎたことが公《おおやけ》になったらね。でもいずれにせよ、新たにわかったことはありません」

「レディ・スタンワースも助けにはならなかったんですか？」

「全然。解明に役立つことは何一つね。長くお引き止めはしませんでした。それを言うなら他のどの方もです。あの方たちからは何も出てこなかったので、わたしは戻って報告書を作成します」

「金庫の組み合わせもわからなかったんですか？」

「ええ」警部は肩を落とした。「製造業者に電話をして聞かなければなりません。製品番号は控えてあります」

「それで彼を最後に見たのは誰でした？」

「ミセス・プラントです。彼はホールで彼女を呼び止め、特別に彼女の部屋に届けさせた薔薇が気に入ったか尋ねると、彼女を残して書斎に入っていったそうです。その後は誰も見ていません」

「で、遺体はまだそこにあるんですか？」

「いいえ。もう我々には必要ありません。一緒に連れてきたラッジマン巡査が、二階に運ぶのを手伝っていますよ」

番小屋つきの門が見えてきて、ロジャーは立ち止まった。

「それではごきげんよう、警部。またここで会えますかな？」

「ええ。あの金庫の件でまたお伺いすることになるでしょう。中に何かがあるとは思えませんし、この暑い中十マイルも自転車を飛ばさなければならないんですがね。でも仕方ありません！」彼は苦笑すると帰っていった。

ロジャーとアレックはきびすを返すと、ゆったりと家の方へ戻りはじめた。

「ではミセス・プラントが、生きている彼を見た最後の人物だったんだな」ロジャーは考え込むように言った。「ということは彼女は検死審問までここに残るわけだ。あとの人たちは午後には発つだろうね。今何時だい？」

アレックは腕時計を見た。「十一時を過ぎたところだ」

「これが全部二時間のうちに起きたとはね！　いやはや！　さあ来いよ。遺体が片づけられたのなら、運がよければ今が絶好の機会かもしれないぞ」

「今度は何をしようっていうんだい？」アレックは興味を引かれて尋ねた。

「書斎を調べるのさ」

「へえ？　何のために？」

生まれて初めてロジャーに奇妙なためらいが生じたらしい。ほとんど神経質と言っていいくらいに咳払いし、ついに話しだした時、彼の声は珍しく真剣だった。

「そうだなあ」ゆっくりと注意深く言葉を選びながら彼は言った。「誰も気づいていないらしいが、ぼくにはその考えがどんどん強くなってくる。率直に言ってかなりぞっとしない考えだ——正直なところ、答えを聞くのがむしろ怖いような問いだよ」

「何が言いたいんだ？」アレックは当惑した。

ロジャーはまたしても躊躇した。

「いいかい」突然彼は言った。「もし自分を撃つならどんな風にやる？　こうやるんじゃないか？」

彼は手を上げて、想像上のリボルバーを右の眉尻の少し上に当てた。

アレックは彼の動作を真似た。「うん、そうだね、こうすると思うよ。これが自然なやり方だからね」

「その通り」ロジャーはゆっくり言った。「ではいったいどうして、スタンワースの額のまん中に傷があったんだ？」

6　四人の注目すべき振る舞い

アレックはぎょっとして、幅広い陽気な顔はやや青ざめた。

「何だって！」度肝を抜かれた様子で彼は叫んだ。「いったいどういう意味だ？」

「言った通りの意味さ」ロジャーは言い返した。「なんだってスタンワースはわざわざ、あんな驚くほど難しいやり方で自分を撃ったんだろう？　わからないかい？　不自然だよ」

アレックは私道に目をやった。「そうかな？　でも彼がそうしたのは間違いないんだろう？」

「ああ、もちろんそうさ」ロジャーは妙に自信のなさそうな声で言った。「でもわからないのはここだ。これほど簡単にできることを、なぜあんなにもってまわったやり方でしなきゃならない？　リボルバーは不器用に扱えるほど簡単な代物じゃないぜ。それに彼のとった体勢だと、手首を痛いほどねじることになる。人差し指を額のまん中にまっすぐ当ててみれば、ぼくの言っている意味がわかるよ」

彼は言葉通りにやってみせたが、その体勢は見るからにぎこちなかった。アレックは彼をじっと見ていた。

「ああ、やりにくそうだ」と彼は評した。

「そう。おそろしくやりにくい。それに医者がどこから弾を取り出したか見たろう。ほとんど真後ろだよ。リボルバーがほぼまっすぐ額に当たっていたということだ。どんなに難しいかやってみろよ。肘を脱臼しそうになるぜ」

アレックはその動作をなぞってみた。「きみの言う通りだ」彼は興味をそそられて言った。「具合が悪いね」

「それどころじゃない。ありえないくらい不自然だよ。でも事実なんだ」

「事実から逃れることはできないよ」アレックは訳知り顔に述べた。

「ああ、それでも説明はつくはずだ。だがこんなことが説明できるもんか」

「ねえ、どういうつもりだい?」アレックは不思議そうに尋ねた。「いやに謎めかしているんだな」

「ぼくが? よしてくれよ。謎めいているのはぼくじゃない。他のものすべてだよ。事実も人間も何もかもさ。なあ、しばらく中に入るのはよそう。どこかに椅子を見つけて、事態を把握しようよ。どういうことかわからないのが気に食わないんだ」

芝生の片隅にあるヒマラヤ杉の下の、ガーデンチェアがいくつか置かれたところへ彼は向かい、その一つにどっかりと腰を下ろした。アレックもそれに従ったが、やや恐る恐るであった。アレックは大柄で、前にもガーデンチェアに座った経験があったのだ。

「続けてくれ」彼はパイプを探しながら言った。「きみの話は妙に面白い」

喜び勇んで、ロジャーは再び話しはじめた。

「ええとそれでは、まず最初に人物の面から物事を考えてみよう。四人の人物がそれぞれ別個に、この二、三時間、控え目にいっても注目すべき行動を取っているのに気がつかなかったかい？」

「いや」アレックは正直に言った。「気づかなかったね。二人ならわかるよ。残りの二人は誰だい？」

「そう、執事がその一人だ。奴はスタンワースの死に、顔の筋一つ動かさなかったろう？　そりゃ確かに、あんなデカブツがやたらと感情を露《あらわ》にするとは思えない。でも少しくらいは見せてもバチは当たらないだろう」

「あまり取り乱していたとは言えなかったね」アレックも認めた。

「それからこの家での奴の位置づけだ。なんでまた元プロボクサーが執事にならなきゃいけない？　その二つの仕事はどうも調和しないよ。それを言うなら、どうしてスタンワースは元プロボクサーを雇いたがったんだ？　彼のやりそうなこととは思えない。エチケットについては、特に細かかったようだからね。上流気取りというわけじゃない。そう呼ぶにはあまりにも愉快な人だったよ。だが紳士とは呼ばれたがっていた。そして紳士なら元プロボクサーを執事に雇ったりはしないだろう？」

「そんな話は聞いたことがないね」アレックは注意深く認めた。

「その通り。それこそぼくが言いたいことさ。アレック、今朝のきみは素晴らしく冴えてるね」

「ありがとう」アレックはパイプに火をつけながらうなった。「でもどうやらきみの言う、四人目の疑わしい人物が誰かわかるほどではないね。早く教えてくれ」

「そのマッチ、点けたらこっちにくれよ。ほら他に誰か、スタンワースの死の知らせを、驚くほど毅然と受け止めた人物に思い当たらないかい？　しかも無慈悲なくらいぶっきらぼうな口調で彼女に伝えられたというのに」

アレックは思うように点かないパイプに、二本目のマッチを近づけている途中で動きを止めた。

「何だって！　レディ・スタンワースのことを言っているのか？」

「そうさ」ロジャーは悦に入って答えた。

「ああ、それは気づいたよ」アレックはパイプ越しに相手を眺めながら言った。「でもあの二人の間に、あまり愛情はなかったと思うけど？」

「その通り。まったくなかったね。彼女は心底スタンワース爺さんを嫌っていたと言ってもいいくらいだ。この三日間、何度もそのことに気づいたが、その時でさえ不思議に思っていたよ。今は――」彼は言葉を切り、パイプを一、二度吸った。「今はさらにわからない」彼はそっと、まるで自分に語りかけるように締めくくった。

「続けろよ」アレックは関心を持って促した。

「そう、この四人だ。この状況にふさわしからぬ振る舞いの二人と、紛れもなく疑わしい二人。いずれにせよ、興味深い四人とは言えるね」

アレックは黙ってうなずいた。彼は五人目の、早朝の振る舞いが興味深いどころではなかった人物を思い浮かべていた。やっとのことで、彼はその考えを脇に押しやった。ともかくロジャーがそれを知ることはないのだ。

「さて今度は事実を見てみると、こっちも確かにかなり奇妙だ。まず自殺を図る人間が、あんな特殊なやり方をするとはとても信じられない(実際に見ていなければ誰でもそう言うに違いない)傷の位置のことがある。それについては当面これ以上は言わないでおこう。だがそれ以外にも、話すことはたっぷりあるよ」

「きみについても多少はあるだろうさ」アレックは失礼にもつぶやいた。

「待てよ。真面目な話なんだ。皆が言うところによると、昨夜は全員しかるべき時間にベッドに入ったらしいな? ミセス・プラントはホールでスタンワースと会った後。バーバラと母親は、庭からきみたちが戻った直後。そしてジェファスンときみは、ビリヤードを終えた後ということだね?」

「そうだ」アレックはうなずいた。「十一時半というところかな」

「ほら」ロジャーは勝ち誇って言った。「誰かが嘘をついている! ぼくは一時過ぎまで部屋で仕事をしていたんだが、十二時からその頃まで、一度ならず二、三度、廊下で足音を聞いたんだ——最後はぼくがちょうど仕事を切り上げた時だよ! もちろんその時は、特に注意は払わなかった。だが絶対に聞き違いじゃない。だから皆が十一時半までには部屋にいたと（おそらく書斎に閉じこもっていたスタンワース以外は）言っているなら、もう一度言うよ――誰かが嘘をついているんだ！　さあ、どう思う？」

「わかりっこないよ」アレックは匙《さじ》を投げ、パイプを猛然と吹かした。「きみこそどうなんだ？」

「誰かが嘘つきだという明白な事実以外、何もないよ――まだね！　でも今のところこれで十分だ。それから他にもある。あの鍵がどこにあったか覚えてるかい？　ベストのポケットだ。彼がいつも入れていたポケットの上のね。警部はただ、間違ったポケットに入れてしまったんだろうとしか言わなかった。なあ、そんなことってあると思うか？」

「あってもおかしくないよ。到底考えられない話とは思わないけど」

「いやいや、到底考えられないとまでは言わないよ。でもやっぱり考えにくいんだ。例えばきみは、そんなことをやった経験があるかい？」

「何かを間違ったポケットに入れてしまったことかい？　そりゃあるさ。数え切れないくらいね」

「違うよ、馬鹿だな。単に間違ったポケットならどれでもっていう話じゃないよ。ベストの下のポケットじゃなく上の方に入れてしまうってことさ」

アレックは考え込んだ。「どうだろう。ないかもしれないな！」

「たぶんないよ。もう一度言うが、不自然な間違いだね。ベストの胸ポケットなんて、めったに使わないものだ。手が届きにくいからね。でもこう考えてみてくれ。椅子にかかっているベストの下ポケットに何かを入れたい時、間違って胸ポケットに入れてしまうのは、ごくありがちなことだ。ぼくだって何百回となくやっている」

アレックは低く口笛を吹いた。「きみの言いたいことが読めたぞ。つまり――」

「その通りさ！　他人が着ているベストは、椅子にかけてあるのと同類だ。可能性で判断するなら、一番ありそうなのは誰か別の人間があのポケットに鍵を入れたってことだ。スタンワース本人じゃなくね」

「でもいったい誰がやったんだと思う？　ジェファスンかい？」

「ジェファスン！」ロジャーは馬鹿にしたように繰り返した。「もちろんジェファスンのわけがない！　そこが肝腎な点だよ。ジェファスンは鍵を捜してたんだぜ。そして間違ったポケットに入っていて、それを知らなかったもんで見つけられなかったんだ。わかりきったことさ」

「それは失礼！」アレックは謝った。

「ねえ、こんなのおかしいと思わないか？　事態をよけいややこしくしてるよ。ぼくたちの怪しい人物のリストに、五人目の謎の人物を加えなきゃ」

「じゃミセス・プラントだとも思っていないんだね？」アレックはためらいがちに言った。

「ミセス・プラントじゃないことはわかってる。彼女は金庫のつまみをいじっていた。鍵を持っていなかったんだ。それにどっちにしろ、たとえ持っていたって、彼女がそれをまた戻したとは考えられない。いや、他を当たらなきゃ。待てよ、書斎が空っぽだったのはいつだ？」彼は思い出すために言葉を切った。「ジェファスンが一人であそこにいたのは、ぼくが食堂にいた時だったが（ところでなぜミセス・プラントが失神したのか知りたいね。だがそれも金庫が開くまでお預けだ）、彼は鍵を見つけていない。それから彼とぼくは庭に出た。そしてきみと会い、ほぼその直後にミセス・プラントをつかまえたんだ。ぼくがジェファスンといたのはどのくらいだ？　せいぜい十分かそこらだ。とするとミセス・プラントが書斎に入ってくるまでの十分間に、鍵に触った者がいる（その後はそんな機会はなかった。警察が来るまでぼくらが書斎を監視していたからね）。その時でなければ――」彼は言いよどんで沈黙した。

「それで？」アレックは聞きたがった。「その時でなければ、いつだい？」

「何でもない！――とにかく考えるべきことがたくさんあるよな？」

「一つはあるね」アレックは同意し、勢いよく煙を吐いた。

「ああ、それにもう一つある。たぶん大して重要じゃないかもしれない。スタンワースの右手首に、かすかな引っ掻き傷があったんだ」

「薔薇の茂みさ！」アレックはすかさず答えた。「しょっちゅう薔薇をいじっていたじゃないか？」

「あ――ああ」ロジャーはおぼつかなげに答えた。「もちろんそれは思いついたさ。でもなぜか薔薇の引っ掻き傷とは思えないんだ。例えばそれはかなり幅が広くて、薔薇で引っ掻いたように細くて深い傷じゃない。でも取るに足りないことなんだろう。たぶん何の関係もないよ。そう、これで全部だ。さあ、これまでのことをどう思う？」

「ぼくの忌憚のない意見を聞きたいなら」少しの間を置いて、アレックは用心深く口を開いた。「きみはもぐら塚を山だと言い張っていると思うね。言い替えるなら、些細なことに重要性を持たせすぎている。結局よく考えてみれば、きみがこれまで言ったことは、どれも大して重大なことじゃないだろう？　それにジェファスンやミセス・プラントにだって、完全に潔白だという弁明があるかもしれないじゃないか」

ロジャーは一、二分、思いに沈んでパイプを吹かしていた。

「もちろんそうかもしれない」ようやく彼は言った。「実際、ぜひ潔白であってほしいと願っているんだ。他のことについては、ただのもぐら塚だというきみの意見に同調するよ。だがもぐら塚でも十分な数をどんどん積み上げていくと、山だってできるってことを忘れないでくれよ。それがこの事件で、考えずにはいられない点なんだ。こういう小さな事実は、一つ一つなら何でもない。でも集まると猛烈にぼくを悩ませるんだ」

アレックは肩をすくめ、「好奇心は猫をも殺すっていうよ」と辛辣に指摘した。

「そうかもな」ロジャーは笑った。「だけどぼくは猫じゃないし、好奇心はぼくの生きがいなのさ。とにかくこれだけは決めたんだ。何か他に見つからないか、その辺を嗅ぎまわってやろうとね。ぼくはスタンワースが好きだったし、ほんのわずかな可能性でも彼が――」彼は急に自分を抑えた。「何かがちょっとおかしいと思える限りはね」少し間を置いて彼は締めくくった。「さあ、とことん調べるぞ。ところできみに聞きたいんだが――協力してくれるのかい？」

アレックは黙ったまま、友人を一、二分見つめ、手は吸っていたパイプの火皿を揺すっていた。

「ああ」ようやく彼は明言した。「ある条件の上でね。きみが何を見つけても、ぼくに言わずに重大な段階に進むことはしないでくれよ。つまり、これが完全に公明正大な行為だと考えていいのか、ぼくにはわからないんだ。それでぼくが望むのは――」

「その点は心配御無用さ」ロジャーはにっこりした。「調べを進めていく時は、二人一緒だ。きみに知らせないどころか、きみの同意なしには何もしない。それこそフェアなやり方だ」

「では進めていくうちに何か発見したら、どんなことでも必ず知らせてくれるかい?」アレックは疑わしそうに聞いた。「ホームズがワトスンにやっていたような、隠し事はしないな?」

「もちろんさ、きみ! それを言うなら、隠したくてもできないよ。ぼくは誰かに打ち明けて相談せずにはいられないんだ」

「きみはとんでもない探偵になるだろうよ、ロジャー」アレックはニヤリとした。「与太を飛ばしてばかりでさ。理想の探偵というのは、何にも言わずに現場を這《は》いずり回る、薄い唇に細面の奴と相場が決まってるんだ」

「小説ではね。そんなのは現実には存在しないよ。本当なら考えたことを副官にしゃべりまくってるはずさ。それがすごく有効なんだ。ホームズはワトスンにすべてを打ち明けなかったせいで、ずいぶん多くのことを見逃してるだろうよ。一つには、実際にしゃべることで考えがはっきりして、その先に進む手掛かりをつかむことができるんだ」

「それじゃきみの考えは、さぞはっきりすることだろうねえ」アレックはずけずけ言った。

「それに」ロジャーは意に介さず続けた。「ワトスンはホームズにとって、とても役立つ存在だったに違いないよ。ホームズがいつも冷たく嘲《あざけ》っていた、あの気の毒なおやじさんの馬鹿馬鹿しい説が（ワトスンが一度でも真実を言い当てていたらよかったのに。きっと飛び上がるほど喜んだだろうよ）――そう、ホームズに再三正しい考えを思いつかせていたとしても、全然驚かないね。でももちろん、彼はそんなことを知る由もなかったんだ。とにかく教訓として、きみは全力を尽くしてしゃべりたまえ。ぼくもそうするよ。そしてぼくたち二人して何も見つけることができなかったら、ぼくのことを間抜けだと書いてもいいよ。もちろんきみのこともね、アレグザンダー！」

7 なかった花瓶

「よろしい、シャーロック」アレックは言った。「まず手始めにどうする？」

「書斎だ」ロジャーは即答し、立ち上がった。

アレックも後に続き、彼らは屋敷の方へ向かった。

「何が見つかると思っているんだ？」アレックは知りたがった。

「それがわかれば苦労しないよ」ロジャーは白状した。「実を言うと、何か見つかると本気で思ってるわけではないんだ。もちろん希望はあるけど、はっきりした方向はわからない」

「ちょっとあやふやじゃないか？」

「まるっきりね。ここが面白いところなんだ。ぼくらにできるのは、どんなに些細なことでも、普通と違うことは何でも探りだそうと努めることだ。十中八九意味はないだろうし、もしあったとしてもぼくらがそれに気づくことは、また十中八九ないだろう。それでも言った通り、望みはいつもあるからね」

「でも何を探す？　きみが言っていた人たちと係わりのあるものか、それともただ――ええと、ただどんなものでもいいのかい？」

「何でもさ！　何でもすべて、幸運を当てにしてね。さあ、この砂利道は静かに歩けよ。我々があちこち嗅ぎまわっていることを、誰にも知られたくないからね」

彼らは小道を静かに歩いて書斎に入った。誰もいなかったが、ホールへ続くドアが少し開いていた。ロジャーは部屋を突っ切って閉めた。それから周りを注意深く見回した。

「どこから始めようか？」アレックは興味津々で尋ねた。

「そうだねえ」ロジャーはゆったりと言った。「今、全般的な印象をつかもうとしてるんだ。ほら、邪魔されずに見渡せるのは、本当にこれが初めてだからね」

「どんな印象だい？」

ロジャーは考え込んだ。「言葉にするのは難しいね。でもぼくはわりともの覚えがいいんだ。つまり物や場所を見たら、その光景をかなり長く頭に残しておけるんだ。そのように訓練したのさ。背景やら何やらの描写のために、アイデアを貯えておくのにすごく便利なんだ。写真みたいに、と言ってもいいくらいさ。そこで、もしこの数時間のうちに、何か重大な変化がこの部屋で起こったなら——例えば金庫の位置が変わったとか、そんなようなことだ——おそらく見つけられるだろうと思いついたんだよ」

「で、今はそれが役に立ちそうかい?」

「さっぱりわからないね。でもやってみて損はないだろう?」

彼は部屋の中心まで行き、おもむろに見回して、その光景を頭にしみ込ませていった。完全に一回転すると、テーブルの端に座って目を閉じた。

アレックは期待を込めて彼を見守った。「うまくいったかい?」何分か沈黙が続いた後、彼は尋ねた。

ロジャーは目を開けた。「いや」いささか悔しげに彼は認めた。あれほど入念に準備を整えた後で、とっておきの秘策が失敗したとわかった時はいつも興醒めなものだ。ロジャーの気持ちは、シルクハットから兎《うさぎ》を取り出せなかった奇術師と似ていないこともなかった。

「ああ!」アレックはあいまいな声を漏らした。

「どこも変わったところは見つけられなかったよ」ロジャーはほとんど弁解するように言った。

「ああ!」アレックはまた言った。「じゃあ何も変わっていないと思っていいんだね?」彼は助け船を出してみた。

「そうらしいね」ロジャーは認めた。

「さて、これが本当におそろしく意味のあることだって言うつもりかい？」アレックはニヤリとした。「そう言うなら、ぼくはきみの言うことなど信じないって警告しておくからね。思った通りだ。きみは些細なことでいちいち大騒ぎしすぎるって言っただろう」

「黙れよ！」ロジャーはテーブルの端から噛みついた。「考えてるんだ」

「おっと失礼！」

ロジャーは相棒の探偵の、しろうとくさい嘲笑など気にも留めなかった。彼は彫刻が施された大きなオークの炉棚をぼんやりと眺めた。

「一つだけ思いついたことがある」少し間を置いて、やおら彼は言った。「今それを考えてるんだ。あの炉棚はどこかちょっと傾いているようには見えないかい？」

アレックは相手の視線を追った。炉棚は普通と何ら変わりなく見えた。ありふれたピューターの皿とジョッキのセットが上に置いてあり、一方には大きな青い陶器の花瓶があった。少しの間アレックは何も言わずに凝視した。それから「どこも傾いてやしないよ」ときっぱり言った。「どうしてそう思うんだ？」

「はっきりとはわからない」ロジャーはまだその炉棚をじっと見据えながら答えた。「ただ言えるのは、どこかしらしっくりこないということだ。まあ言ってみれば、重心が片寄ってるってとこかな」

「なるほどね」アレックは寛大に言った。「きみの言ってるのがそういうことなら、確かにそうだ」

「まあ、非対称と言った方がいいかもしれない」ロジャーは突然膝を叩いた。「そうか！　何て馬鹿だ！　わかったぞ。もちろんそうだ！」と勝ち誇った笑みを相手に向ける。「今まで気づかなかったなんて不思議じゃないか？」

「何にだよ？」アレックはいらいらして叫んだ。

「そりゃ花瓶にさ。わからないか？」

アレックは花瓶を見つめた。何の変哲もないものに見えた。

「あれがどうしたんだ？　どこもおかしくないようだけど」

「ああ、あれには何の問題もないよ」ロジャーは快活に答えた。「まともなもんさ」

アレックはテーブルに近づいて拳を握り締め、ロジャーの鼻先二インチのところにつきつけた。

「三十秒以内に何のことを話してるのか言わなければ、こいつをお見舞いするぞ」彼はすごんだ。「こっぴどくな！」

「話すよ」ロジャーはあわてて言った。「昼食前に殴られるのは医者から止められているんだ。それについちゃすごく厳しいんだよ、実際。ああわかったってば。花瓶のことだったね。ねえ、わからないかい？　一つしかないんだ！」

「それだけか？」アレックはうんざりしたように顔を背けた。「きみが大騒ぎするもんだから、よっぽど面白いものを見つけたのかと思ったよ」

「そうだとも」ロジャーは平然と言い返した。「いいかい、面白い点というのは、誓って言うが昨日は花瓶が二つあったんだ」

「へえ？　どうしてわかるんだい？」

「だってそれをはっきりと思い描いたからさ。あの炉棚のバランスよく整然とした印象を思い出したんだ。典型的な男の部屋の炉棚だったよ。ほら、女性は非対称な性だからね。花瓶が一つしかないという事実は、全体の印象を変えてしまうんだ」

「そうかな？」アレックはまだあまり感銘を受けた様子はなかった。「で、それが何かと関係あるの？」

「たぶんないね。昨日の午後以降に二つ目の花瓶が消えたって事実だけだ。それだけのことさ。スタンワース自身がどうかして壊してしまったのかもしれない。使用人の一人がひっくり返してしまったのか、あるいはレディ・スタンワースが花を生けるため持っていったのか——何とでも考えられるよ！　だが明らかになったらしい唯一の新事実なんだから、調べてみようよ」

ロジャーはテーブルを離れ、暖炉の方へぶらぶら歩いていった。

「時間の無駄だよ」アレックは納得せずにがみがみ言った。「何をしようっていうんだい？　使用人たちに尋ねるのか？」

「いやまだだ、いずれにしろ」ロジャーは炉の前の敷物に立って返事をした。炉棚の表面を見ようと爪先立ちになった彼は「ほら！」と興奮したように叫んだ。「ぼくが何と言った？　これを見ろよ！　この部屋はもちろん今朝は埃を払っていない。花瓶のあったところに輪っかがあるよ」

ロジャーは椅子を引きずっていき、もっとよく見るために上った。アレックの方は背が一、二インチ高いので、狭い炉格子に立つだけで見ることができた。炉棚にはほとんど埃が見られなかったが、表面のかすかな、だがはっきりした輪を見分けるには十分だった。ロジャーはもう一方の花瓶に手を伸ばし、底を印に当ててみた。ぴったりだった。

「これが証拠だ」ロジャーはいくぶん満足げに言った。「もちろんぼくが正しいのはわかってたよ。だがそれを証明できるのは、いつだってうれしいね」屈み込んで表面を子細に調べ、「しかしここにある他の小さな跡はいったい何だろう」と考え込みつつ言葉を継いだ。「わからないな。何だと思う?」

輪の中や外に点在しているのは、うっすら覆った埃についた無数のかすかな跡だった。大きく幅広いものもあれば、ごく小さいものもあった。形はバラバラで、端は見分けられないくらい周りの埃に溶け込み、どこが始まりでどこが終わりなのかわからなかった。しかし輪の数インチ左側では、表面の奥行き全体にわたり一フィート近い幅で、埃がきれいに拭き取られていた。

「わからないな」アレックは打ち明けた。「残念ながら何の考えも浮かばないよ。誰かが何かをここに置いて、後でまた持ち去ったんだろう。いずれにしろさして重要だとも思えないな」

「たぶんね。でも面白いよ。きみが正しいんだろう。他に解釈しようがないと言わざるを得ないね。でもこんな跡を残すなんて、とても変わった形の物に違いないよ。それとも複数のものなのかな? それにどうして埃がこんなふうに拭き取られているんだろう? 何かを表面で引きずったんだ。平たくて滑らかでかなり重い物だ」彼は少しの間じっと考えた。「奇妙だな」

アレックは炉格子から後ろに下がり、「まあ、ぼくらはあまり進展していないようだね」と評した。「他のところを探してみよう、シャーロック」

彼はぶらぶらとあてもなくフランス窓の方へ向かい、そこから庭に目をやった。

ロジャーの鋭い叫びに彼はすぐさま振り向いた。ロジャーは椅子から敷物に下りており、手に持った物を食い入るように見つめていた。

「ほら！」彼は何か小さく青い物が載った手の平を差し出した。「こっちに来てこれを見てくれよ。たった今椅子から下りた時、この上に乗っかったんだ。敷物の上にあったんだよ。何だと思う？」

アレックはそれを手に取り、小さな青い陶器の破片だとわかったものを、注意深くひっくり返してみた。

「ああ、こいつはもう一つの花瓶のかけらだ！」彼はもったいぶって言った。

「よくできました。アレグザンダー・ワトスン。その通りだ」

アレックは破片をさらにしげしげと吟味して、「花瓶は割れたに違いない」と重々しく宣言した。

「素晴らしい！　きみの推理能力は今朝驚くべき状態にあるね、アレック」ロジャーはにっこりした。それから真顔になった。「だけど真面目な話、ずいぶんとややこしいぞ。もちろん何が起こったかわかるだろう。花瓶は置いてあったその場で割れたんだ。このかけらから見て、それこそ炉棚の跡がついたと考えられる唯一の理由だよ。あれは割れた破片でできたんだ。そして幅広い部分は、誰かが破片を棚から掃いて落としたのさ——おそらくは大きなかけらを輪っかの周りから拾い上げたのと同じ人物だ」

彼は言葉を切り、もの問いたげにアレックを見つめた。

「それで？」その御仁はのたまった。

「それで、何が問題なのかわからないのか？　花瓶はその場で突然割れるものじゃない。落っこちて地面に叩きつけられるとか、そんなことで割れるんだ。これは見る限り、その場から動きもせず粉々になったんだ。そんなばかな、不自然だよ！　そしてこれはぼくたちが見つけた第三の不自然な事象だ」彼は勝利と憤慨の入り混じった口調で言った。

アレックはパイプに慎重に煙草を詰め、マッチを擦った。「また延々と回り道をしようってのかい？」とにべもなく言った。「もちろんはっきりした理由はあるさ。誰かが花瓶を横に倒して、炉棚の上で割ってしまったとかね。何もおかしなところはないと思うな」

「いやあるよ」ロジャーはすかさず言った。「二つの点だ。第一にあの二つの花瓶は、そんなふうに木の面の上でただひっくり返したくらいで割れるには分厚すぎるよ。第二にたとえ割れたとしても、倒れたところの埃に滑らかな楕円の跡がついているはずだ。そんなものはなかった。いや、ぼくにわかる限りでは、あんなふうに割れた理由は一つしか考えられない」

「それは何だい、シャーロック？」

「何かがぶつかったのさ——それも強烈に直撃したんで、花瓶はその場で粉々になっただけで炉床には落ちなかったんだ。どう思う?」

「まあ理に適っていると思うね」アレックは考えた後に認めた。

「あまり熱が入っていないみたいだね? これで正解間違いなしというくらい、きわめて理に適っているよ。さて、それでは次の質問だ――誰が、あるいは何がそのようにぶつかったのか?」

「こんなことを続けてどこかにたどり着くのかい?」アレックはふいに尋ねた。「つまらない花瓶のことで時間を無駄にしているんじゃないか? ぼくたちが探しているものと、どう係わる可能性があるのかわからないよ。いずれにせよ、探しているものが何なのかもわかってないんだけどね」彼は率直につけくわえた。

「ぼくの花瓶がお気に召さなかったようだね、アレック。残念だよ、だってぼくの方はどんどん気に入ってきてるんだからね。とにかく、これから一、二分そのことに考えを集中するから、庭を散歩してウィリアムとおしゃべりしたければ、ぼくに構わないでどうぞ」

アレックは再び窓の方に近づいた。どうしたわけか、彼はできるだけ庭を見張っていなければと気をもんでいるようだった。

「ああ、邪魔はしないよ」彼がさりげなく言いかけると、同時にその理由となる人物が、薔薇園の方から芝生へとゆっくり歩いてくるのが見えた。「ええと、実を言うと、ちょっと散歩して来ようと思うんだ」彼はあわてて言い直した。「長くはかからないよ、何か持ち上がった時のためにね」そして急いで出ていった。

ロジャーは指名したばかりの自分の助手が、目標まで一直線に進んでいるのを目で追いながら軽く微笑むと、仕事を再開した。

アレックはぐずぐずしていなかった。この何時間か彼をひどく悩ませていた疑問があり、その答えを、それもすぐに知りたかったのだ。

「バーバラ」彼女と肩を並べるとすぐに、彼はいきなり切り出した。「きみが今朝言ったことだけど、朝食の前に。ここで起こったこととは関係ないんだよね?」

バーバラはつらそうに顔を赤らめた。それから急に青ざめた。

「あなたは――スタンワースさんが亡くなったことを言ってるの?」彼女はまっすぐにアレックを見つめ、しっかりした口調で尋ねた。

アレックはうなずいた。

「いいえ、関係ないわ。それはただの――恐ろしい偶然の一致よ」彼女は少し黙った。「どうして?」ふいに彼女は尋ねた。

アレックはすこぶるきまり悪そうだった。「ああ、どうしてかな。ほら、きみが――ええと、何か恐ろしいことが起こったって言ってたから。そして半時間後にあのことを知って――つまりちょっと考えずにはいられなかったんだよ――」彼はまごついて黙り込んだ。

「いいのよ、アレック」バーバラは優しく言った。「勘違いしたのも無理ないわ。さっき言ったように、ただの恐ろしい偶然よ」

「それで今朝言ったことについて、考えを変える気はないのかい?」アレックは控え目に尋ねた。

バーバラはさっと彼を見て、「どうしてわたしが？」と即座に返した。「だって——」彼女はためらい、言い直した。「なぜ考えを変えるだなんて思ったの？」

「わからない。きみは今朝すごく動揺していたから、悪い知らせを聞いた時のはずみでそう言ってしまったのかと思ったんだ。それでたぶん、よく考え直してくれたら、もしかして——」

彼は意味ありげに言葉を切った。

バーバラは妙にそわそわしていた。アレックの言外の質問にすぐには答えず、ハンカチの端を指の間で神経質によじっている姿は、普段並外れて冷静なこの若い女性にしては、妙にそぐわない仕草だった。

「ああ、何と言ったらいいのかしら」ようやく彼女は、低くせわしない口調で言った。「今は何も言えないの、アレック。はずみでおかしな振る舞いをしたかもしれないわ。わからないけど。来月わたしたちがマートンさんのところから戻ったら、会いに来てちょうだい。いろんなことをじっくり考えなきゃならないの」

「問題が何なのか教えてはくれないんだね？」

「ええ、だめよ。どうか聞かないで、アレック。本当はわたしの秘密というわけではないの。ええ、どうしても言えないわ！」

「わかったよ。でも——ぼくを愛してはいるよね？」

バーバラは親しみを込めて、さっと彼の腕を撫でた。「そのこととは関係ないのよ」彼女は穏やかに言った。「来月会いに来て。もしかしたら――その頃には考えが変わっているかもしれないわ。だめよ、アレック！　いけないわ。とにかくこんなところではだめ。たぶん一度だけなら――ほんの軽くよ！――出発の前にね。でもいい子にしているならよ。それにもう急いで中に戻って、荷造りをしなきゃ。わたしたちは二時四十一分の汽車に乗るから。母が待ってるわ」

バーバラはいきなり彼の手をぎゅっと握り締めると、家の方へ向かった。

「ここで彼女に会えたのは、ちょっとした幸運だったな！」アレックは彼女の後ろ姿を見送りながら、うっとりとつぶやいた。起こったことを述べた彼の言葉で、この部分は必ずしも正しくない。なぜなら当の女性はわざわざそのために庭に出てきたのだから、それに続く出会いは幸運というより、むしろ巧みな兵法というべきだろう。

そんなわけでひときわ歓喜に酔ったワトスンが、意気揚々と書斎に引き上げてくると、シャーロックが大きな書き物机の前の椅子に厳めしい顔で座り、炉棚をじっとにらんでいるのに出くわした。

思わず彼は少し身震いし、「うわっ、恐ろしいことをする奴だな！」と叫んだ。

ロジャーは彼をぼんやり見た。「どうしたんだ？」

「あのなあ、ぼくだったらその椅子にだけは、しばらく座りたくないね」

「戻ってきてくれてよかった」ロジャーはやおら立ち上がりながら言った。「興味深い考えをたった今思いついて、確かめるところだ。当たってる可能性は何百万分の一しかないが、もしそうだったら――！　いやはや、ぼくらは何をしようとしているんだろうな！」

彼の話しぶりがあまりにも真剣だったので、アレックは驚いてまじまじと見つめ、「おいおい、今度はどうしたんだ？」と尋ねた。

「いや、多くを語ろうとは思わないよ」ロジャーはゆっくりと答えた。「あんまり途方もない話だからね。でも二つ目の花瓶が割れたことと関係あるんだ。あんなふうに粉々になるには、何か謎の物体がものすごく強烈にぶつかったに違いないって言ったのを、覚えてるだろう。その物体かもしれないものを思いついたんだ」

彼は暖炉の前にまだ置いてあった椅子のところに行くと、上に乗った。それから今離れたばかりの椅子の方をちらりと見ると、炉棚の後ろの木造部を調べ始めた。アレックは黙って見守った。突然ロジャーはぐっと注意を傾けて身を屈め、羽目板を指でつつきだした。アレックはその顔がひどく青ざめているのに気づいた。

ロジャーは後ろを振り返ると、少々あぶなっかしく椅子から下りた。「何てことだ、でもぼくは正しかった！」彼は低い声で宣言し、眉を上げてアレックを見つめた。「二つ目の花瓶は銃弾で割れたんだ！　左側の小さな柱の陰に傷が残っている」

8　シェリンガム氏、驚愕の発言をする

しばし二人の間に沈黙が流れた。

それから「何だって！」とアレックは叫んだ。「絶対に確かなのか？」

「絶対にね。まさしく弾痕だ。弾はなかったが、木の中にめり込んだのをペンナイフでほじくり出したんだ。穴の周りに刃の跡がついているのがわかるよ。上って見てみろよ」

アレックは椅子に上り、木材に開いた穴を大きな人差し指で触った。「古い傷ではないのかい？」彼は尋ね、しげしげと見入った。「この羽目板にはあちこちに傷があるよ」

「いや、それも考えてみた。古い穴なら縁が多少滑らかになっているだろう。その穴の縁はギザギザ尖ってるよ。それにナイフが木を削り取ったところは、表面が他と全然違う。それほど黒っぽくない。いや、その傷は確かに最近のものだ」

アレックは椅子から下り、「これをどう思う？」といきなり聞いた。

「はっきりとはわからないが」ロジャーはゆっくり言った。「ぼくらの考えはかなり徹底的に見直すことになるね、そうじゃないか？　でも一つ大切なことを教えると、この傷から埃の輪の中心を通った線は、まっすぐ書き物机の前の椅子に達しているんだ。これはとても意味深長

だと思えるね。ちょっといいかい。芝生へ出て話し合おう。とにかくここにあまり長くいたくないからね」

彼は敷物の上の椅子を注意深く元に戻すと、庭に出た。アレックは忠実についていき、再びヒマラヤ杉の下に来た。

「話を続けてくれ」二人とも座るとアレックは言った。「面白くなってきたよ」

ロジャーは心を奪われている様子で眉をひそめた。彼は大いに楽しんでいたのだ。何であれその時やっていることに心から打ち込める能力を発揮して、彼はすでに偉大な探偵の深遠な雰囲気を漂わせていた。その態度はまったく無意識であったが、それでもなお名探偵特有のものであった。

「では、スタンワース氏の座っていた椅子を通る線上で、銃弾が発射されたという事実を、我々の出発点として」と彼は学者のように切り出した。「それからこう考えて差しつかえないと思うんだが、その弾が発射されたのが、ええと、十二時から二時までの間だと仮定すると、最初に考えられるのは、おそらくスタンワース自身が撃ったに違いないという事実だ」

「そこで思い出すのは」アレックは真面目くさっていった。「スタンワース氏のリボルバーからは一発しか撃たれていないと、警部が特に述べていた点で、そんなことを思いついた我々の馬鹿さかげんをたちまち悟るというわけだ。言い替えれば、やり直しってこと！」

「そう、それが厄介なところだな」ロジャーは考え込んだ。「そいつを忘れてたよ」

「そうだと思った」アレックは冷たく言い放った。

ロジャーは思案を巡らせた。「ひどく謎めいていて難しいよ」それまでの独断的な態度を振り捨てて、ようやく彼は言った。「ぼくにわかる限りでは、もう一発の弾を撃ったのはスタンワースだというのが、納得できる唯一の説だ。あと一つだけ考えられるのは、たまたまスタンワースと花瓶を結ぶ線上にいた他の誰かが、スタンワースのと同じかほとんど同じ口径のリボルバーを使って撃ったという説だ。見たところちょっとありそうもないだろう？」

「でもまったく発射されてないスタンワースのリボルバーからの銃撃だったという方が、もっとありえないよ」アレックは冷淡に批評した。

「ではなぜ警部は、あのリボルバーから一発しか発射されていないと言ったんだろう？」ロジャーは尋ねた。「それは空っぽの薬莢が一つしかなかったからだ。だがよく聞いてくれ。彼は同時に、リボルバーは全部装塡されてはいないと言ったんだ。さて、スタンワースがあの弾を撃った後、何らかの理由で(何だかわからないけどね！)薬莢を取り出したとは考えられるか？」

「ああ、考えられるとは思うね。でもその場合、部屋のどこかで空の薬莢が見つかるはずだとは思わないか？」

「そうだな、その辺にあるかもしれない。まだ探していないからね。とにかくもう一発を撃ったのはおそらくスタンワースだという事実からは逃れられない。ではなぜ撃ったんだ？」

「知るもんか！」アレックはぴしゃりと言った。

「彼が本当の生きる喜び《ジョワ・ドウ・リーヴル》を味わうため、単に行き当たりばったりに花瓶を撃ったとか、自分を撃とうとしたけれどあまりに下手だったので、反対方向にある物に当たってしまったとかいう考えは、除外していいと思うね」

「ああ、除外できるんじゃないかな」アレックは用心深く言った。

「よし、それじゃスタンワースは何かに向けて撃った。何にだろう？　明らかに誰か別の人物だ。ということはスタンワースは昨夜、書斎で一人きりではなかったということだ！　ぼくらは一歩前進したことにならないか、どう思う？」

「あまりに早計だよ」アレックはぶつぶつ言った。「もう一発が昨夜撃たれたのかどうかさえ、はっきりとはわかっていないじゃないか、それに――」

「いやあ、わかってるとも、アレック君。花瓶は昨夜割れたんだぜ」

「ではとにかく、スタンワースが撃ったとはわかっていない。なのに今度は、彼が撃った誰かさんをこしらえちまったのか？　ぼくにはせっかちすぎるね」

「アレック、きみはスコットランド人だったね？」

「ああそうだよ。でもそれと何の関係がある？」

「いや別に。ただ生まれつきの用心深さが、驚くほど発達したみたいだからさ。そいつを乗り越えるんだ。ぼくが飛び込むからきみはついてくればいい。どこまで言ったっけ？　ああ、スタンワースが昨夜、書斎で一人ではなかったというところまでだ。さて、それがぼくらにとって何を意味するのか？」

「きみにとって何を意味しないか、神様だけがご存じだよ」アレックはやけになってつぶやいた。

「きみにとって何を意味することになるかは、ぼくにはわかってるよ」ロジャーは一人悦に入って言い返した。「それは衝撃さ。スタンワースは昨夜自殺を図ってはいないと、ぼくは確信している」

「何だって？」アレックは息を飲んだ。「いったいそれは、どういうことだ？」

「彼は殺されたんだ！」

アレックはパイプを下ろし、信じられないといった目で相手を見つめた。

「ねえきみ」少し経って彼は口を開いた。「突然いかれちまったのかい？」

「その反対さ」ロジャーは穏やかに答えた。「これほど正気だったことはかつてないよ」

「でも――どうしてそんなことができたんだ？　窓は留め金が掛かっていて、ドアも内側から施錠されて、鍵は鍵穴に差さっていたんだぞ！　それにほら、彼自身の遺書が目の前の机に置いてあったじゃないか！　ロジャー、きみの頭はどうかしてるよ」

「彼のリボルバーの握り方は言うまでもなく――医者は何と言ってたっけ？　ああそうだ、きちんと合っていて、生きている間に持ったものに違いないということだったね。そう、確かに問題点はあるよ、アレック、それは認める」

アレックは肩をすくめ、気持ちを雄弁に表した。「この事件でよっぽど頭に血が上ったんだな」彼は無愛想に言った。「もぐらの塚から山を作るだって！　とんでもない！　きみはミミズの糞一つから山脈を作り上げているよ」

「うまいことを言うね、アレック」ロジャーは賛成した。「おそらくそうだろう。だけどぼくの勘ではスタンワースは殺されたんだ。もちろんぼくが間違ってるかもしれないよ」彼は率直につけ加えた。「だがそんなことはめったにない」

「でもそんな馬鹿な、何もかも問題外だよ！　きみはまたしても間違った道を進んでるぞ。たとえ第二の人物が書斎にいたとしても――ぼくは非常に疑わしいと思ってるがね！――スタンワースがあんなふうに鍵を掛けて閉じこもる前に、部屋を出たはずだ。その事実からは逃れられないよ。実際その通りなんだから、また自殺に逆戻りしてしまうぞ。どっちも取るわけにはいかないだろう。その架空の人物がスタンワースに何らかの圧力をかけて（あくまでもそんな人物がいたらの話だが）、自殺するよう無理強いしたというなら、ありえない話ではないよ。でも殺人となると――！　口にするのも馬鹿馬鹿しいくらいだ！」アレックは相手の説をこき下ろすうちに、次第に興奮してきたようだった。

ロジャーは落ち着き払っていた。「そうだね」と考え込むように言った。「きみにとっていささかショックだろうとは思っていたよ。だが実を言うと、この自殺騒ぎのほぼ最初から、そうじゃないかと疑ってたんだ。傷の位置のことが納得できなかったのは知ってるね。それから他のすべて、窓やドアや遺書やら何やらが――安心させてくれるどころか、さらに疑いを深めたのさ。『言い訳は心にやましいところがある証拠』の事例だと、ますます思えてならないんだ。それとも別の言葉で言うなら、事件全体が、第一幕の残骸がきれいに片づけられた後で、巧妙に整えられた第二幕に見える。もちろんぼくが馬鹿なんだろう、でもこれがぼくの印象だ」

アレックは鼻を鳴らした。「馬鹿だって！　そんな生易しいもんじゃないよ」

「そんなにひどく当たらないでくれ、アレック」ロジャーは懇願した。「どちらかといえば頭脳明晰な方だと思ってるんだからね」

「きみはいつでも早合点してしまうんだ」アレックはこぼした。「二、三人がちょっとばかりおかしな行動を取ったとか、別の何人かがきみが期待するほど嘆き悲しんでいないからといって、むやみに突っ走って、ろくでもない殺人事件を自分ひとりで暴き立ててる。その素晴らしい思いつきを警部に話すつもりかい？」

「いいや、話さない」ロジャーはきっぱりと言った。「これはきみがいみじくも言ったようにぼくのろくでもない殺人事件だから、横取りされたくないんだ。自分で行けるところまで行ってから、警察に話すかどうか決めるよ」

「まあ、そこまで馬鹿な真似をするつもりがなくてよかったよ」アレックはほっとして言った。

「待てよ、アレック」ロジャーは警告した。「今は好きなだけ冷やかしてるといいさ――」

「そりゃどうも！」アレックは礼を述べた。

「――でもぼくの幸運が続いたら、いずれきみを振り向かせてやるからな」

「それじゃきみの素晴らしい殺人犯が、あらゆる出入り口に内側から施錠したまま、どうやって部屋から出られたのかを、説明するところから始めてくれるだろうね」アレックは皮肉っぽく言った。「たまたまちょっとした魔術師だったというわけじゃないよな？　それなら鍵穴から抜け出すこともできるからね」

ロジャーは悲しげに首を振った。「単純なアレグザンダー君、この殺人が昨夜どのように行われたか、そして今朝、きみの言うドアや窓がすべて内側から固く閉ざされていたのはどうしてか、完璧に納得のいく説明をしてあげるよ」

「へえ、できるのかい?」アレックは嘲るように言った。「では伺おうじゃないか」

「いいとも。殺人犯はぼくたちが突入した時、まだ中にいたのさ。誰も見ようとも思わなかった場所に隠れてね」

アレックは仰天し、「何だって!」と叫んだ。「もちろんあの部屋を探したりはしなかった。じゃあ、そいつは本当にずっとあそこにいたと思うのか?」

「その反対だ」ロジャーは優しく微笑んだ。「そうじゃなかったことはわかってる。奴が隠れるような場所はなかったという、単純な理由からさ。だがきみが説明を求めたから、その一つを言ったまでだ」

アレックはまた鼻を鳴らしたが、今回はそれほど自信ありげではなかった。ロジャーが弁舌巧みに不可能を可能にしてみせたのが、少々予想外だったのだ。彼は矛先を転じた。

「それじゃ動機はどうだ?」彼は尋ねた。「動機のない殺人なんてあり得ないよ。気の毒なスタンワース爺さんを殺す動機なんて、どこにあるんだい?」

「物盗りさ!」ロジャーは即座に答えた。「それこそ殺人という考えを思いついた理由の一つだ。金庫は開けられたんだ、賭けてもいい。鍵についてぼくが言ったことを覚えてるだろう。スタンワースが大金や換金できる貴重品を、あそこに入れていたとしてもおかしくない。それが殺人犯の狙ったものだ。金庫が午後に開けられたら、きみにもわかるよ」

アレックはうなった。納得はしていないものの、何らかの感銘を受けたことは間違いなかった。ロジャーはいかにももっともらしく、正しい道を進んでいることに絶大な自信を持っているのは明らかだったので、アレック以上の懐疑論者でさえ、わかりきった事実の意味について心もとなくなってきたとしても、大目に見られたことだろう。

「おや！」ロジャーは突然言った。「昼食のベルじゃないか？　急いで中に入って手を洗った方がいい。もちろん今のことは誰にも言わないでくれよ」

彼らは立ち上がって家の方へゆっくり歩いていった。急にアレックは立ち止まり、友人の肩を強く叩いた。

「馬鹿だな！」彼は叫んだ。「ぼくたち二人ともさ！　あの遺書のことを忘れてたよ。とにかくあれを考えないわけにはいかないぞ」

「ああ、そうだ」ロジャーは考えつつ言った。「遺書があったんだったたね。でもぼくはどんな意味においても忘れたことはないよ、アレグザンダー」

9　シェリンガム氏、想像を巡らせる

パーティが進行中の間は常に開いている正面玄関から、彼らは屋敷に入った。二人とも口に出さない思いを抱えていたので、書斎を通り抜けたくはなかったのだ。アレックはすぐに二階へ上がった。ロジャーは執事がホールのテーブルで二回目の郵便物を仕分けしているのに気づき、自分宛てのがないか見ようとぐずぐずしていた。

執事は彼の動作を目に留めて首を振った。「シェリンガム様宛てのものはございません。実際ごくわずかしかありませんから」彼はまだ持ったままの手紙をざっと見た。「ジェファスン少佐、ミス・シャノン、ミセス・プラント宛て。これだけです」

「ありがとう、グレイヴズ」ロジャーは言い、アレックにならって二階へ上がった。

昼食は静かなもので、雰囲気はひどく気詰まりであった。皆の心のほとんどを占めていた話題には誰も触れようとはしなかったし、かといって他のことを話すのも場違いに感じられたのだ。その場で交わされたわずかな会話は、荷造りと汽車に関する質問だけであった。ミセス・プラントは食事に少々遅れて現れたが、朝の奇妙な振る舞いからすっかり落ち着きを取り戻したように見え、五時過ぎに発つとのことだった。そうすれば金庫が開けられるまで待つ時間ができ、宝石を返してもらえるというのが、彼女の説明だった。彼女がそう言った時の淡々とした様子について、ロジャーは懸命に考えを巡らせ、彼女に関してすでに到達していた結論に当てはめようとしたが、とにかくこの点については皆目わからないと認めざるを得なかった。

そして彼を悩ませたのはこれだけではなかった。朝早いうちは憂鬱といえるほど沈み込んでいたジェファスン少佐が、今は静かな満足感を漂わせており、ロジャーにはどう解釈していいかわからなかったのだ。警察が最初に金庫を開けるのを、ジェファスンが非常に嫌がっていたことを考えると——それこそ、すでに明らかになっていたことからロジャーが導き出した、唯一の結論だったのだが——その後何が起こって彼はここまで元気づいたのだろう？　合鍵と、ロジャー自身が邪魔だてするために居合わせるべきだった空っぽの書斎の光景が、すばやく連続して彼の頭をよぎった。彼が書斎の中か、目の届くところにいなかった時間として考えられるのは、昼食前に二階で手を洗った数分間だけだった。その時間を利用して、事実上こそ泥というべき行為を実行するずぶとさが、ジェファスンにあるとは考えにくいし、いつ何時邪魔が入るかもしれない可能性を考えればなおさらである。彼が昼食にずいぶん遅れてきたのは事実だが（ミセス・プラントの数分後だった）、ロジャーはこの説に見込みがあるとは思えなかった。

それでも金庫とその謎めいた中身を最も気にかけていたらしい二人が、今や直後に迫った当局による公開の見通しを、少しも心配していないどころか、実は静かに喜んでいるという驚くべき事実は残っている。あるいは当惑したロジャーには、とにかくそのように見えた。全体的に言って、ロジャーは昼食がそのように静かだったことを残念とは思わなかった。考えるべきことが山ほどあったのだ。

その意味で、昼食後の彼は実に忙しかった。アレックは食後そのままどこかに消え、バーバラも同時にいなくなり、ロジャーは自分の推理力の及ぶ範囲にある問題が少なくとも一つはあることを知って、うれしくなった。彼はある程度満足してそれを解決し、時計を見て、探偵仲間が再び追跡の用意を整えるまで、少なくともあと三十分は一人きりだろうという結論に達した。いくぶんありがたく思いながら彼は、慣れ親しんだヒマラヤ杉の下にまたしても赴き、かつてないほど集中してひとしきり熟考するのに先立って、パイプに火を点けた。

アレックに見せた自信とは裏腹に、ロジャーは実際には暗闇を手探りしている状態だった。あれほど確信を込めて進めてきた殺人という思いつきが、その時はかなりこじつけに思えた。そして彼がそれを唱えたのは何よりもとにかく、反応の鈍いアレックを驚かせて自己満足の鼻を明かしてやりたいという、抑え切れない欲望から来ていたというのが本当のところだ。ロジャーはその朝何度も、アレックに対し堪忍袋の緒が切れそうになった。普段の彼はあそこまで飲み込みの悪い男ではないのに、この件に関してはほとんど鈍感と言ってもいいくらいだ。これまでのところ、ロジャーが内心少なからず自説に満足をおぼえていた時、彼がやったのはすべてに水を差すことばかりだった。確かにロジャーの行きすぎを押し留めるのに役立っているのは間違いない。しかしここまで少数にならざるを得ない自分の聴衆には、もう少し眼識を期待してもいいのではなかろうか。

彼の思考は殺人の問題に戻っていった。それほどこじつけと言えるだろうか？　彼は割れた花瓶と不可解な第二の銃撃を発見する前から、かすかに怪しいと思っていたのだ。今はなおさらであった。確かにただ怪しいというだけかもしれない。いまだ確信はまったく持てない。それでも疑いは非常に強かった。

彼は書斎で起きたかもしれない光景を思い浮かべようとした。スタンワース老は机に向かい、おそらくフランス窓は開いており、突然彼は予期せぬ訪問者に驚かされる。訪問者は金を要求するか、いきなり襲いかかる。スタンワースは側の引き出しからリボルバーを抜き出して発砲するが、侵入者からは外れ花瓶に当たる。それから——何が起こった？

思うに二人は接近し、勝負が着くまで静かに戦ったのだろう。しかしロジャーたちが突入した時、格闘の跡はなく、椅子に静かにもたれた動かぬ姿があったきりだった。しかしそれに大きな意味があるのか？　その未知の人物があれほど慎重に、自分の存在を隠すため花瓶のかけらを拾い集めたのなら、たぶん格闘の証拠も片づけたに違いない。だがその前には、乗り越える手掛かりのない壁が立ち塞がっている——格闘はどのようにして終わったのか？

ロジャーは目を閉じて想像力を自由に働かせた。スタンワースがまだリボルバーを握ったまま、敵につかまれて前後に揺すぶられるのを見た。その人物（大柄で力強い男だと彼は思い描いた）が、リボルバーを向けられるのを防ごうと、スタンワースの手首を握り締めているのを見た。遺体の手首に引っ掻き傷があったのを、今彼は思い出した。そうやってあの傷はついたのだろうか？　侵入者のもう一方の手がポケットに突っ込まれ、自分のリボルバーを取り出すのをロジャーは見た。それから——？

ロジャーは興奮のあまり膝を叩いた。それからもちろん、未知の人物はただリボルバーをスタンワースの額につきつけ、引き金を引いたのだ！

ロジャーは椅子に深々と身を沈め、パイプを勢いよく吹かした。そう、仮に殺人があったとすると、そのように行われたに違いない。それでとにかく三つの不可解な状況を説明できる

——傷の位置、その夜二発が発砲されたのに、スタンワースのリボルバーから空の薬莢は一発しか見つからなかったこと、そして死んだ男のリボルバーの握り方がきちんと合っていた事実だ。もちろんこれは単なる推測にすぎないが、非常に納得のいく推測である。

しかしいまだ残る事実を埋め合わせるほどのものだろうか？　窓とドアがあのように確かに施錠されていたということは、それは必然的に真夜中の訪問者が、スタンワース氏の生きている間に書斎を出たことを示しているようだ。彼自身の筆跡で署名された遺書も、同じく明確に自殺を示唆している。これら二点が残りの事実と符合するような説明ができるだろうか？　もしできなければ、この素晴らしい仮説も地に落ちてしまうのだ。

訪問者の脱出問題についてはいったん棚上げし、ロジャーは例のそっけない文書の謎を解きにかかった。

続く十五分間、鋭い観察者の目には（もしその場にそういう人がいたらの話だが）ロジャー自身が、さほど難しくはないが興味をそそる一個の問題として映ったかもしれない。内面のただならぬ興奮を窺わせるように、パイプを猛然と吹かす。石像のように座り、口にくわえたパイプの火が消えてしまったのもそのままにして、さらに何かに没頭していることを示す。しかししばらくこの状態を続けた後に、明らかにまだ煙が盛んに出ていると思いこんだ様子で、冷え切ったパイプを相も変わらず猛然と吹かしているこの男について、いったいどう言ったらいいのだろう？　ロジャーはたっぷり三分間はそうしていたが、ついに突然飛び上がり、書斎という彼にとっての最高の猟場へとまた走っていった。

二十分後、アレックがそこで彼を見つけた時には、車は駅に向かってとうに出発していた。ちなみに、アレックが朝方より確実に明るくなり、恋人と一ヶ月も離れる若者には少しも見えないことに、気づく者もいるかもしれない。アレックがそれまでの半時間を無駄に過ごしてはいなかったと考えるのが、妥当なところだろう。

「まだやってるのかい？」彼は戸口に立ってニヤニヤした。「ここできみが見つかるんじゃないかという気がしたんだ」

ロジャーは興奮でわなないていた。くずかごの側に膝をついて中を覗き込んでいたが急いで立ち上がり、相手の鼻先へ一枚の紙を突きつけた。

「手掛かりをつかんだぞ！」彼は叫んだ。「手掛かりをつかんだぞ、アレック、きみはさんざん馬鹿にしてくれたけどね。周りに誰もいないだろうな？」

アレックは首を振り、「それで？　今度は何を発見したんだい？」と辛抱強く尋ねた。

ロジャーは彼の腕をつかみ、書き物机の方に引っ張っていった。そして吸取紙を熱心に指でつついた。

「これがわかるかい？」彼は問い詰めた。

アレックは屈んで吸取紙を注意深く調べた。ロジャーの指のすぐ先には、せいぜい一インチかそれにも満たない短い線が何本も引かれていた。左端の方の線は表面をただ引っ掻いただけで、まったくインクがついていなかった。中ほどのにはかすかにインクの跡があった。しかし右端にかけてはインクは濃く、線はくっきりと迷いがなかった。これらの他に二つ三つ、丸いインクの染みがあった。こうした印を除けば、白い吸取紙はこの一両日のうちに下ろされた真新しいもので、ほとんど使われていなかった。

「どうだい？」ロジャーは勝ち誇っていた。「何かわかったかな？」

「特にこれといって何も」アレックは白状し、身体を起こした。「誰かがこれでペンをきれいにしようとしたってことだけだ」

「それなら」ロジャーは自己満足も露に答えた。「きみが完全に間違っていると言わなければならないのは、実に遺憾だね」

「なぜだ？　わからないな」

「じゃもう一度見てくれ。ペンをきれいにしようとしたのなら、アレグザンダー・ワトスン、左から右に向かってインクはだんだんかすれていくはずじゃないか？　右から左じゃなくてね」

「そうかなあ？　右から左にペンを動かしたのかもしれないぞ」

「そんなのは不自然だよ。それにこの筆遣いを見ろよ。ほとんど全部その末端が右方向へわずかに曲がっている。つまりこれらの線は左から右に向かって書かれたということさ。もう一度考えるんだ」

「ふうん、それじゃ逆に考えよう」アレックはいらいらして皮肉な口調で言った。「ペンをきれいにしたんじゃない。汚そうとしたんだろう」

「ペンをインクに浸して試してみたってことかい？　近づいてきたね。でもさらに見てくれ、特にこの左端のやつをね。ペン先がまん中で分かれて、この二本の平行な筋を作っているのがわかるかい？　さあ、この筋がどれだけ離れているかだけじゃなく、かなり深いけれども引っかかった形跡はないという事実を見てくれ。さてそれでは、これらすべてから何がわかる？　こんな印をつけられるのは一種類のペンしかないし、その答えからこの印が何なのかわかるんだ」

アレックは言われた通り考えた。「万年筆だ！　書けるようにしていたんだ」

「素晴らしい！　アレック、このちょっとしたゲームできみは大いに助けになってくれそうだよ」

「でも万年筆で書かれていたからって、何をそこまで大騒ぎしているんだい。だってそこから先には進みそうにないじゃないか」

「おやそうかい？」ロジャーには優れた、ただし少々人をいらつかせる劇的なセンスがあった。彼は印象的に間を置いた。

「それで？」アレックはじりじりして尋ねた。「何か切り札を隠し持っていることはわかってるし、それを出したくてたまらないんだろう。言っちまえよ。きみの素晴らしい印とやらは何を教えてくれるんだ？」

「あの遺書は贋物だってことだけさ」ロジャーはうれしそうに答えた。「さあ、庭へ出よう」

彼はふいにきびすを返すと、陽光溢れる芝生の方へさっさと出ていった。ロジャーのじらしぶりもここに極まれり、と言わねばなるまい。

当然ながら腹を立てたアレックも、彼の後を急ぎ足で追った。「シャーロック・ホームズが聞いて呆れる！」彼は追いつくと文句を言った。「まったく癪にさわる奴だな。もし本当に何か発見したのなら、そうやって遠回しにほのめかしていないで、全部はっきりと言ったらどうなんだ？」

「でももう言ったよ、アレグザンダー」ロジャーは穏やかに無邪気そうな様子で答えた。「あの遺書は贋物だってね」

「だけどなぜさ？」

ロジャーは腕を相手の腕にかけ、薔薇園の方へ導いていった。

「この辺にいたいんだ」彼は説明した。「警部が私道から現れたらわかるようにね。金庫を開けるところを絶対見逃したくないんだよ」

「どうしてあの遺書が贋物だと思うんだ？」アレックはしつこく尋ねた。

「いい傾向だ、アレグザンダー」ロジャーは満足げに述べた。「やっとぼくの発見にちょっとは関心を示してくれるようになったね。これまでのところ、いいワトスン役とはお世辞にも言えなかったがね。きみの役割は、ぼくが一歩進むたびに心の底から興奮することなんだ。きみは興奮するのが下手だねえ、アレック」

かすかな笑みがアレックの顔に浮かんだ。「必要な興奮はすべてきみ自身がしているみたいだけどね。それにホームズだってきみほどせっかちじゃなかったよ。結論に一瞬で飛びついたりはしなかったし、きみみたいにいつもいやらしいくらい自分に酔っていたとは思えないね」

「厳しいことを言うなよ」ロジャーはぶつぶつ言った。

「これまでのところ、きみはそんなに悪くはないと思う」アレックは続けて率直に言った。「結局は当て推量にすぎないけどね。でも、もしきみに対してお望み通りにひれ伏して、なんてすごい奴なんだと誉めちぎっていたら、きみは今頃ジェファスンとミセス・プラントを逮捕して、レディ・スタンワースには法廷侮辱罪か何か言い渡していただろうよ」彼はいったん言葉を切って考え、「実際、きみに欠けているのはブレーキであって、ぶっ壊れたアクセルなんかじゃない」と重々しく締めくくった。

「それはすまない」ロジャーは謙虚に言った。「この先も覚えておくよ。でもきみが誉めてくれないなら、せめてぼくがきみを誉めてやろう。きみはまったく優秀なブレーキだよ」

「それがわかったらシェリンガム探偵、スタンワースのペンが書ける状態になかったことから、どのようにあの遺書が贋物だと推理したのか、お聞かせいただけるだろうね」

ロジャーの雰囲気は一変し、その顔は真剣になった。

「ああ、これはかなり重要だよ。以前は当てずっぽうにすぎなかった殺人という事実を、決定づけるものなんだ。これが明らかにしている」

彼はポケットから、書斎でアレックの目の前に振りかざした紙を取り出し、そっと折り目を広げて相手に渡した。アレックは一心に見つめた。相当もみくしゃにしたように無数の不揃いな折り目がついており、中央のいくらかぼやけた「ヴィクター・スタ――」という文字が、最後は大きな染みで終わっていた。インクの跡は非常に濃かった。紙の右側には文字通り染みがシャワーのように飛び散っていた。それ以外は表面には何もなかった。

「ふむ!」アレックは感想を漏らして紙を返した。「で、きみはどう考える?」

「ごく単純だと思うね」ロジャーは紙を折って再びていねいにしまい込んだ。「スタンワースは万年筆にインクを入れたばかりだったか、あるいはうまく書けなかったか、そんなところさ。なかなか書けない万年筆で何をするかわかるだろう。手近な紙に走り書きして、インクが出てきたらすぐ――」

「自分の名前を書くんだ!」アレックがこれまでで最も興奮に近い調子で口を挟んだ。

「その通り! 吸取紙にあったのは、インクがペン先にくる準備の走り書きさ。その後十中八九起こることといったら何だと思う? インクがあまりにも大量に流れて溢れ出してしまうんだ。この場合もそうなったことを、この紙が表している。スタンワースはあまり辛抱強い方じゃなかったと思わないか?」

「ああ、そう思うよ、本当にね」

「ではその光景を再現するのは簡単だ。彼は吸取紙の上でペンを試す。書けるようになるとすぐ、机の上の紙束(ところでそいつに気づいていたかい?)の一番上から、一枚つかんで名前を書く。そこでインクが溢れ、彼は乱暴にペンを振り、紙をくしゃくしゃにしてくずかごに投げ捨て、もう一枚取る。今度は染みで大量のインクを使った後なので、ペンは最初かすれている。それでヴィクター(Victor)のcまでで止めて、その最後の試し書きのすぐ下に書き直す。それでようやくうまく書け、いつもの飾り書き通りにサインが完成するというわけだ。彼は紙を取り上げて少し丸め、ただし前ほど乱暴にはせず、またくずかごに捨てる。どうだい？」

「すべてもっともだね。お次は？」

「そう、殺人者は犯行の後で部屋を元通りにすると、くずかごを見た方がいいと考える。最初に目についたのがあの紙だ。『おやおや』彼は考える。『仕上げの一筆を入れるのに、こいつはうってつけだぞ！』そっとしわを伸ばしタイプライターに挟んで、サインの上にあった数語を打つ。これ以上簡単なことがあるかい？」

「いやあ驚いた！　実に巧妙だなあ」

ロジャーの目がきらめいた。「巧妙だって？　ああ、だがきわめて単純だからこそ巧妙なんだ。そう、これが起こったことだ、間違いない。ちょっと考えれば確証はたくさんある。例えばすべてが紙の上半分に収まっている点だ。実に不自然だろう？　中ほどに来るべきだよ。サインは上から三分の二あたりにね。どうしてそうならなかったか？　サインがすでにまん中にあったからで、奴はそれより上に細工をしなければならなかったんだ」

「正しいと思うね」アレックはゆっくり言った。

「けちけちするなよ。もちろん正しいに決まってるさ！　実のところ、吸取紙の引っ掻き傷を見たとたん思いついたよ。あの遺書をうまく解釈しようと、ずっと頭を悩ませていたんだ。だが、一枚目の紙をくずかごの中で発見してからは、もちろん何もかも明らかになった。ちなみにくずかごの他の中身を見なかったのは、奴の不覚だったね」

「そうだな」アレックは真面目に同意した。「それに警部が見つけていたらと考えてみろよ。

何か考える糸口をつかんだかもしれないぞ、そうだろう?」

「そうかもしれないし、そうじゃないかもしれない。警部の見地からすれば当然、自殺という明白な事実に、疑問の余地はまるでないからな。もちろん動機がないということを除けばだが、そんなことは結局大したことじゃない。言ってみれば彼はちょっとした偶然によって、疑問を抱くことはなかったんだ。ぼくたちが抱いたようにはね」

「ぼくたちは確かに運に恵まれていたってことだね」アレックはおそらくブレーキとしての役目から指摘した。

「間違いなくね、でも手を触れずに放置はしなかったよ」ロジャーは満足そうに言った。「実際、これまでぼくたちはとてもよくやっていると思うね」彼は正直につけ加えた。「これ以上うまくできたとは思えないよな?」

「ああ、そうだとも」アレックはきっぱりと言った。

「だけど完璧にするには、あと一つやらなきゃならないことがある」

「へえ? 何だい?」

「殺人犯を見つけ出すことさ」ロジャーは穏やかに言った。

10　ミセス・プラント、心配する

「何だって！」アレックはぎょっとして叫んだ。「殺人犯を見つける？」

ロジャーは自分が引き起こした効果に、上機嫌の様子だった。「当たり前だろう。他にどうする？　ぼくらがすでにやったことの、論理的な終着点じゃないか？」

「ああ、そうなんだろうな」アレックはためらった。「そう表現するならね。でも――ねえ、ぼくらはちょっと先走ってるようだよ。つまり殺人が行われたことを示すのも、結構難しいぞ。何もかもあり得ないことに思えるからね」

「単に、きみの日常の経験からかけ離れてるからだよ」ロジャーは考えつつ言った。「最初、スタンワースは自殺じゃなくて殺されたんだという事実に直面した時は、いささかショックだったことは認めるよ。でも殺人自体が本来、ありそうもないことだからじゃない。それを言うなら、殺人は十分ありふれた出来事だよ。ただ普通は、親しい友人たちの間では起こらないものだ。そこが問題なんだよ。いずれにしろ今回は、それに悩まされることはない。間違いなく殺された男がいて、それがスタンワースだったのだ。しかもとても巧妙に殺されている。いいかいアレック、ぼくらが追っているのは、並みの犯罪者じゃない。非凡で冷静沈着、頭が良くて計算ずくの人物なのさ、実際」

「計算ずくだって?」アレックは繰り返した。「じゃ前もって計画していたと言うのか?」

「まだ何とも言えない。でもきっとそうじゃないかと思ってるんだ。まるで事前に念入りに計画された犯罪のように見えないか?」

「あまり成り行きまかせには見えないな」アレックはうなずいた。

「それにそいつの慎重さときたらどうだ。立ち止まって花瓶のかけらを集めたり、二つ目の弾痕をあんなふうに隠したりするとはね! さぞ度胸のある奴に違いないよ。そう、ますますもって準備されていたように思えるな。昨夜に限ったことじゃない。それはたまたま、手が届く絶好の機会だったにすぎないんだ。だが奴はいつかスタンワースを殺そうと、心に決めていたんだろうよ」

「では、誰かスタンワースの知ってる奴だというのか?」

「ああ、ほとんど疑いの余地はないね。それも彼がひどく恐れていた人間だと思う。そういうことを予想していなければ、リボルバーをあんなに手近に置いておく必要はないじゃないか? そうだ、その線に沿って進むべきだね——スタンワースの知り合いの中に、果たして彼が心底恐れていた人物がいるかどうかだ。もし見つけることができれば、そしてその人物の名前もわかれば、九割方犯人の正体を暴いたも同然さ」

「もっともだね」アレックは興味をそそられて言った。「奴がどんなふうにやったか、何か考えはあるのかい?」

ロジャーはにっこりして、「それは正確に教えてあげられると思うよ」とまんざらでもない風に答えた。「まあ聞いてくれ！」

彼は昼食後の黙想についてかなり長々と物語り、結論の基盤となった根拠について説明した。話が終わるまで二人は薔薇園を何周もすることとなり、それからロジャーは相手を期待のこもった目で振り返った。

「わかったかい？」彼は熱を込めて締めくくった。「遺書と、殺人犯の書斎からの退出路を除けば、これですべて説明がつくんだ。今、遺書については解決し、乗り越えなければならない難点は一つだけだ。どう思う？」

「ふむ！」アレックは用心深く言った。彼は黙っていたが、深く考え込んでいることは明らかだった。

「それで？」ロジャーはじれったそうに尋ねた。

「一つよくわからない点があるんだ」アレックはゆっくり言った。「きみの話によれば、スタンワースを撃った弾は、もう一人のリボルバーから発射されたということだね。ではなぜ頭から取り出した弾が、彼の銃の薬莢にぴったり合ったんだい？」

ロジャーはうつむいた。「おやおや！」彼は叫んだ。「そいつは思いつかなかった」

「そうだろうとも」アレックは得意満面だった。「きみの説をぶちこわしてしまうようだねえ？」

「確かに一本取られたな、ワトスン」ロジャーはやや悔しそうに苦笑いした。

「ああ！」アレックは重々しく言った。彼は明らかに、今与えたばかりの印象を、軽はずみな言葉で台無しにする気はなかった。アレックはどこで止めるべきか心得ている、恵まれた人間の一人であった。

「それでも結局」ロジャーはのろのろと言った。「些細なことじゃないか？　どんな風に起こったかについてのぼくの説は、すっかり間違っているかもしれない。でも殺人が実際に行われたという主要な問題には影響しないよ」

「言い替えれば、どのように行われたかわからなくても、殺人という事実はしっかりと立証できたと思うんだね？」アレックは考え込みつつ尋ねた。

「その通り」

「ふむ！　それで動機はまだ物盗りだと思ってるの？」

「ああ。それから——そうだ！」ロジャーは急に立ち止まり、勝ち誇って相手の方を振り返った。「ミセス・プラントのこともそれで説明がつく！」

「ミセス・プラントの何が？」

「ほら、昼食の時の彼女に気づかなかったかい？　屈託なく朗らかだったろう。今朝金庫のところでぼくらが驚かされた、あの動転した人とはえらい違いじゃないか？　普通に考えたら、昼から金庫が開けられて、彼女がぼくらにしたつまらない話が嘘だとばれるとわかっていれば、もっと心配するはずだろう。ところがそうだったか？　全然だよ。悩みなんて一つもない様子だった。きみも気づいただろうね」

「ああ、気づいたよ。その話になったね。ぼくは彼女が演技しているのかと思ってた」

「ミセス・プラントは演技なんかしていなかったさ、午前中本当のことを言っていなかったのと同じにね」ロジャーは自信たっぷりに言った。「で、どうしてだ？　何かよくわからない理由で、そうする必要がなくなったからだ。言い替えれば、午後に金庫が開けられても、自分に関する限り何も問題はないことがわかってたんだ」

「いったいどうやってそうと知ったんだろう？」

「それがわかったらなあ。でも考えてもみろよ。金庫が昨夜盗みにあっていたら、ミセス・プラントの宝石は他の貴重品とともになくなっているはずだ、そうだろう？　あそこに入っていたらの話だがね。さて、彼女の答えはこうさ。『ええ、宝石はあそこに入っていて、だから金庫の中を確かめたかったんです。でも他のものと一緒に盗まれてしまったので、今はありませんけど』わかるかい？」

「ああ、でもぼくが知りたいのは、どうして金庫が盗みにあったことを彼女が知っていて、自分の話と辻褄が合うことがわかったのかってことさ」

「それこそぼくも知りたいことだ。わが優秀なるアレック。それさえわかったら、ぼくらは謎の解決に向けて大きく前進するだろうよ。これだけは確実に言えることだが、書斎で彼女を見つけてから昼食までの間に、昨夜金庫に何があったかという情報がもたらされたに違いない。ミセス・プラントはもうすぐ、非常にばつの悪い立場に置かれることになるだろうね」

「だがミセス・プラントの話が嘘っぱちだと言うなら、なぜ今朝彼女は金庫を開けようとしてたんだ?」

「明らかに、どうしても手に入れたいものが中に入ってたからさ。同様に、今は明らかにそれを手に入れたか、あるいは安全に保管されてることを知ってるんだ。それからジェファスンの話に戻そう。彼もまさにミセス・プラントと同じ感情の流れをたどっているね。どう思う?」

「まさかジェファスンとミセス・プラントが結託していると言うんじゃないだろうね」

「他にどんな結論がある? 二人とも警察が開ける前に、金庫から何かを取りだそうと躍起になっていたし、見るからに何かのことで死ぬほど心配していた。なのに午後一時には、大変な重荷が心から取り除かれたように晴れ晴れとしていた。彼らは互いに結託しているだけじゃなく、謎の第三の人物ともつながっているんじゃないだろうか。でなきゃいったいどうやって彼らの行動を説明する?」

「何てことを! 彼らが行動をともにしているのは――殺人犯だとでも言うつもりか?」

「どうも限りなくそう見えるね」ロジャーは難しい顔で言った。「結局ぼくらが知る限り、彼らに金庫のことを教えられる唯一の人間が犯人なんだ」

「だけどそんなの問題外だよ!」アレックは感情を爆発させた。「ジェファスン――彼については何も知らない。たとえ少しばかりよそよしくても、まっとうな紳士だってことは確かに認めざるを得ないがね。でもミセス・プラントが! なあ、きみは道を完全に踏み外しているぞ。世界中の真っ正直な人たちの中でも、ミセス・プラントに勝る人はいないよ。ああ、きみは針路を誤ってる!」

「そうであればと思うよ」ロジャーは真顔で答えた。「三時間前なら、ミセス・プラントが殺人に係わっているなどという説は、考えられないだけじゃなく馬鹿馬鹿しいと言っただろう。ずっと彼女を魅力的な女性だと思ってきたし、きみの言う通り、きわめて誠実な人だとも思っていたよ。確かに幸せな女性とは言い難いがね（ところで彼女の夫がどんな男だか誰も知らない。ろくでなしなのかもしれないな）。実のところ、悲しみの多い人生を送ってきた女性と言うべきだな。でも真っ正直なことは間違いない。とは言っても今となってはどう考えられる？事実は意見に勝る。そして事実はあまりにもはっきりしているんだ」

「構うもんか」アレックは頑なに言い張った。「きみがミセス・プラントをこの事件に巻き込もうというのなら、きみは救いがたい間違いを犯しているよ、ロジャー。ぼくが言うべきことはそれだけだ」

「きみが正しいことを願ってるよ」ロジャーはそっけなく言った。「それはそうと、ぼくは彼女に一言言っておきたいんだ。おっと、殺人やら何やらで責めようっていうんじゃないよ」アレックの顔に浮かんだ表情を見て、笑ってつけ加えた。「だが彼女は昼食時に、午後出発すると言っていたと思うんだ。もちろんそいつは論外だ。彼女はスタンワースが生きていたのを見た最後の人物で、検死審問で証言を求められるんだからね。警部が彼女に伝えるのを忘れたに違いない。それについて彼女がどう言うか確かめに行こう」

いくぶんしぶしぶとアレックはロジャーの探索に同行した。彼は自分の新たな役割が持つ、こうした面についての嫌悪感を隠そうとはしなかった。情けをかけるに値せず、それを期待もしない男を追い詰めるのと、魅力的な女性を追い詰めるのでは大違いなのだ。

ミセス・プラントは芝生の日陰にあるガーデンチェアに腰掛けていた。膝には本が載っていたが、目の前の芝をぼんやりと見つめ、思いは明らかに遠くをさまよっていた。彼らの足音を聞いて彼女はさっと目を上げ、いつもの静かな、どこか悲しげな微笑で迎えた。

「マンスフィールド警部がいらしたと知らせに来てくださったんですか？」彼女はこの上なく自然に尋ねた。

ロジャーは彼女のすぐ前の地面に、寛いで腰を下ろした。

「いいえ、まだですね」彼は気楽な調子で答えた。「ここは実に暑いですね」

「そうでしょうね。でも暑さは気になりませんの、ありがたいことに。スーダンでさんざん経験しましたから、この国でどれほど暑くても慣れっこになってしまいました」

「それは幸運ですね。アレック、どうして腰を下ろして楽にしないんだ？　座れる時に突っ立っているものじゃない。ところでミセス・プラント、明日の検死審問のためにお泊まりになるんですよね？」

「あら、いいえ。この午後に発ちますわ、シェリンガムさん」

ロジャーは目を上げた。「でも確か、あなたは証言を求められるはずですが？　生きている彼を見た最後の方でしょう？　ほら、ホールでね？」

「まあ、わたくし出なければならないとは思っていなかったんですが、どうしてもですか？」

ミセス・プラントはやや青ざめて心配そうに尋ねた。「警部さんはまったく――そんなことはおっしゃいませんでした」

「おそらくその時は、あなたが最後の方とは知らなかったんでしょう」ロジャーはさりげなく言ったが、目はじっくり彼女を観察していた。「そしてその後は、あなたに言っておくのを忘れてしまったんですよ。あるいはこの午後に伝えるつもりかもしれません。でもあなたは必ず呼ばれるはずですよ」

このちょっとした知らせがまったくもって歓迎されていないことは、非常にはっきりしていた。ミセス・プラントの手は膝の上で震え、彼女は自分を抑えようとして唇を嚙み締めていた。

「本当にそうお思いですか？」無頓着に見せようと必死に努めている声で彼女は尋ねた。「でもわたくしは何も――何も重要なことはお話しできませんけど、ご存じの通り」

「ああいや、そうでしょうとも」ロジャーは安心させるように言った。「単に形式上のことですよ。今朝警部にお話しされたことを、繰り返せばいいだけです」

「そこでは――何か質問されたりするんでしょうか、シェリンガムさん？」ミセス・プラントは少し笑いながら尋ねた。

「ええ、たぶん一つ二つはしてくるでしょう。怖がることはありませんよ」

「ええ。どんな類いの質問だとお思いになります？」

「スタンワースさんの様子についてでしょうね、おそらく。機嫌は良かったかとか、そんなことですよ。それからもちろん、彼が何を話したかも聞きたがるでしょうね」

「あら、何でもなかったんですよ」ミセス・プラントはすかさず答えた。「ただ――ええ、大した話はしませんでした。あのう――あなたも証言をなさるんでしょうね、シェリンガムさん？」

「ええ、あいにくとね」

ミセス・プラントがごくさりげなく質問した時、彼女の感情を窺わせていたのは、白くなるまで握り締めた拳だけだった。「それで今朝わたくしが、宝石のことで馬鹿げた騒ぎを起こしたことは、お話しなさいませんわね？　約束してくださいましたものね？」

「もちろん言いませんよ！」ロジャーはあっさり言った。「夢にも思いません！」

「尋ねられたとしても？」ミセス・プラントは重ねて言い、神経質に少し笑った。

「どうして尋ねられます？」ロジャーは微笑んだ。「ぼくら三人以外は誰もそのことを知らないんですよ。そうでなくてもあなたの話を口外したりはしません」

「あなたもですね、グリアスンさん？」アレックの方を向きながら彼女は尋ねた。

アレックはかすかに顔を赤らめた。「当然ですよ」彼はぎこちなく答えた。

ミセス・プラントはハンカチを不器用にいじくり、そっと口をぬぐった。

「本当にありがとうございます、お二人とも」彼女は低い声で言った。

ロジャーがいきなり立ち上がった。

「おや！」彼は叫び、気まずい沈黙を終わらせた。「今正面玄関に向かっているのは、警部じゃないかな？　さあ、中に入って金庫が開けられるところを見ませんか？」

11　レディ・スタンワース、目配せする

ミセス・プラントに付き添って家に入る役目にアレックを残し、ロジャーはもごもごと言い訳をして先を急いだ。これから起ころうという非常に重大な場面の瞬間を、見逃しはしまいかと気が気ではなかったのである。ホールに着いてみると、汗をかいている警部をジェファスンが迎え入れているところだった。

「ご面倒をおかけしてすみません、警部」彼は言っていた。「こんな日には大変なことですね」

「まったく暑いですね」警部は懸命に汗を拭きながら同意した。

「車か何かで来られるものとばかり思っていました。やあ、シェリンガム。金庫を開けるのを見にきたのかい？」

「警部に異存がなければね」ロジャーは言った。

「わたしがですか？　ありませんとも。それどころか関係者の皆さんには、ぜひご同席いただきたいと思っているんです。何か特に重要なものが見つかると、本気で思っているわけではありませんが、でもやってみなければわからないでしょう？」

「やってみなければね」ロジャーは重々しく言った。

「ええと、レディ・スタンワースは間もなく降りてこられるはずです」ジェファスンが言った。

「それから見ることにしましょう。組み合わせはすぐにわかったんでしょうな、警部?」

「難なくね。製造業者に電話するだけで済みましたよ。いやあ、それにしても暑い!」

ロジャーはジェファスンをしげしげと見つめた。金庫を開けることを午前中どう思っていたにせよ、今の彼が平静そのものなのは間違いなかった。何かきわめて重要なことが起こって、この急激な変化がもたらされたことを、ロジャーはこれまで以上に確信した。

ゆったりした足音が頭上で聞こえ、彼は顔を上げた。レディ・スタンワースが階段を降りてきていた。

「ああ、レディ・スタンワースがいらっしゃいましたね」気がついた警部は軽く会釈をした。

レディ・スタンワースは冷ややかにうなずいた。「こんな形ばかりのことに同席しろとおっしゃるのね、警部?」彼女は突き放したように尋ねた。

警部はやや面食らったようだった。

「まあ、その方がよろしいかと思いますが、レディ」彼はわずかに非難がましく答えた。「何と言っても、故人の今いらっしゃる唯一のご親族ですから。しかしもちろん、もし何か――」

「わたくしはスタンワースの親族などではありません」レディ・スタンワースは同じ調子で話の腰を折った。「そのことは今朝もはっきりと申し上げたように思いますが。彼は義理の兄です」

「ごもっとも、ごもっとも」警部は弁解するように言った。「たぶん関係者と申し上げた方が良かったですね。最も近い関係者の方が、同席されるのが普通ですが——」

「ご注意申し上げておくべきでした。レディ・スタンワース」ジェファスンが静かに言葉を挟んだ。「ですがあいにくと、昼食の前からお見かけしなかったので、その機会がなかったのです。それにお邪魔することに対して、責任が持てなかったものですから。結局のところ、金庫を開けるのは単なる形式上の問題にすぎません。警部もわたし自身も何か重要なものが出てくるとは思っていないのです。何一つ」

レディ・スタンワースはそう言った人物の方を一瞬キッと見据えたが、再び話しはじめた時、彼女の声にあった先ほどまでの冷ややかさは、完全に消え去っていた。

「もちろんその方がいいとおっしゃるのであれば、参りますわ、警部」彼女は優雅に言った。「わたくしがそうしていけない理由など、実際何もありませんから」そしてそれ以上騒ぎ立てることもなく、書斎の方へ歩いていった。

ロジャーは小さなグループの一番後からついて行った。彼は猛烈に考えていた。今しがた交わされたばかりのちょっとしたやり取りを、彼はほとんど当惑に似た気持ちで眺めていた。あいう甚だ無益な態度で、気の毒な警部にわざわざ剣突《けんつく》を食わせるとは、レディ・スタンワースらしくなかった。なぜあんなことをしたのだろう？　それに金庫を開けることに関して、なぜあそこまで居丈高になったのか？　まるで何か本当に気がかりなことがあって、真の感情を隠すためにあんな振る舞いをしたように見える。だがもしそうだとすると、いったい心配するどんな理由があるというのだ？　ロジャーは必死に自問した。

それにしても彼女がたちまち態度を変えたことは、大いに注目に値する。ジェファスンが話しはじめたとたん、普段通りの優雅さを取り戻し、異議はすべて唐突に途絶えた。ジェファスンは何と言ったっけ？　金庫には重要なものなど何もないとか言ってたな。ああそうだ、「警部もわたし自身も何か重要なものが出てくるとは思っていないのです」わたし自身も！　今よくよく考えてみると、ジェファスンは確かにその言葉を少し強調していた。彼が何らかの警告を、彼女に送っていたなどということがあるだろうか？　一種の情報か？　もしそうなら何の？　明らかに彼やミセス・プラントが午前中に受け取ったのと同じ情報だ。それならレディ・スタンワースその人が、ミセス・プラントやジェファスンと結託しているということがあり得るだろうか？　もちろんそうなると、事態は全体的に見てあまりにもややこしくなる。それでもレディ・スタンワースがようやく協力的になって最後の数段を下りる前に、あの二人の間に何かが交わされたことは、誓ってもいいと彼は思った。

　書斎へ向かう間、ロジャーの頭の中で数秒間めちゃくちゃに渦巻いていた考えの要点は、このようなものだった。敷居をまたぎながら、彼はお手上げという風に眉を上げ、この新たな問題をひとまず脇に置いて、当面の出来事に集中する心構えをした。

　ミセス・プラントとアレックはすでに書斎にいた。前者はしごく冷静に落ち着き払っており、後者はどこか居心地悪そうで、とにかくロジャーの目にはそう見えた。ロジャーはいくらか落ち着かない気持ちで、この女性に対するきわめてあいまいな立場を、アレックがまったく気に入っていないことを思い起こした。女主人までもがこの怪しく謎めいた件に係わっているかもしれないと聞いたら、彼は何と言うだろう？　彼のことだから、すべてを放り出して、手の内を明かしてしまおうと言い張るのが落ちだ。そうしたらロジャーの胸はその瞬間、張り裂けてしまうだろう。

マンスフィールド警部は遺憾ながら、劇的効果に対する正しい認識を欠いていた。ひそめた眉の下から周囲を見回しはしなかった。また小声でつぶやいて、その不吉な言葉を聞き取ろうと皆に身を乗り出させることもなかった。一席ぶつことすらしなかった。

彼がやったことといえば、朗らかに「さあ、こいつを片づけてしまいましょう」と言って、あっさり金庫を開けただけだった。それがイワシの缶詰だったとしても、こうまで簡単にはいかなかっただろう。

しかし警部の嘆かわしい態度にもかかわらず、劇的な要素がいっさいなかったわけではない。重いドアが勢いよく開くと、思わず息をのむ音がして、皆が熱心に首を突き出した。ロジャーは、注目の的を見るのではなく他の人々の顔を眺め、ミセス・プラントとジェファスンの表情に不安の影がよぎるのをすばやく見てとった。「では二人とも、中は見ていなかったのだ」彼は考えた。「彼らの情報は第三者からもたらされた。とにかくそれは間違いない」

だが彼の関心を最も引いたのは、レディ・スタンワースであった。その瞬間、見られているとは思っていなかった彼女は、わざわざ感情を隠そうとはしていなかった。彼女は他の人たちより少し後ろに立ち、頭の間から覗いていた。息遣いはだんだん荒くなり、胸は激しく上下に波打っている。顔面は蒼白であった。一瞬ロジャーは、彼女が気絶するのではと思った。それから元気を取り戻したように顔に赤みが差してきて、彼女はごくかすかな溜め息をついた。「それで、警部？」彼女は普通の調子で尋ねた。「何がありまして？」

警部はすばやく中身を調べた。

「思った通り」彼はやや落胆したように答えた。「わたしの見る限り、重要なものは何もありません。レディ」彼は手に持った紙の束に、ざっと目を通した。「株券、仕事上の書類、契約書、さらに株券」

彼は紙束を金庫に戻すと、現金保管箱を取り出した。

「ヒュー！」開けながら彼は小さく口笛を吹いた。「スタンワース氏は手元に、多額の現金を置いていたようですね」

ロジャーは聞き耳を立てて警部の視線の先を追った。現金保管箱の底に無造作に置かれていたのは、分厚い札束だった。警部はそれを取り出し、指先で一通りパラパラとめくった。

「四千ポンド以上はあるでしょうな」その言葉にふさわしく恐れ入った様子で彼は述べた。

「財政上の困難に陥っていたようには見えませんね」

「そんなことはまず考えられないと言ったはずです」ジェファスンがぶっきらぼうに言った。

ミセス・プラントが屈んで金庫の中を覗き込んだ。

「ああ、わたくしの宝石箱がありました」彼女はほっとしたように言った。「一番下の段に」

警部はしゃがんで、緑色の革製の小さな箱を取り出した。「これですかな、マダム？」彼は尋ねた。「これがあなたの物だと？」

「ええ。昨日の朝、これをしまってくださるようスタンワースさんにお渡ししたのです。できることなら、部屋に置いたままにはしたくなかったものですから」

警部が留め金を押すと箱の蓋はパッと開いた。ネックレスが一つ、ブレスレットが一つ二つ、指輪がいくつか入っているのが見えた。細々と可愛らしいアクセサリー類ではあったが、特に高価な品々ではなかった。

ロジャーはアレックと視線を交わした。アレックの目には、ロジャーにとってほとんど耐え難いほどの嘲笑が、沈黙の内にはばかることなく浮かんでいた。もし「だから言ったろう！」と視線で語れるものなら、その時アレックがしていたことはまさにそれだった。

「レディ・スタンワースなら、これがあなたの物だと見分けてくださるでしょう、マダム」警部が言っていた。「単に形式だけのことですよ」彼は半ば詫びるようにつけ加えた。

「ええ、そうですね」ミセス・プラントは気軽に言って、ネックレスや他のいくつかの品を箱からつまみ上げた。「これをわたくしが身につけていたのをご覧になったでしょう、レディ・スタンワース？」

レディ・スタンワースが答えるまでに、それとわかるほどの間があり、ロジャーには彼女がミセス・プラントを、いささか妙な具合に見ているように思えた。それから彼女はごく自然に言った。

「もちろんですとも。それにその箱も覚えています。ええ、これはミセス・プラントの物ですよ、警部」

「それならすぐにマダムにお渡ししてもよろしいですね」警部が言い、レディ・スタンワースは同意を込めてうなずいた。

「やらなければならないことはこれだけですか、警部?」ジェファスンが尋ねた。

「ええ、その通りです。残念ながら無駄足に終わったようですな。それでも、あらゆることを調べる必要がありますからね」

「ええ、当然ですよ」ジェファスンはつぶやき、金庫から目を転じた。

「ではわたしは戻って、報告書を仕上げなければ」警部は、言葉を続けた。「もう一度検視官と会って、そうしたらすぐに彼がこちらにご連絡するでしょう」

「ああ、そう言えば警部さん」ミセス・プラントが口を挟んだ。「シェリンガムさんのお話では、わたくしも検死審問に呼ばれるだろうとのことですが。出なければならないのでしょうか?」

「どうもそのようですね、マダム。生きているスタンワース氏を見た最後の方ですから」

「ええ、でも――わたくしの証言などちっとも重要ではないと思いますけど、そうじゃありません? 彼と薔薇について話したことなんて、事件の解明に役立つはずがありませんもの」

「申し訳ありませんが、マダム」警部はぼそぼそ言った。「こういった事件では、故人が生きているところを見た最後の人物は、必ず召喚されるのです。証言が重要に思えるかどうかは関係なく」

「まあ! では召喚は確実だと考えなければなりませんのね」ミセス・プラントはがっかりし

たように尋ねた。

「おっしゃる通りです。マダム」警部はドアの方へ向かいながら、きっぱりと答えた。

ロジャーはアレックの腕に自分の腕をかけて、フランス窓から外へ連れ出した。

「それで?」アレックはあからさまにニヤニヤしながら尋ねた。「まだあの宝石は金庫になかったと確信しているのかな、シャーロック・シェリンガム?」

「ああ。ちょっとばかりチクチクと馬鹿にされるだろうとは思ってたよ、アレック」ロジャーは卑下してみせた。「確かに当然の報いだけどね」

「それがわかってきたようでうれしいよ」アレックは愉快そうに応じた。

「ああ、与えられた一揃いの事実から、唯一の可能な結論を導き出したんだからな。さあ、振り出しに戻って、代わりに何か不可能な結論を引き出すとしようか」

「ああ、勘弁してくれ!」アレックはうめいた。

「だけど真面目な話だよ、アレック」ロジャーの口調が変わった。「すごく面白いことになってきたんだ。あの宝石は金庫にあるはずはなかったんだよ。さらに言えば金もそうさ。すべておかしいよ」

「こんなふうに物事が予測通りに運ばないのが、一番いらいらするよな。まあきみも今なら、今朝のミセス・プラントが結局、本当のことを言っていたと認めるだろう」

「そうせざるを得ないようだね」ロジャーはしぶしぶ言った。「とにかく今のところはね。でも本当に、本当に奇妙だよ」

「あのミセス・プラントが真実を話していたことが？　彼女が嘘をついていたという方が、よっぽどぼくにとっては奇妙だよ。きみは確信していたようだが」

「わかったよ、アレック。興奮するなって。そういう意味とはちょっと違うんだ。あの宝石のことで彼女はやたらと騒ぎ立てていた。まるで誰かが盗もうとしていると言わんばかりにね！　その上、警察があれを取り上げてしまって、取り戻せないんじゃないかと思ったという作り話のことがある。いや、何とでも言えばいいけどね、アレック、こいつは実に奇妙だよ」

「女は皆奇妙なのさ」アレックはわかったような口を利いた。

「ふむ！　確かにミセス・プラントはそうだな」

「まあとにかく、彼女の嫌疑は晴れたわけだね」

「いや、違うね」ロジャーは断固として言った。「彼女の疑いはまだ決して晴れたわけじゃない。結局のところ、宝石の件は数々のおかしな状況の中の一つにすぎないんだ。でもいいかい、アレック。きみと最後に話した後で、別の注目すべき問題が持ち上がったんだ。これから話すよ。だって最初に、新しく見つけたことは何でも話すと約束したからね。だけど冷静に受け止めることと、その大きな拳固でぼくを殴ったり、絶望のあまり薔薇の茂みに飛び込んだりしないことを約束してくれなければ話さないよ。ねえ、きみはこの類いの仕事を共にするには、とてもやりにくい奴なんだよ、アレック」

「さっさと言っちまえ！」アレックはうなった。「今度は何が起こったんだ？」

「きっと気に入らないだろうが、どうしようもないよ。結局ぼくは、理屈じゃなく事実を語っているんだからな。どんなに不快だろうが、そこから逃れることはできないんだ。今度はレディ・スタンワースについてだ。聞いてくれ」

そしてロジャーは〝レディ・スタンワースの異様な振る舞い〟について、弁舌巧みに語り始めた。

12　隠し部屋やら何やら

「へえ！」ロジャーが話し終えた時、アレックは用心深く言った。

「わかったかい？　ぼくはいかなる推理もそこから引き出してはいない。とにかく口に出してはね。ぼくが言っているのはただ、奇妙に見えるってことだけさ」

「きみにはたくさんのことが奇妙に見えるようだねえ、ロジャー」アレックは辛抱強く批評した。

「この事件についてかい？」ロジャーは聞き返した。「その通りさ。たくさんのことがね。でもそういう枝葉末節はすべて、いったん忘れよう。ただもう取り掛かりたくて、うずうずしてることが一つあるんだ」

「一つだけか？」アレックは意地悪く言った。「で、何なんだい？」

「殺人犯が書斎から昨夜どうやって脱出したか、見つけ出すことさ。この小さな問題を解決できたら、殺人の実行に関する限り、最後に残った障害を片づけたことになるんだ」

「ああ、そうだろうな」アレックは考えつつ答えた。「でもずいぶん難しい仕事になりそうじゃないか？　つまりああいう部屋から抜け出して、しかも全部鍵をかけておくなんて、とても人間には不可能だよ」

「いや、そんなことはないさ。だって犯人はやったんだからね。そしてどうやったか見つけ出すのは、ぼくらにかかっているのさ」

「何か考えがあるのかい？」アレックは関心をもって尋ねた。

「一つもないね！　ともかくごく素朴なやり方は思いついたよ。とりあえず、それをまず試してみよう。書斎には今誰もいないし、ジェファスンはこれから、午後いっぱいとても忙しいと思う。邪魔されずに探れるよ」

二人は書斎の方へ足を向けた。

「それで書斎の謎の、素朴な解決法って何だ？」アレックは尋ねた。「ぼくにはさっぱりわからないんだが」

ロジャーは好奇の眼差しで彼を見つめた。「本当に、わからないのかい？」

「わかるもんか」

「では——秘密のドアというのはどうだ？」

「ああ！」アレックはぽかんとして声を上げた。「そうか、思いつかなかったよ」

「素朴そのものの方法だ。それにこのような古い家では、決して考えられないことではない。特に、他の部屋ほどひどく手を加えられていない書斎ならね」

「それは正しいよ」アレックはすっかり興奮して叫んだ。「ロジャー探偵、ついに本当に手掛かりを見つけたようだね」

「ありがとう」ロジャーの返事はそっけなかった。「何時間もそういう言葉を待っていたんだ」

「ああ、しかしこいつは実に面白いぞ。秘密の通路に――隠し部屋やら何やら。すごくロマンティックだよ。ぜひとも発見したいなあ」

「さあ着いたぞ。臭跡は強いはずだ。仕事に取り掛かろう」

「何をすればいい？」まるでじろじろ見つめていれば、秘密のドアがいきなり開くとでも思っているかのように、アレックは周りの壁を興味津々で見回した。

「まずはこの羽目板を調査した方がいいだろうな。さて、どれどれ。暖炉のある側のこの壁は、客間と背中合わせになっているよな？　それから金庫の後ろの壁は物置と、ほんの少し玄関ホールとも接している。だからもしドアか何かがあるとしたら、このどちらかの壁にありそうだ。他の外に面した壁だとは、ちょっと考えにくい。さてぼくらが何をしたらいいかと言うと、きみはここの壁を調べてくれ。ぼくは壁の反対側から、何か見つかるか探ってみるよ」

「よしきた！」アレックは言って、暖炉側の壁を大変な熱の入れようで調べはじめた。

ロジャーはホールに出て、それから客間に入っていった。その部屋と書斎を隔てている壁には壁紙が貼ってあり、そこに接して陶磁器の並んだ棚が一つ二つ据えてあった。その後ろを一、二度ざっと覗いてみて、ロジャーはその壁にはともかく怪しいところはないと頭に刻みつけた。物置も同様にトランクやがらくたでいっぱいであり、問題外だった。

ロジャーは書斎に戻り、アレックが精を出して羽目板を叩いているのを見つけた。

「どうやら」アレックは言った。「羽目板のいくつかは、空《うつ》ろな音がするよ」

「ええと、ぼくの見た限り、客間にも物置にも通じる通路はないようだよ」ロジャーは後ろでドアを閉めながら報告した。「だからその壁をやみくもに試してみても、あまり役には立たないんじゃないかな」

アレックはしばし黙った。「だけど秘密の部屋があるんじゃないのか？　直接抜ける通路がなくてもいいじゃないか。どこかには出るだろう」

「それも考えた。だが壁はそこまで厚くない。せいぜい十八インチくらいしかないんだ。いや、表に出て外側から見てみよう。外に抜ける道があるかもしれない」

二人は開いた窓から外に出て、赤煉瓦の壁をじっくりと見た。

「あまり期待できそうにないね」アレックは言った。

「そのようだな」ロジャーも認めた。「秘密のドア説は行き詰まったみたいだね。そうなるんじゃないかとは思ったが」

「へえ？　どうして？」

「つまりこの館はスタンワース家のものじゃないし、それに彼らはほんの一ヶ月くらいしか滞在していないだろう。秘密の通路があったとしても、彼らが知っているとは思えないよ」

「ああ、でも他の奴なら知ってるかもしれないぞ」

「殺人犯かい？　それも望み薄じゃないかな」

「この説をあきらめるのは惜しいよ」アレックは不本意そうだった。「結局ぼくの見たところ、そいつが消えたことを説明できるのは、これだけなんだから」

ロジャーは突然手を打ち合わせた。「そうだ！　たった一つ希望が残っているぞ。馬鹿だな、今まで思いつかなかったなんて！　暖炉だよ！」

「暖炉？」

「もちろんさ！　こういう古い家ではたいてい、暖炉に秘密の隠れ場所があるものなんだ。もしあるとすればそこさ」

彼は急いで書斎に戻り、アレックもすぐ後を追った。そこでロジャーは急に立ち止まった。

「ああ、しまった。あのいまいましい暖炉が、煉瓦で完全に塞がれているのを忘れていた」彼は近年割り込んだ邪魔物を、冷めた目で見つめた。「悔しいが見込みなしだな」

アレックは思いにふけりながら、部屋を見渡した。「まだ壁をきちんと調べてないと思うけど」彼は希望を込めて言った。「羽目板には実際、十分見込みがあるよ」

ロジャーは頭を振った。「確かに可能性はあるけど、あんまり――」アレックが突然顔をひどくしかめたのを見て、彼は話の途中で言葉を切った。ドアがそっと開いていた。

次の瞬間、ジェファスンが入ってきた。

「やあ、お二人さん」彼は声をかけた。「探していたんだ。今日の午後は、きみたちだけで身の回りのことは何とかしてもらえるかな。レディ・スタンワースとミセス・プラントは部屋におられる。二人とも当然ながら、かなり動揺しているんだ。それにわたしは町に出て、用を二つ三つ済ませないといけないのでね」

「ああ、ぼくらは大丈夫だ」ロジャーは気軽に言った。「どうぞお構いなく」

ジェファスンは部屋を見渡した。

「本を捜していたのかい？」彼は尋ねた。

「いや」ロジャーはすばやく言った。「実を言うと、暖炉の上の棚飾りを見せてもらっていたんだ。こういうものに結構興味があってね――彫刻や羽目板、古い館などにね。ここは実に素晴らしい部屋だ。いつの時代のものだろう、知ってるかい？　ジェイムズ一世時代の初期だと思うが」

「そのあたりだろうな」ジェファスンは関心なさそうだった。「正確な時代はあいにく知らないんだ」

「非常に興味深い時代だな」ロジャーは批評した。「それにその頃の建物にはたいてい、司祭隠し（カトリックが弾圧されていた十六、七世紀の英国の住居内にあった司祭の隠れ場所）やその類いがあるんだ。ここにもそういうものがあるのかな？　あってもおかしくないだろう」

「悪いが何とも言えないな」ジェファスンはややいらいらしたように答えた。「とにかく聞いたことはないね。さて、もう行かなくては」

ジェファスンの背後でドアが閉まると、ロジャーはアレックの方を向いた。

「期待してたわけじゃないが、試してみてもいいと思ったのさ。だが知ってるかどうかは別にして、何も漏らさなかったな。いろいろ考え合わせると、彼は知らないと思うね」

「なぜだい？」

「嘘をついているにしてはあまりに無造作だったからさ。もしぼくらをごまかしたければ、少しは手の込んだことをやるんじゃないかな。さて、秘密のドアが見つからないなら、我らが犯人に逃げ道を提供した他の手段を試さなければ。ドアが一つに窓が三つだ。まずドアから当ってみよう」

ドアは分厚い木製で、大きくて機能的な錠がついていることがわかった。力ずくで突入した際の奮闘で、楣《まぐさ》の軸受けが壊れているのを除けば、どこも傷ついてはいなかった。

「うむ、いずれにせよこいつは問題外だ」ロジャーは断言した。「内側から錠をかけたまま、鍵もまだ錠に差し込んだ状態で、どうやったら抜け出せるものか見当もつかないよ。もし鍵の先が錠の向こうの反対側に突き出ていれば、ペンチでなんとかできたかもしれない。だが実際には突き出ていないから不可能だね。お次はフランス窓だ」

それはよくある仕組みで、一つのハンドルで上下の差し錠を同時に締めるようになっていた。加えて窓の一番上と下に、小さな真鍮のかんぬきがついており、その朝窓が開けられた時には両方とも掛かっていた。

「可能性はなさそうだなあ」ロジャーはつぶやいた。「皆無だよ。ハンドルを動かせたとしても（到底無理だけどね）、二つのかんぬきまでは掛けられなかったはずだ」

「できるわけがないよ」アレックは確信を込めて言った。

ロジャーは振り返った。

「では残るはこの二つの窓だ。この小さな格子窓を出た後で閉められるとは思えないな。サッシの方はどうかな？　こっちはちょっと希望が持てそうだぞ」

彼は窓の下の椅子に上がると、締め具を念入りに調べた。

「見込みありそうかい？」アレックは尋ねた。

ロジャーは再び床にのろのろと下りた。

「悔しいけれど、皆目わからないと言わざるを得ないな」彼はがっかりしたように言った。「泥棒除けの装置が取りつけてあって、外から締めるなんてことは絶対できないようになってるんだ。犯人はちょっとした魔法使いの類いじゃないかと思えてきたよ」

「思うに」アレックは重々しく言った。「今ぼくらが証明したように、そいつが脱出できなかったとすると、ここには初めからいたはずがないんだよ。言い替えればそんな男は存在してなくて、スタンワースは結局自殺したのさ」

「でもスタンワースが自殺したはずはないって、ぼくは言ったじゃないか」ロジャーは気短に言った。「矛盾する証拠がありすぎるよ」

アレックは椅子にどさっと座った。「でも本当にそうかな？」彼は議論をふっかけるように言った。「きみが説明したように、そうした証拠は確かに殺人に当てはまる。でも同時に、自殺とも辻褄が合うんだ。殺人に仕立て上げようと必死になるあまり、そのことを見失っているんじゃないか？　それに金庫が開けられてからは、きみの言う動機がすっかり地に落ちたことを忘れるなよ。昨夜、ここでは盗みなんてなかったんだからな」

ロジャーは部屋中をうろうろ歩き回っていた。アレックの最後の言葉で彼は立ち止まり、少しいら立ちを見せて相手を見据えた。

「なあ、子供みたいなことを言うなよ、アレック」彼は辛辣に言った。「金や宝石だけが盗まれるわけじゃない。動機が必要だというなら、その動機はまだ完全に有効だよ。何か別のものが盗まれたんだ。それだけのことさ。だがなぜ盗みにこだわる？　復讐や憎しみ、自己防衛、何でもいいが、スタンワースが殺されたことだけはわかってくれ。証拠が自殺にも同様に当てはまるなんてことは、決してない。きみもよく考えてみたらわかるよ。また初めから繰り返す気はないね。そして奴が脱出した道が見つからないなら、それはひとえにぼくらが間抜けの二人組で、鼻先にぶら下がっているはずのものも見えないからさ」そして彼はまた歩きはじめた。

「ふん！」アレックは信じがたいというように言った。

「ドア、窓、窓、窓」ロジャーはぶつぶつ独り言を言った。「四つのうちどれかに違いない。とにかく他の道はないんだから」

彼はいらいらとその四つを渡り歩き、自らを犯罪者の立場に置こうと必死になっていた。そいつならどうするだろう？

アレックはちょっとわざとらしくパイプを詰めると、火をつけた。煙が勢いよく上がると椅子の背にもたれ、外の庭園の爽やかな緑で満足げに目の保養をした。

「人生は短いんだ」彼はのんびりと言った。「これが本当に明白な殺人事件であれば、ぼくは誰にも負けないくらい懸命についていくよ。だけどさ、よく考えてみろよ――つまり頭を冷やしてまっとうに――きみが頼みにする根拠がいかに小さなものか、そして当たり前のことをきみがどれだけねじ曲げているかってことをね。それからぼくがなぜ、何週間か経てば結局きみだって認めざるを得ないと思っているか――」

「アレック！」

ロジャーの口調に何かただならぬものを感じて、アレックは椅子の上で振り向き、相手を見た。ロジャーは格子窓から身を乗り出し、どうやら外の庭に気を取られているようだった。

「何だ？」アレックは辛抱強く言った。「今度はどうしたんだ？」

「ここに来てくれたら、アレック」ロジャーの声は非常に穏やかだった。「昨夜殺人犯がどうやって逃げたのか見せてあげるよ」

13　シェリンガム氏、足跡を調査する

「何を見せてくれるって？」アレックは椅子から飛び上がって叫んだ。

「どうやって殺人犯が脱出したかだよ」ロジャーは繰り返し、驚きのあまりものも言えない相

棒を、にこにこしながら振り返った。「きわめて単純なことさ、本当に。だからこそ見つけられなかったんだ。気づいたことがあるかい、アレック、人生ではいつも単純なものほど――計画にしろ発明にしろ、何でもいいが――一番効果的だってことに？　いいかい、例えば――」

アレックは饒舌《じょうぜつ》すぎる友人の肩をつかみ、乱暴に揺すぶった。

「どうやってそいつは脱出したんだ？」彼は問い詰めた。

ロジャーは先ほどまで身を乗り出していた窓を指差した。

「そこさ！」彼の答えは簡潔だった。

「だから、どうしてわかったんだよ？」むかっ腹を立てたアレックは怒鳴った。

「ああ、そのことか？　来たまえ、アレック君」ロジャーは探偵仲間の腕を取り、得意満面で窓の下枠を指差した。白いペンキを塗った表面にはかすかに引っ掻いた跡がいくつかあった。

「わかるかい？　今度はこっちを見てくれ！」と下の花壇にある何かを指し示す。「ぼくらの鼻先にぶら下がってるって、ずっと言ってたろう」彼はしたり顔でつけ加えた。

アレックは窓から身を乗り出し、花壇を見た。窓の真下にはまぎれもない足跡がついており、爪先は窓の方に向いていた。

「きみは脱出したと言ったよな？」彼は頭を引っ込めながら聞いた。

「そうとも、アレグザンダー」

「なあ、がっかりさせて悪いけど」その言葉とは妙に裏腹の口調で、アレックは言った。「でもここから脱出した奴なんかいないよ。入ってきたんだ。もう一度、今度はじっくり見てみれば、爪先が窓の方を向いているのがわかるはずだ。かかとじゃなくね。つまり誰かが地面から窓枠に上がったってことだよ。その逆は真ならずさ」

「アレック、今日は絶好調じゃないか」ロジャーは感心したように言った。「最初に見た時、まったく同じ考えが浮かんだんだ。それから、きみがご親切にも忠告してくれたようにじっくり見てみると、かかとのへこみの方が爪先のよりずっと深くて、誰かが窓から地面へ後ろ向きに降り立ったことがわかったのさ。慎重に窓を閉めた後でね。もし上がったのなら、爪先の方がかかとより深くなったはずだ。ちょっと考えればきみにもわかるだろう?」

「ああ!」がっくりしてアレックは言った。

「こんなわざとらしいシャーロック風のやり方で、きみをやり込めて申し訳ないが」ロジャーはやや言葉を和らげて続けた。「でもきみが尋ねたんだからな。しかし真面目な話、アレック、こいつはとてつもなく重要だぞ。殺人にまつわる最後の難関を解決するんだからな」

「だけど奴はどうやって、窓を閉めて行ったんだ?」アレックはまだ半信半疑で尋ねた。

「ああ! それこそとびきりうまいやり方だよ。それに素晴らしく単純なんだ。とはいえ足跡を見てそうとわかるまでに一、二分かかったけどね。ほら! このハンドルはこの種の窓についている普通のタイプだ。留め具にぴたっとはまるアームの部分と、それとは直角に位置する重いハンドルから成っていて、全体は中心の軸で回る。ハンドルの先端の重みで、アームが正しい場所に収まるんだ。さあ、よく見て!」

ハンドルの重い先端が軸の上でちょうど平衡を保つよう念入りに調整し、ロジャーは窓を枠にバタンと押し戻した。たちまちハンドルは衝撃で動き、小さなカチリという音とともに、アームが留め具の受け口へとはまり、ハンドルが落ちる時の重みでしっかりと収まった。

「わあ、これは参った！」とアレック。

「見事なものだろう？」ロジャーは鼻高々だった。「彼は外側の窓枠に立って、自分の方に引っ張ったんだ。出る前にハンドルを適切な位置に据えてね。どんな格子窓でもできるトリックだと思うよ。お目にかかったことはないけどね」

「一本取られたな、確かに」謙虚になったアレックが言った。「ずいぶんひどいことを言ったけど、取り消すよ」

「いやあ、謝らなくたっていいさ」ロジャーは鷹揚に言った。「でも最後にはぼくが正しかったことがわかるって言っただろ、覚えてるだろうけど。さて、これでもう殺人があったという事実について、きみがあれこれ言うことはないと思ってるんだが、どうだい？」

「くどくど言うなよ」アレックは抗議した。「良かれと思って言ったんだからな、ドクター・ワトスンみたいに。それでお次はどうするんだ？」

「外に出て、足跡を近くから見てみようじゃないか」ロジャーは提案した。「他にもあるかもしれない。足跡か！　ぼくらも専門家らしくなってきたよな？」

　さらに念入りに観察してみるとその足跡は、窓枠から後ずさりした男がつけたものだというロジャーの主張を、完全に証明していた。かかとの端は一インチ半の深さがあったのに対し、爪先は半インチもなかった。土がぼろぼろと崩れたところの縁は、ややぼやけていたが、大きな足の跡だということははっきりしていた。

「少なくともサイズ十はあるな」ロジャーはその上に前屈みになって言った。「おそらくは十一だ。このことは非常に役立つよ、アレック」

「ちょっと幸運だったね、確かに」アレックも賛成した。

ロジャーは立ち上がり、花壇の近くの植物の間を探しはじめた。一瞬の後、彼は芝生との境目に膝をついた。

「見ろよ！」彼は興奮して叫んだ。「ここにもう一つある！」

ロジャーは二本の低木をかき分け、その間を覗き込んだ。アレックは、前のものほど深くはないが、乾いた土にくっきりと刻まれたもう一つの足跡を見た。こちらの爪先も窓の方を向いていた。

「同じ奴かな？」アレックはその上に屈み込んで言った。

「ああ」ロジャーは足跡を熱心に調べながら答えた。「もう片方のブーツだ。ええと、さっきの跡から一ヤードをはるかに超えているだろう？　奴は小道まで、大股に二歩で戻ったんだ」

彼は立ち上がってズボンの膝の土埃を払った。「これ以上追跡できないのは残念だな」彼はがっかりしたようにつけ加えた。

「こいつでまた何かわかりそうかい？」アレックは興味を覚えて尋ねた。

「どうかなあ。いずれ正確に測ってみないといけないな。ああ、それからぜひともやってみたいことがある」

「何だい？」

「この屋敷内にいる男全員のブーツの見本を手に入れて、この足跡に合わせてみたいんだ」ロジャーは興奮でやや声を上ずらせた。「そうさ、もしできたら、それこそやらなきゃならないことだ」

アレックは考え込んでいた。

「でもいいかい、この足跡から見て、そいつは外の人間だとは思わないか？　スタンワースが殺された後、現場から逃げ去ったことを示しているんだろう？　この家の人間であれば、ドアから出れば済む話なのに、なんでわざわざそこまで苦労して窓から出なきゃならない？　他のすべての点では自殺に見せかけたんだから、ドアに内側から鍵を掛ける必要はないだろう？」

「この足跡と一致するブーツは、家の中からは見つからないというのか？」

「そいつが外からの侵入者であればね。どう思う？」

「ああ、きみの言う通りだ。たぶんこの家の者じゃないんだろう。この足跡の存在がもっぱらその結論を示しているという点では、きみはまったく正しい。だがぼくらは実際に知ってるわけじゃないだろう？　たとえどんなに望み薄だと思えても、あらゆる可能性をつぶしていく方がいいと思うんだ。全員のブーツを試してみて、どれも合わなければ、家の中の者は皆この犯罪に関しては潔白だと言えるんだからね。とは言っても、その他の容疑が晴れるわけじゃないが」

「その他の容疑？」アレックは好奇心をそそられて尋ねた。

「事後共犯者だよ。事後については確実だし、うち何人かは事前の可能性も同様に捨て切れないな。ぼくが思うに、アレック」ロジャーは悲しげにつけ加えた。「この家の人間の四分の三は事後共犯者のように見えるよ！　まったく、フェアじゃないな」

「ふむ！」アレックは言った。それは彼が決して踏み込みたいとは思わない問題だった。いずれにせよ、バーバラ・シャノンの不可思議な振る舞いがロジャーの耳に届いていないことを、彼はありがたく思った。もし聞いていたら、ロジャーは何と言うだろう？　それに比べたら、事後共犯者でもまだ穏やかな方かもしれない。

「おい！　どうしたんだ？」彼はふいに、ロジャーの姿を見て問いかけた。

件の紳士は一心に耳を澄ませ、頭を一方に傾《かし》げていた。アレックの言葉に彼は警告するように指を挙げた。

「書斎に誰かいるような気がしたんだ！」彼はささやいた。「きみは格子窓の方にこっそり近づいて覗くんだ。ぼくはフランス窓の方に行く。気をつけて！」

嬉々として彼はフランス窓の側へ忍び寄り、用心深く室内を覗き込んだ。その甲斐はあった。書斎のドアがそっと閉まるところだった。

彼は急いでアレックのところに戻った。「見たか？」興奮を抑えつけたくぐもった声で尋ねる。「見たか？」

アレックはうなずいた。「誰かが書斎から出て行くところだったよ」

「ああ、だが誰だったか見たか？」

アレックは首を振った。「いや、あいにくと。行くのが遅かったよ」

二人は黙って顔を見合わせた。

「問題は、ぼくたちは立ち聞きされてたのかってことだ」ようやくロジャーは言った。

「何だって！」アレックはうろたえて叫んだ。「聞かれてたと思うのか？」

「断言はできないがね。どうか聞かれていなかったことを祈るばかりだ。何もかもばれてしまうからな」

「すべて台無しだ！」アレックの言葉には熱が込もっていた。

ロジャーは好奇の眼差しで彼を見た。「なあアレグザンダー、結局きみもえらく夢中で追っかけてるじゃないか！」

「ええと――その、かなりワクワクするからね」アレックは言い訳するように白状した。

「そうこなくちゃ。さあ、花壇から出て屋敷から十分離れて、これからどうするか話し合おう。窓の側で話すのが危険なことは、はっきりしたからね。おいおい、きみは花壇をめちゃめちゃにしているぞ。気をつけろ！ ぼくらが見つけた二つの足跡は踏まないでくれよ」

アレックがしまったという顔で花壇を眺めると、そこにはいくつかの足跡が刻まれていた。

「ぼくの足跡をならしておくよ」彼はあわてて言った。「屋敷の側にこんなに跡が残っていたら、ちょっと怪しいだろう？ ぼくらがこの辺でうろうろしていたことが、誰かにわかるかもしれない」

「ああ、そうだな」ロジャーは同意した。「だけど頼むから急いでくれ。人に見られないように。もっとまずいことになる」

「さて、シャーロック・シェリンガム」芝生まで出て安全になると、アレックは言った。「どうするんだい？　そろそろ変装か何かする頃じゃないの？　最高の探偵はいつも、このあたりの段階でそうするはずだよ」

「くだらないことを言うもんじゃない、アレック君」ロジャーはとがめるように言った。「こいつは本当に真剣な話だし、ぼくらはとてもうまくやってきてるよ。次に取るべき行動はわかり切っているだろう？　『謎のよそ者《ミステリアス・ストレンジャー》』の捜索に乗り出すのさ」

「謎のよそ者だって？」

「つまり昨夜、このあたりに見慣れない人物がいなかったかどうか、調べて回るんだ。番小屋、駅、村、その他あちこちね」

「順当な計画だな」

「ああ、だが始める前に、一つやっておきたいことがあるんだ。くずかごの中身がいかに豊かなものか見ただろう。昨日の中身も見てみたいんだ」

「もう捨てられてしまったんじゃないのか？」

「いや、そうは思わないね。きみがついさっき他のことで忙しかった時、ちょっと尋ねてみたんだ。取っておきたい手紙を捨ててしまったと言ってね。それでわかった限りでは、くずかごの中身は家の裏手の灰溜め場に空けられて、ウィリアムがたき火で燃してしまおうと思うまでそこに置かれているんだ。何か見つかるとは思ってないが、やってみなきゃわからないだろう」

「どうやって行けばいい？」

「家の正面から回るんだ。反対側のどこかにあるんだと思う。さっそく行こう。ぐずぐずしてる暇はない」

「いいとも」アレックはすこぶる熱心に言った。

二人は出発した。

家の正面に出ると車が停まっており、運転手がしばらく前からそこにいるかのように、だらしなくハンドルにもたれていた。

ロジャーは低く口笛を吹いた。

「おやおやおや！」彼は小声で言った。「これは何だ？」

「車だよ」相変わらず身も蓋もないアレックが答えた。

「真面目に取り組んでいけば、そのうちきみは大した探偵になれるって言っただろ、アレック。違うよ、馬鹿！　この車はここで何をしてるんだ？　誰を待ってるんだ？」

「運転手に聞いた方がいいと思うよ」アレックは顔色一つ変えずに答えた。

「そうしよう」

アレックはポケットをたたいた。

「しまった！　どこかにパイプを忘れてきた。たぶん書斎だろう。きみが運転手と話している間に取ってくるよ。その間にきみもゆっくりできるだろう。一分とかからないよ」

彼は早足で家の方へ向かい、ロジャーは運転手の方にぶらぶらと歩いていった。

アレックがパイプをくわえて、二、三分後に再び現れた時、ロジャーは車の側で待っていた。その顔には不安と得意さの入り混じった表情が浮かんでいた。

「ああ、来たね！」彼は大声で言った。「さあ、お茶の前にかなり長い散歩をしたいなら、もう出かけた方がいい」

アレックは話をしようと口を開いたが、警告の目配せを見て黙っていた。ロジャーは彼の腕を取り、急ぎ足で私道を引っ張っていった。角を曲がり安心できるくらい屋敷が見えなくなって初めて、ロジャーは話しはじめた。

「ここだよ」彼はきびきびと見回し、私道の両側の境に植えられている茂みに身を潜めた。

とまどいながらもアレックは従った。「何の真似だ？」相棒と一緒になると彼は尋ねた。

「ちょっとしたかくれんぼさ。たった今ぼくが、どら声を出したのを聞いたろう？　あれは運転手に聞かせるためさ。グリアスン氏とシェリンガム氏がこの午後何をしていたか、誰かが彼に聞いた時のために、模範回答を用意したというわけだ。さて、その紳士二人が消えてからどのくらいして、車が停まっている場所から動くか見てやろうというのさ。いいかい、運転手はジェファスンをエルチェスターに送るために待ってると言ったんだ、アレック」

「そうだろうね」アレックは物分かりよく答えた。「ほら、ジェファスンは行かなきゃならないと言ってたもんな」

「運転手は半時間近くも待ってるんだよ、アレック」

「本当かい？　ああ、おそらくそうだろうな。ジェファスンが書斎に入ってきてから、かれこれそのくらいにはなるだろう」

「だからジェファスンは、半時間前にはエルチェスターに出かけようとしてたんだ、アレック。なのに行かなかったんだよ、アレック。代わりにその間ずっと家の中にいたんだぞ、アレック。そして誰かわからなかった人物が書斎に入ってきて、いやにそっと出ていったんだぜ、アレック。で、二と二を足したらどうなる、アレック？」

「つまり――あの時書斎に入ってきたのは、ジェファスンだったというのかい？」

「素晴らしい！」ロジャーは感嘆の声を上げた。「人間業とは思えないね。きっと無線か何か使ったに違いない。そうだよアレック、きみの言う通りだ。あの時書斎に入ってきたのはジェファスンだと、ぼくはほとんど確信してるよ。でもその他の重要なことに気づかないか？　どうして半時間前にエルチェスターに行かなかったんだろう？　ぼくたちのところに来てそう伝えた時には、確かに今にも行こうとしていた。ぼくが司祭隠しだの何だのと尋ねて、彼の疑いを呼び起こし、それでぼくらが何をしようとしてるか見つけるために、そのまま残って見張ろうとしたんだろうか？」

「そんな！」アレックは力なく言った。

「な、そうは思えないか？　ジェファスンは疑いはじめたようだ。ひどく疑い深くなっている。気に入らないな。ぼくらのささやかなゲームのことを彼らが嗅ぎつけたら、厄介なことになる。静かに調査することなどもう望めないよ」

「とてつもなく厄介だ」アレックは実感を込めてうなずいた。

「シッ！」ロジャーは茂みの陰にさっとしゃがみ込み、アレックもそれにならった。そうした瞬間、車の近づく音がして、大きな青いサンビームがすれすれのところを通り、私道を走っていった。

ロジャーは時計を見た。

「ふむ！　ぼくらが出てから四分後だ。すべて辻褄があうだろう？　でも一つ、ぼくをひどく悩ませていることがあるんだ」

「何だい？」

彼らは下生えの間をはって進み、屋敷を再び目指した。ロジャーは重々しくアレックの方を振り向いた。

「ぼくらが窓の外で話していたことを、彼は聞いたのか、聞かなかったのか？　もし聞いていたら、どの程度までなのか？」

14　灰溜め場での汚れ仕事

灰溜め場の場所はすぐにわかった。いくつかの離れ家の間にあり、表面がすり減った古い赤煉瓦の壁で三方を囲まれ、その中は大量の腐りかけの野菜くずや古い紙や缶がいっぱいで、うんざりするような眺めだった。あたりにムッとたち込めていた臭いは、快いものではなかった。

「ここを捜さなくちゃならないのかい？」アレックはいかにも嫌そうにその光景を見ながら尋ねた。

「そうだ」ロジャーは答え、いそいそとその悪臭の中に突進していった。「ぼくらのやっているような仕事をやり抜くには、ある程度の汚れ仕事《ダーティ・ワーク》は避けて通れないよ」

「個人的にはいかさま《ダーティ・ワーク》の方がまだましだな」アレックはまったく気が進まない様子で、勇猛果敢な指揮官に従った。「そっちはもっときれいだもの。灰溜め場での汚れ仕事なんて、何の魅力もないよ」彼はおそるおそる、目につく限りで一番きれいな紙切れをつかんだが、それは古い新聞紙だった。

ロジャーは満足そうに、がらくたやボロの積み上がったまん中に腰を据えていた。「この一番上のあたりが、間違いなく昨日の山らしい」彼は告げた。「そうだ、最初の郵便で届いたぼく宛ての手紙の封筒がある。ふむ！ 見た限り、この一山には何もなさそうだ」

「正確にはぼくらは何を探してるんだ？」少し間を置いて、三週間前の新聞に載っていた郡のクリケットのページを、少々関心をもって眺めながらアレックは尋ねた。

「ぼくが何を探してるってことか？ 頼むよ、この怠け者め。くずかごの中身の山はこっちなんだぞ。そっちの缶や新聞からは何も見つからないよ。何を探してるかはぼくにもわからない」

「ここには何もないさ」アレックは熱心に言い張った。「さっさと放り出して、調査に取り掛かろうよ」

「残念だがきみの言う通りらしいな」ロジャーはしぶしぶ言った。「一週間前くらいまでさかのぼったが、ちょっとでも興味を引くものにはまったくぶつからなかったよ。この下は何もかもすっかり腐っているだろう。それでもぼくはただ――おや！　これは何だ？」

「どうした？」

ロジャーは急に起き上がって、眉をひそめ、手に持った汚い紙をしげしげと眺めた。次の瞬間、彼は低く口笛を吹いた。

「いやあ、こいつは相当なもんだぞ！」彼は叫び、乾いた場所まではい出た。「ほら、これをどう思う？」

紙を手渡されたアレックは、注意深く調べた。ひどく湿ってぐにゃぐにゃだったが、表面に鉛筆で書かれたいくつかの跡は、まだ何とか判読でき、そこかしこにぽつぽつと散らばった単語や語句は、かなりはっきり読めた。

「手紙のようだね」アレックはゆっくり言った。「おや、これを見たか？『……ほど恐ろしい』、死ぬほど恐ろしいだよ、きっと」

ロジャーはものものしくうなずいた。「まさにこれがぼくの目を引いたんだ。筆跡はスタンワースのものだ。それは識別できる。だが手紙だとは思わないな。彼は手紙を鉛筆では書かないよ。おそらく何かのメモか、手紙の下書きだ。そうだ、そっちの方がありそうだな。見ろよ、この部分がわかるかい──ほら？　『重大な危──』重大な危機だよ、驚いたな！　アレック、ぼくらはここで何かの手掛かりをつかんだぞ」彼は友人の手から紙を取り上げて、改めて調べた。

「誰に宛てたものかわからないか？」アレックは興奮して尋ねた。

「いや、ついてないな。最初の一、二行はすっかりなくなってる。ちょっと待って、ここに何かある。『この n-e-i-』それにこの最後の二文字は o-d に見える。長い単語だ。何だろう？」彼は震える指で指し示した。

「n-e-i-g じゃないか？」とアレック。「で、これは r みたいだ。neighbourhood（近所）だ！」

「すごい、そうだよ！　『この近所』だ。そしてここにもあるぞ。『あの b-r-u-t……』『あの brute（凶暴な）──』」

「プリンス！」

「プリンス？」

「次の言葉だよ。ほら？　はっきり読み取れるだろう」

「その通りだ！　いいぞアレック！　『あの凶暴なプリンス』。ううむ、どういう意味かわかるか？」ロジャーの興奮は抑えがたいほど高まっているのが見て取れた。目は輝き、百ヤードを十一秒で走ったかのように、荒い息遣いをしていた。

「こいつはきわめて重要だ」アレックはにっこりして同意した。「つまりこれが示しているのは──」

「重要だって！」ロジャーはわめかんばかりだった。「わからないのか？　ぼくらは殺人犯の名前を知ったんだぞ！」

「何だって？」

「これでぼくたちはゲームの主導権を握れる。スタンワースはプリンスという男に殺された、彼はそいつが近所に住んでいることを知っていて——。だが、もっと人目につかない場所に移って、この文章をさらに研究しようじゃないか」

安全な隠れ家にうってつけの手近な納屋に急いで引っ込むと、彼らは自分たちの発見をより丹念に吟味した。十分間集中して奮闘した末、次のような成果を得ることができた。

「……あの凶暴なプリンス……この近所……重大な危機……死ぬほど驚いたことに今朝偶然……閉じ込め……」

「とにかく拡大鏡なしで解読できるのは、絶対にこれだけだよ」ようやくロジャーは言って、大事な紙をたたむと札入れに丁寧にしまい込んだ。「だが明快そのものじゃないか。さあ、進め！」彼は納屋から堂々と歩きだし、私道の方へ向かった。

「今度はどこへ行くんだい？」あわてて後を追いながら忠実なアレックは尋ねた。

「プリンス殿を探しにだ」ロジャーは厳めしく答えた。

「おい！　まだこの辺をうろうろしてると思ってるのか？」

「十分考えられると思うよ。奴は今朝ジェファスンと連絡を取ったんじゃないか？　いずれにせよ、すぐにわかるさ」

「それじゃ正確にはどういう推理をしているんだ?」

「そうだな、ほんのちょっとの推理で事足りるよ。事実が雄弁に物語っているからね。スタンワースはまだぼくらにはわからない何らかの理由で、プリンスという名の男を恐れていた。彼が驚き震え上がったことに、一週間ほど前のある朝、思いがけなくこの近所でたまたまそいつと出くわし、すぐに自分が重大な危機に直面していることを悟った。彼はさっそく家に戻って手紙の下書きをし、その一部始終を伝え、おそらくは助けを求める内容のものを書き上げて誰かに出したんだ。同時にプリンスは閉じ込めておくべきだという自分の信念も表したのさ」

「それは変だよ」アレックは考え込んだ。

「うさんくさいというのか? ああ、でもぼくらはずっと、この件では何かうさんくさいことが舞台裏で行われていると、疑ってきたんじゃないか? この家の他の人々の振る舞いだけじゃなく、たぶんスタンワース自身にさえ関係していることなんだ。だが今度こそ、正しい道をたどっていると思うな」

「どんな作戦を計画してるんだ?」彼らが私道に入った時アレックは尋ねた。

「そう、少しばかり慎重に聞き込みをする必要があるな。実は前にぼくたちが考えていたのとほとんど同じ手順になるだろうよ。幸いなことに、行動範囲がずいぶん狭まることを除けばね。漠然としたよそ者を追いかける代わりに、明確なゴールが見えたんだ。奴の風貌については、前からちょっとした考えがあったが、今じゃその悪党の名前までわかってるんだ。なあ、朝飯前だよ」

「どういうことだ——奴の風貌について、前からちょっとした考えがあったって?」

「だってそうだろう? 書斎で起こったことを考えれば、奴は力の強い人間だということがわかる。ほら、スタンワースはひ弱な方ではなかったからね。そして足跡のサイズからは、大柄でおそらく背が高いことが見て取れる。髪の色や入れ歯が何本あったかまではわからないがね。しかしそれでも、奴の風貌について役に立つ情報を持ってるってことだ」

「でもめでたく見つけ出したら、どうするつもりだい? 彼の前に出て『こんにちは、ミスター・プリンス。今朝二時頃、あなたがスタンワース氏を殺したと思うんですが』なんて言うわけにはいかないぞ。そんな——そんなのはダメだ」

「全部任せとけって」ロジャーは鷹揚に答えた。「奴に言うことは考えておくよ、大丈夫」

「そうだろうとも」アレックは確信をもってつぶやいた。

「そうこうしてるうちに、番小屋に着いたぞ。ウィリアムがいるか覗いてみようじゃないか。彼はここに住んでるんだろう? あるいはミセス・ウィリアムがいるかもな。このプリンスという男のために、彼らが昨夜門を開けてやったかもしれない」

「よしきた。だけど慎重にな」

「いかにも、アレック!」ロジャーはもったいぶって言い、小屋のドアをノックした。

ウィリアムのおかみさんは丸顔でリンゴのような頬をした老女で、そのきらきら光る青い目は、見るものほとんどすべてに、何かしら面白味を見出すように思えた。その目がウィリアムの妻のものであることを考えれば、さもありなんといったところだ。

「こんにちは、旦那様方」彼女は古風にちょこんとお辞儀をした。「あたしにご用ですかね？」

「こんにちは」ロジャーは微笑みながら挨拶を返した。「ウィリアムが家にいないかと思ってね」

「うちのが？　まあいいえ、この時分にはいつもおりませんよ。仕事があるもんで」

「ああ、庭のどこかにいるんだろうね？」

「ええ、果樹園でエンドウの添え木を切ってると思いますよ。何か大事なご用ですかね？」

「ああいや、大したことじゃないんだ。後でその辺で呼んでみることにしよう」

「この度はひどいことでしたね、ご主人様のことですが」ミセス・ウィリアムはぺちゃくちゃとしゃべりだした。「ひどい話ですよ！　レイトン・コートじゃあたしが来てから、こんな話は聞いたことがない。その前だってあたしの知る限りじゃありませんよ。ご遺体は見なさったかね？　頭を撃ったんでしょう？」

「ああ、ひどかった」ロジャーはあわてて言った。「実にひどい！　ところで昨夜かなり遅い時間に友人が来ることになっていたんだが、現れなかったんだ。ここで彼を見かけなかったかな？」

「何時頃です？」

「ああ、たぶん十一時頃だと思うな。もっと遅かったかもしれない」

「いいえ、見ませんでしたね。ウィリアムもあたしも、十時半にはベッドで眠ってましたんで」

「なるほど。それで夜、錠を下ろす時には、門も閉めるんだね？」

「ええ。そうするなというお言いつけがない限りはね。昨夜は十時ちょいと過ぎに閉めて、ハルバート（運転手のこってす）が今朝早く来るまで開けませんでしたよ。お友達は車で来なさったんかね？」

「わからないな。場合によるだろうけど。なぜだい？」

「脇の小さな門はいつも開けてあるからですよ。歩いてくる人が入れるようにね。あたしに言えることは、知ってる限りじゃ誰も来なかったってことで、お屋敷に来なかったんなら番小屋を通ったはずはないですよ、そうじゃありませんかね？　私道で迷ったなら別だけど、まあそんなことはありっこないでしょう」

「ああ、おそらく初めから来なかったんだろう。どっちにしろベッドに入るまでは、知らない人間はまったく来なかったんだね？　全然一人も？」

「ええ、知ってる限りじゃ誰も」

「ああそう。それでよくわかったよ。ところでつい昨日の午後のことだが、気の毒なスタンワースさんから、次に散歩に出る時に頼みたいことがあると言われたんだ。彼の代わりに、プリンスとかいう奴のところに立ち寄ってくれって——」

「プリンス？」ミセス・ウィリアムが思いがけない勢いで口を挟んだ。「あれにゃ近づかんこってす」

「どうしてだい？」勝ち誇った視線をアレックに送りながら、ロジャーは熱心に尋ねた。

ミセス・ウィリアムはためらった。「プリンスって、ジョンのことですかね？」

「そう、ジョンだよ、その通り。どうして彼の側に近づいちゃいけないんだ？」

「なぜって危険だからですよ」ミセス・ウィリアムは激しい口調で言った。「おそろしく危険なんです！　実際」——彼女は意味ありげに声をひそめた——「あたしに言わせりゃ、ちょっといかれてますよ」

「いかれてる？」ロジャーは驚いて繰り返した。「おいおい、まさかそんなはずはないだろう？」

「さあ、あの時スタンワースさんに向かっていった様子といったらね。もちろんその話はお聞きでしょう？」

ロジャーは口笛が漏れそうになるのをあわてて抑え、「そんなようなことは聞いたな」と適当にごまかした。「ええと——彼を襲ったんだったね？」

「そうなんです。それも何の理由もなく。実際、ウェザビーさんとこの作男が運よく居合わせなかったら、スタンワースさんにえらい怪我を負わせてたとこですよ。もちろんあの人たちはもみ消そうとしたんです。知れ渡るとあそこの評判が落ちますからね。でもあたしゃしっかり聞きましたよ」

「本当に？　そこまでひどいとは思わなかったよ。それは——何と言ったらいいんだろう？——恨みでもあるのかな？」

「ええ、そうかもしれませんね。スタンワースさんを最初に見た時から、気に食わんかったようですよ」

「それを表に出すには、かなり荒っぽいやり方だね」ロジャーは笑った。「たぶん、ねじが一本外れてるというやつだな。ではここに長くいるわけじゃないのかい？」

「ええ、せいぜい三週間ですよ」

「さあ、危険覚悟で行かなければ。そこに行く一番の近道を聞きたいんだがね」

「ウェザビーさんのとこですか？　村を突っ切る道を行くのが一番早いですよ。まっすぐたどり着けます。ここから一マイル半か、もうちっとですね」

「ウェザビーさん、そうだ。ええと、そこは——」

「ヒルクレスト農場です。そりゃ紳士ですよ。あの人とスタンワースさんはそりゃあ仲良くなってたのに、それはその——あの時までは——」

「ああ」ロジャーは急いで言った。「さて、どうもありがとう。こんなに時間を取らせてすまなかったね」

「どういたしまして、本当に」ミセス・ウィリアムはにこにこして応じた。「ごきげんよう、旦那様」

「ごきげんよう」

ミセス・ウィリアムは番小屋にひょいと引っ込み、二人は大急ぎで本街道に出た。

ロジャーの抑え込んでいた感情は、声の届かないところに出たとたん爆発した。「ほらみろ！」彼は大声で言った。「どう思う、ええ？」

「すごいよ！」負けず劣らず興奮したアレックが叫んだ。

「しかしすべての情報を進んで与えてくれる、これ以上ないほどの人物にピタリと行き当たったとは、なんとついてたんだろう。ついてた？　まったく薄気味悪いくらいだよ。探偵仕事がこんなに簡単だとは思ってもみなかったな」

「じゃこのプリンスって奴を追いかけるんだね？」

「そうとも。鳥が飛び立つ前につかまえたいからね」

「奴は逃げる気だと思うのか？」

「その可能性はかなりあるだろうね」ロジャーは埃っぽい道を全速力で大股に歩きながら答えた。「奴はそこにまだ三週間しかいないんだから、自分のしでかしたことを初めからやるつもりで来たのは明らかだ。仕事が片づいた今、これ以上留まる理由はない。ああ、利口な奴だよ、このプリンス殿はね。だが十分に利口とは言えないな」

「奴は以前スタンワースを、白昼堂々襲っている」

「そうだ、彼女はみごとに言い表したと思わないか？　ぼくは興奮のあまり叫びそうになったよ。何もかもぴったりと合うじゃないか？　『最初に見た時から、気に食わんかったようですよ』か。ああ、ウィリアムのおかみさん、最初じゃなかったんだ、断じてね。それはスタンワースが手紙を書いた後に、起こったことだと思うな。でなきゃそのことに触れてるはずだ」

「なくなっていた部分にあったのかもしれない」

「そうだね。かなり長い部分が欠けていたからな。いいかい、こうした方がいいと思うんだが途中で村のパブに寄って、亭主からそれ以上の情報が聞き出せるかどうか試してみるんだ。この辺りで起こったことは何でも知ってるだろう」

「それは賢明な策だね」アレックは二つ返事で賛成した。

「その前に事実を整理しよう——この言い方でいいんだよな？　このプリンスという男はどうにかして、ウェザビー氏という郷士階級の農場主らしい人物の下で、何らかの職を得ることができた。ちなみにこれはずる賢い手だね。自分がいる理由を近所に知らしめてるんだから。奴はスタンワースに関するある確固とした目的を持ってやって来た。必ずしも殺人とは思わないな。最初はそのつもりではなかったかもしれない。スタンワースと初めて再会した時、彼に対する激情のあまり、奴は老人にまっしぐらに向かっていったんだ。その事件は葬り去られたが、噂話は確実に残ったのさ」

「そんなことをするなんて馬鹿だな」アレックは批評した。

「そうだね、本当に。手の内を見せるのが早すぎたな。それでもどうだ、奴はやっちまった。さあ、この焼けつくような村へたどり着くのに全力を注ごう。貴重な時間が惜しいし、ちょっと考え事をしたいんだ」

彼らは村へと続く曲がりくねった白い道を足早に進み、地元のパブへと向かった。時間が本当に惜しかったので、気温の高さを言い訳にぐずぐずしているわけにはいかなかったのだ。

15　シェリンガム氏、老農夫を楽しませる

強烈な日差しを浴び埃にまみれた後では、村の昔風の小さな宿屋にある涼しいパブは、何より歓迎すべきものだった。床には滑り止めの砂がまかれ、真鍮の器具が柔らかな夕方の光に照らされていた。

ロジャーは仕事にかかる前に、やれうれしやとばかりに鼻先をジョッキに突っ込んだ。

「いやあ、うまい！」彼は心からの気持ちを亭主に伝え、半分空いたジョッキを磨き上げられたカウンターに置いた。「喉が渇いた時はビールに限るね」

「おっしゃる通りですよ、旦那」亭主は熱心に応じたが、それは商売上の理由からでもあり、また心底そう信じているからでもあった。「それにこんな日には、いくら飲んでも足りませんや」彼は初めの方の考えからこうつけ加えた。

ロジャーは観賞するように周りを眺めた。

「こぢんまりしたいい店だね」

「まあ悪くねえです。十マイル以内でここよりいい酒場はねえですよ。自分で言うのも何ですが。旦那たちは今日遠くから来なすったんかね？」

「エルチェスターからだよ」ロジャーは簡単に答えた。レイトン・コートに滞在している事実を明かして、この情報が必然的に招く矢継ぎ早の質問をかわすのに、無駄な時間を費やしたくなかったのだ。

「ああ、それじゃさぞ喉が渇いていなさるでしょう」亭主は同感するように言った。

「そうなんだ」ロジャーはうなずき、ジョッキの中身を飲み干した。「だからぼくらにもう一杯注いでくれ」

亭主は二つのジョッキを再び満たし、打ち明け話をするようにカウンター越しに身を乗り出した。

「聞きましたかね？　この近くで今朝、おっそろしいことがあったんですよ。この先のレイトン・コートでね。エルチェスターからだと左側に見て通ったでしょう、一マイルほど手前ですが。ご主人が銃で自殺したっていうんですよ。運転手が言っとったんですがね。今の旦那たちみたいに、ビールを一杯飲みにきて、そんですっかり話してくれたんでさ。困ってたなんてもんじゃなかったですよ。明日休みをもらおうと思ってたのに、警察やら誰やらを送り迎えしなきゃならねえもんで、今じゃそんなこと言い出せなくなっちまったってね」

ロジャーは悲劇に対するアルバートの個人的見解を聞いて、思わず浮かんだ笑みをあわてて押し殺した。こいつは素晴らしい墓碑銘になるぞ、と彼は思った。「ジョン・ブラウンの思い出に捧ぐ。誰もがその死を心から悼《いた》んだ。とりわけ休みを取りたかった彼の運転手は」

「ああ、その話はちょっと聞いたよ」彼は無頓着に答えた。「ひどい事件だね。ところでここの商売はどんな調子だい？」

「まあまあですね」亭主は慎重に答えた。「村のパブはここだけなんで。それにこの辺の連中はよく飲むんです」彼は熱を込めてつけ加えた。

「そりゃよかった。いいビールの味がわかる奴は好きだね。それによその人間も、結構立ち寄るんだろう？」

「いや、それがあんまり」亭主は残念そうに言った。「本街道からちっと引っ込んでるもんで。もっとも時折、お二人のような歩きの紳士方《ウォーキング・ジェントルメン》が立ち寄らないってわけじゃねえですがね」

「ああ、歩きの紳士は時折来るだろうね」歩きの紳士とは正確にはどんな性質のものか、走っている紳士の反対なのだろうかと思いながら、ロジャーはあいまいに返事をした（ウォーキング・ジェントルマンには端役の俳優の意味あり）。「どのくらいの割合で来るの？」

「そりゃ時によりけりです、でしょう？」軽はずみなことは断じて言わないように決めているらしい亭主は、用心深く言った。「ええ、時によりますね」

「そうかい？　じゃ特定の日を選んでみよう。例えば昨日は何人のよそ者が来た？」

「おやまあ、そんなには来ねえですよ、一日になんてね。ひと月なら少しは来ますがね。そう、お二人が来なさる前は一週間ばかり、この店にはよそ者など一人も来んかったね」

「まさか！」

「それがそうなんでさ、旦那」力を込めて亭主は答えた。「本当ですとも」

「へえ、こんな居心地のいいところなら、もっと大勢来ると思ってたよ。とにかくこの近辺に来ることがあったら、ぜひきみの店に寄るようにって友達みんなに知らせておくよ。こんなにうまいビールには、他のどこでもありついたことがない」

「うめえビールですよ」亭主はほとんど気が進まないかのように認めた。「ご親切にありがとうごぜえます。旦那やお友達に何かお返しができたら、こんなにうれしいことはねえです」

「それじゃ今、一つ頼みがあるんだ、実を言うと」ロジャーは機嫌を取るように応じた。「我々はエルチェスターから、プリンスに会いに来たんだ――ええと、ジョンだよ、ほら。ヒルクレスト農場にいる奴だ」

亭主はうなずいた。「へえ、知っとります」

「それでここからの正しい行き方を教えてくれたら、非常にありがたいんだが」

「ここを出たら左に曲がって、まっすぐ行ってくだせえ」亭主は即座に答えた。「すぐわかりますよ。十字路を過ぎて最初に右手に見える農場でさ」

「どうもありがとう。さあて、実際にプリンスに会ったことはないんだが、すぐにわかるだろうね。でかい奴なんだろ?」

「へえ、そうです。頭のてっぺんまで六フィート近くありますよ。奴が頭を上げてる時ですがね」

「ああ、ちょっと前屈みなんだね?」

「まあ、そうとも言えますね。言ってみりゃ頭を垂れてます。どんなかおわかりでしょう」

「ああ、よくわかるとも。で、強いんだね?」

「そりゃもう。暴れだしたら、抑えつけるのに大の男が六人がかりでやっとですよ」

「普段はおとなしいんだろ?」

「へえさようで。静かなもんですよ」

「だけど思うに、奴は馬鹿じゃない。つまりかなり利口だ、そうだろ?」

亭主はしゃがれ声で含み笑いをした。「おやまあ、そうですとも。プリンスは馬鹿どころじゃねえ。悪魔みてえに賢い奴ですよ。ずる賢いとも言えますね。そう思ってりゃ間違いねえです」

「ほう? どんなところが?」

「まあいろんな風にですよ」亭主はあいまいに言った。「だけど旦那たちが今日こんなに歩かなきゃならんかったのは、お気の毒でしたね。昨日だったらプリンスは、ヘルチェスターにいたんです」

「ははあ!」ロジャーはアレックに横目で目配せしながら声を上げた。「そうだったのか?」

「へえ、農業展示会にいたですよ」

「ほう? そこで何をしていたのかい?」

「展示でさ」

「奴自身が?」

「へえ、そうです。で、賞も取ったですよ」

「知らなかったとは残念だな。知っていたら今日わざわざ来る手間が省けたのに。ちなみに奴が何時に帰ってきたかは知らないよな？　ウェザビーさんもそっちにいたんだろう？」

「ウェザビーさんもいましたけど、プリンスは一緒に帰ってこんかったですよ。七時過ぎにウェザビーさんが、自分の雌馬に乗ってここを通るのを見ました。プリンスはその後の取り引きが終わるまで、帰らんかったでしょう。だけど農場まで上がって行きゃ、わしが言うより詳しく教えてくれますよ」

「ああなに、別に大したことじゃないんだ。今そこで会えさえすればね」

「今なら農場にちゃんといますよ。あそこの誰に聞いても案内してくれまさあ」

ロジャーはビールの残りを飲み干して、ジョッキをカウンターにてきぱきと置いた。

「さてアレック」彼は元気よく言った。「今日中にエルチェスターに帰るなら、そろそろ行かなきゃ」

「きみは本当にすごいね、ロジャー」彼らが再び道に出た時、アレックは感心しきりだった。

「そんなことはわかってるさ」ロジャーは遠慮なく言った。「でも今さらどうしてそんなことを？」

「亭主とあんな風にしゃべってたからさ。ぼくだったら絶対にできなかったね。何と言ったらいいかわからないだろうよ」

「自然に出てくるんだよ」ロジャーはご満悦の体だった。「ぼくはちょっとばかり、アメリカ人が言うところの社交家ってやつなんだ。実際、ああいう連中とぺちゃくちゃしゃべるのはすごく楽しいよ。例えばウィリアムなんかとね。それにとても役に立つんだ。地方色などを知るのにはさ。だがぼくが引き出した情報はどうだい、え？」

「ああ、詳しいことがいくつかわかったよな？」

「それにきわめて重要な情報だよ。プリンス殿がエルチェスターで展示をしてたってことをどう思う？　かなり独立した立場にいるということじゃないか？　それに昨日は遅くまで帰ってこなかったんだよ。すべて話が合うね」

「ああ、今回は正しい道を行っているようだな」

「もちろん正しいさ。間違えようがないだろう？　絶対的な証拠があるんだ。それどころか」ロジャーは考えにふけりながらつけ加えた。「昨夜実際には何が起こったか、かなりいい線まで推理できると思うよ」

「へえ？　どんな具合に？」

「そう、プリンス君は展示会で賞を取って当然いい気になり、そこで知り合った友人たちと飲んで、酔っ払ってしまった。帰り道レイトン・コートの前を通りかかった彼は、門の脇の戸をガタガタさせたかして、開いていることに気づく。いずれにしろ中に入り込み、開いていたフランス窓の方に近づく。スタンワースは、死ぬほど奴を恐れていたことがぼくらにはわかっているが、その姿を見て飛び上がり、リボルバーで脅す。格闘の最中、わざとか誤ってかスタンワースは撃たれる。そこでプリンス君はすっかり酔いが醒めるが、ぼくらも承知のずる賢さで、翌朝発見される舞台を整える。どうだい？」

「ありそうなことだね」アレックは認めた。「だけど知りたいのは——どうやってプリンスと渡り合うんだい？」

「成り行きを見てろって。奴を会話に引き込んで、昨夜の行動を説明させるんだ。もし騒ぎ立てるようならぶちのめす。それだけさ。ちなみにそこできみに役に立ってもらうんだよ」

「ふん！」とアレック。

「どっちにしろ」ロジャーは意気込んで締めくくった。「すごく刺激的だろうな。それは確実だよ」

ヒルクレスト農場はすぐに見つかった。亭主が述べた通り、急な上り坂のてっぺんに位置していた。近づくにつれて二人は、無意識のうちに闘いの場を偵察するかのように、本能的に歩調を緩めた。

「まだウェザビーの関心を引きたくはないな」ロジャーはつぶやいた。「彼にも話をつけないと。それからとにかく、警戒させたり疑いを起こさせたりしたくない。だから亭主にも、あれ以上詳しく尋ねようとはしなかったんだ。どう思う？」

「ああ、その通りだとも。あの爺さんに、プリンスの居場所を知ってるかどうか、聞いてみてはどうかな？」

「そうしよう」老いた農夫がウェザビー氏の生垣を刈り込んでいるところへ、ロジャーはぶらぶらと近づいていった。「ミスター・プリンスと話したいんだが」彼は老人に切り出した。「どこで会えるか教えてもらえるかな？」

「はあ？」相手は大きくて骨張った手を曲げ、同様に大きく骨張った耳の周りに当てて、聞き返した。

「ミスター・プリンスと話したいんだ」ロジャーは大声で聞き返した。「どこにいる?」

老人は動かなかった。「はあ?」彼はぼんやりと言った。

「プリンスだよ!」ロジャーは怒鳴った。「どこだ?」

「ああ、プリンス! ここと並んだ隣の牧草地におるよ。上ってった向こう側の端で見かけてから、五分も経っとらん」

骨張った手の平は補聴器の役目を終えて、ロジャーの与えたシリング硬貨を受け取る入れ物となり、また二人は歩き続けた。隣の牧草地の脇には頑丈な門が取りつけてあった。そこを軽々と飛び越えたロジャーの目は闘志で輝いていた。アレックも後に続き、二人は一緒に牧草地の中央に進み出た。

「誰の姿も見えないようだね」少し先まで行った時、ロジャーは言った。「どこか別のところに行ってしまったんだろう」

「あの隅の雌牛以外、何もいない。この牧草地から出る道が他にあるのかな? この五分のうちに、あの門を越えて道に出てはいないよ。ぼくらが見かけたはずだ」

ロジャーは立ち止まって注意深くあたりを見回した。「ああ、ここには——おや! あの雌牛はどうしたっていうんだ? いやにぼくらに興味を持ってるようだぞ」

その大きくて強そうな雌牛は、本当に隅から離れて彼らの方へまっすぐ向かってきた。頭を激しく左右に振りながら、船の汽笛にも似た音を発している。

「大変だ！」アレックが突如叫んだ。「あれは雌牛じゃない、雄牛だ！　必死で走れ！」

ロジャーは二度言われるまでもなかった。彼は飛ぶように走っているアレックの後から、猛スピードで駆け出した。雄牛はこの期待外れの成り行きを見ると、二人を追って邁進した。最後までハラハラさせるレース展開となった。

六秒ほど後に出た結果は、以下のようなものだった。

一着、ミスター・A・グリアスン
二着、ミスター・R・シェリンガム
三着、雄牛

一着二着の差は十ヤード。二着三着は、五本の横木のある門一つの差（二着はそれをひとまたぎで飛び越えた）。

「うへーっ！」ロジャーは心の底からうめき声を上げ、だらしなく溝の中に転げ込んだ。ぜいぜいと耳障《ざわ》りな音がして、彼らは目を上げた。その音はさっきの老人から出ていた。彼は笑っていた。

「さっきはもうちっとでやられちまうとこだったな、旦那方」彼は愉快そうにしゃがれ声で言った。「奴があんなに向かっていったのは、あのミスター・スタンファースとか何とかいう

「——レイトン・コートから来た旦那以来じゃよ。注意しておきゃよかったな。プリンス・ジョンには十分気いつけろって」

16 シェリンガム氏、新プラトン主義について講義する

「アレック」ロジャーは悲しげに口を挟んだ。「もう一度、雄牛とか雌牛とかその他、農場にいる邪魔物のことを口にしたら、その場で大泣きしてやるからな。警告しておくぞ」

二人は再び白く埃っぽい道を歩いていたが、行きの道中の弾むような快活さは、彼らの足取りから消えていた。農夫との短いが明快な会話——そのほとんどは鼓膜も破れんばかりの叫び声で交わされた——から、意気消沈したロジャーは自分の骨折り損《ワイルド・グース・チェイス》（それとも獰猛な雄牛《ワイルド・ブル》と言うべきだろうか？）の正体を即座に知った。ちなみにアレックはこれに関して、お察しかもしれないがまったく容赦なかった。

「何か一つでも、もう少しはっきりしていたら！」ロジャーは悄然と話し続けた。「ぼくの推理は完全に正しかったんだ。ウィリアムのかみさんとあの間抜けなパブの亭主が、わざとぼくをだまそうとしたんじゃないだろうな。なんで彼らは、あの胸くそ悪い動物が雄牛だとはっきり言って、話を終わらせなかったんだ？」

「きみがその機会を与えなかったからだよ」アレックはあからさまにニヤニヤしながら言った。

ロジャーは厳めしい目つきで彼をにらむと、再び黙り込んだ。

しかしそれも長くはなかった。「これで、あの汚らしい紙切れに出くわす前に、たどり着いた正確な場所に戻ってきたんだ」彼はがっかりした様子でまた話しはじめた。「貴重な時間がまるまる無駄になってしまった」

「ともかく運動はできたじゃないか」アレックが親切にも指摘した。「おまけにとてもきみのためになったよ」

「問題は、次は何をすべきかということだ」

「お茶を飲みに戻るのさ」アレックはすぐさま答えた。「そして貴重な時間を無駄にしたってことで言えば、そもそもこの件に関してぼくらがやってきたことすべてが、時間の無駄じゃないのかな。あれほどはっきりした手掛かりが、あんな風に尻すぼみに消えてしまったんだから、全体も同じように見かけ倒しかもしれないじゃないか？　結局、殺人が起こったなんてぼくは信じないよ。スタンワースは自殺したのさ」

「ええと」ロジャーは今の妨害を気にも留めずに続けた。「ぼくたちは『謎のよそ者』の跡を追い求めて出発したんだ、そうだろ？　ならばそこからまた始めればいいんだ。幸い、この辺では見かけない人物について、抜け目なくあの二人に質問することができたが、何もなかった。これから駅に向かおう」

「嫌だよ！」アレックはうめいた。「お茶だ！」

「駅だ！」ロジャーはきっぱりと言い返し、それはすなわち、駅へ行くということだった。

しかし駅でも収穫はなかった。友人について尋ねるというのを口実にして、ロジャーはやや骨折った末に、田舎者のポーターから情報を引き出すことに成功した。それによると駅には日に六本しか停まる列車がなく（そこは実際、仮駅も同然の小ささだった）、夕方七時以降はまったくないということだった。朝一番の列車は六時過ぎで、彼の知っている限りでは、これまで乗った客はいなかったという。いや、昨日はよそ者も来んかったな。少なくとも一人も気づかんかったよ。

「結局、こうなると予測できてよかったはずなんだ」ようやく二人で家路につきながら、ロジャーは悟り切った調子で言った。「仮にそいつが列車で来たのなら、十中八九エルチェスターに行っただろう。十分わかっているように、そいつは馬鹿じゃないからな」

今度こそ、お茶と日陰が確実に目の前にあるという期待から、アレックはその問題について友好的に話し合う用意ができていた。

「それじゃ奴がよそ者だと確信してるのかい？」彼は尋ねた。「実はこの近所の人間だったという考えは、あきらめたんだな？」

「そんなんじゃない」ロジャーは言い返した。「奴については、まだこれっぽっちもわかっちゃいないよ。大きなブーツを履いていて、力が強くて、ありきたりの犯罪者じゃないことを除けばね。そしてあの謹んでお悔やみ申し上げる故ミスター・ジョン・プリンスについて、ぼくが思い描いたものときわめて近いということもだ。彼はこの近所ではよそ者かもしれないし、そうじゃないかもしれない。午前中はまだこの辺にいたことがわかっている。館の中の人々と連絡を取ることができたんだからな。だがそんなことよりもっとはっきり言えるのは、奴の動機がわからない限り、何とも言えないということだ。まったく、そいつがわかればなあ！　そうしたらすごく範囲が絞れるのに」

「ぼくらが思いつかなかったことを、教えてあげるよ」アレックが急に言った。「どうして普通の物盗りじゃいけないんだ？　つまり家の主人を実際に殺してしまったと気づいて、パニックに襲われ、目的を果たす気力を失って、一目散に逃げ去ったんだよ。他の説に劣らずありそうなことに思えるし、事実にもピタリと合うよ」

「うーん、というよりぼくらが一番最初に取り上げたのが物盗り説じゃなかったかな。ちなみにたった五時間前のことだよ、気づいてたかい？　五週間前にも思えるな。でもそれは他の人たちの奇妙な行動に、ぼくたちが強烈な印象を受ける以前の話さ」

「きみが、だろ。ぼくはまだ、きみが事件のその面を強調しすぎていると思うな。おそらく単純明快に説明できるんだよ。ぼくらがわかっていないだけで。きみがいうのは、ジェファスンとミセス・プラントのことだろう？」

「それからレディ・スタンワースもだよ！」

「じゃレディ・スタンワースもだ。ああちくしょう、あの人たちがぼくらに秘密を打ち明けてくれると思うか？　そして彼らの係わり方を明らかにするには、その方法しかないんだ。明らかにする意味がほとんどないと思っているわけじゃないよ。ただ殺人とは何の関係もないと思う。いいか、それは彼らが殺人を犯したといって告発するのと、実質的に同じことなんだぞ！一つ聞くが、ミセス・プラントかレディ・スタンワースのどちらかが――この際ジェファスンは置いておくが――実際にスタンワースの殺害を企てているところなど想像できるか！　あまりにも馬鹿げてるよ。もう少し常識を持つべきだね」

「ことこの件になると、どうも興奮するようだね、アレグザンダー」ロジャーは穏やかに言った。

「つまりぼくが言いたいのは、まるっきり馬鹿馬鹿しいってことさ。きみだってそんなことは、少しも信じちゃいないだろう？」

「たぶんね。いずれにしろ、もっとはっきりしたことがわかるまで、棚上げにしよう。お互いこれ以上熱くならなくても、すでに十分暑いからな。さあ、戻るまですべて一休みだ。そうすりゃ頭もすっきりするさ。その代わり、プラトン哲学がヘーゲル派哲学に及ぼした影響について、新プラトン主義にも少し触れながら、軽く講義してあげるよ」アレックの猛抗議にもかかわらず、彼はすぐさまそれに取りかかった。

こうして時は楽しく、また有益に過ぎていき、彼らは再び番小屋つきの門を通り過ぎた。

「これでわかっただろうが」ロジャーはうきうきと締めくくった。「中世の哲学においてこの神秘主義は、すべての経験を軽蔑的に無視し、合理主義的独断論に対する強力かつ最も成功を収めた反対勢力だった。一方、十五、六世紀の初期の科学は実質的に、新プラトン主義を論理的に発展させたもので、同じように不毛な合理主義に対抗していたんだ」

「そう？」アレックはむっつりと言い、生きている間二度と、新プラトン主義という言葉を聞かなくて済むよう、密《ひそ》かに、しかし熱烈に祈っていた。「なるほどね」

「わかったかい？　よかった。ではウィリアムを探し出して話をしよう」

「合理主義的独断論について講義してやる気か？」アレックは用心深く尋ねた。「そのつもりなら、ぼくは中に入るから」

「ウィリアムには言っても無駄じゃないかな」ロジャーは大真面目に答えた。「ぼくは確信してるんだが、ウィリアムは最も頑迷なタイプの独断主義者だと思うね。もしそんなものがあればだが。その信条の空虚さを彼に説くのは、客間でのエチケットについてカバに熱弁を振るうのと同じくらい無駄なことだ。そうじゃなく、ウィリアムにちょっと打診してみたいだけだ。ぼくらの役に立つと本気で思ってるわけじゃないが、今の段階ではただ、あらゆる手を尽くしたいんだよ」

やがて、ウィリアムが大きな温室の中にいるのが見つかった。彼はあいにくときわめて不安定な脚立の上に乗って、ブドウのつるを巻きつける作業に没頭していた。ロジャーの姿を見ると、彼はあわててしっかりした地面に降り立った。ウィリアムは運を天に任せるような人物ではなかった。

「こんにちは、ウィリアム」ロジャーはにこやかに声をかけた。

「こんにちは、旦那」ウィリアムは疑わしげに応じた。

「ついさっき、きみの奥さんと話してたんだよ。ウィリアム」

ウィリアムははっきりしない声でブツブツ言った。

「奥さんに話したのはね、昨夜ぼくに会いにこの家を訪れると思ってた友人が、現れなかったってことなんだ。だからきみが番小屋の方で、彼を見かけなかったかと思ってね」

ウィリアムはこれ見よがしに、苗をせっせと手入れしていた。「誰も見んかったです」彼は断言した。

「そう? じゃいいんだ。大したことじゃないから。きみがやっているのは面白そうな仕事だね、ウィリアム。植物を鉢から出して、根っこの匂いを嗅いで、また戻す、そうだね? さて園芸学では、それを何と呼んでるのかな?」

ウィリアムはすばやく植物を手放すと、会話の相手をにらんだ。

「世の中には仕事のねえ人間もおります」彼は陰気に言った。「でも他の者にはあるんでさ」

「きみのことだね」ロジャーは同調した。「その通り。精を出したまえ! これに勝るものはないね。人を朗らかにし、元気づけ、満足を与えてくれる。仕事は偉大なり。きみの言う通りさ」

ウィリアムの顔を、興味の色がちらりとかすめた。「じゃ何でスタンワースさんは、自分を撃ちなすったんかね?」彼は唐突に問い質《ただ》した。

「わからないんだ、正直なところ」まったく予想もしていなかったこの質問に、ロジャーはたじろぎつつ答えた。「何か考えでもあるのかい?」

「わしは賛成できねえです」ウィリアムは堅苦しく言った。「自殺なんぞ」

「まったくきみは正しいよ、ウィリアム」ロジャーは温かい調子で答えた。「もし他のみんながきみのようだったら、きっと――自殺はもっと減るだろうね、間違いなく。控え目に言っても、だらしない習慣だよ」

「正しいことじゃねえです」ウィリアムは頑なに続けた。「よくねえことだ」

「簡潔にまとめたね、ウィリアム、そうだとも。それどころか大いに間違った行いだよ。それはそうとウィリアム、ここ二日ほどの間に、この辺でよそ者を見たっていう話を、誰かから聞いたんだが。そんな奴に気づかなかったかい？」

「よそ者？　どんな類いのよそ者です？」

「ああ、ごく普通のだよ。頭が一つに指が十本ある奴さ。話によるとかなり大柄らしい。最近かなり大柄のよそ者を、家の近くで見かけたかい？」

ウィリアムはじっくり考えた。

「見ました」

「本当かい？　いつ？」

ウィリアムはまた考えた。「昨日の夜八時半頃のことです」ようやく彼は語り出した。「八時半か、ほとんど違わねえ頃です。わしが番小屋の前に座っとったら、そいつがずうずうしい態度で道を上がってきて、それからわしに向かってうなずくと、私道を歩いていきました」

ロジャーはアレックと目配せを交わした。

「それで、ウィリアム？」彼は穏やかに尋ねた。「今まで見たことのない男だったんだね？

相当大きな奴だったかい？」

「えらくでけえ奴でした」ウィリアムは厳密に訂正した。

「えらくでかい奴、結構！それから何があった？」

「へえ、わしは女房に尋ねました。『誰だ、あいつは？』って。『まるで自分の庭みてえに私道を歩きやがって』ウィリアムはじっと考えた。「『まるで自分の庭みてえに』って言ったんでさ」彼はきっぱりと繰り返した。

「うまいことを言ったね。それで？」

「『ああ、あの人？』女房は言ったもんです。『コックの兄さんだよ』ってね。『この前、ヘルチェスターで紹介されたよ』とも言いました。『少なくともあの女は兄さんだって言ってたね』と女房は言っとりましたよ」喉のゼイゼイという音からして、ウィリアムは面白がっているようだった。「『少なくともあの女は兄さんだって言ってたね』って女房は言っとったんですよ」

彼は大変なうれしがりようで繰り返した。

「ほう！」ロジャーはいささか勢い込んで大声を上げた。「そう言ったんだね？　で、その後そいつを見かけたかい、ウィリアム？」

「へえ、見ました。十五分くらい後に戻ってきたんですが、コックも一緒で、奴の腕にぶら下がっとりました。そんなことをしねえくらいの分別があってもよかろうに」ウィリアムは答えた後、急に厳しい顔つきになった。「わしは感心しねえな、まったく」厳格な道徳家はつけ加えた。「あの女くらいの歳になってればな。そうとも」彼の表情は思い出したようにほころんだ。『少なくともあの女は兄さんだって言ってたね』って女房は言っとったんですよ」彼はつけ加えて、急にゼイゼイ言った。

「なるほど」とロジャー。「ありがとう、ウィリアム。さて、これ以上きみの邪魔をするわけにはいかないな。来いよ、アレック」

二人はのろのろと、意気消沈して屋敷の方へ歩いていった。

「つまりウィリアムに仕返しされたわけだ、もし知ってたらだが」ロジャーは苦笑いして言った。「一瞬、ついに重要な手がかりをつかんだかと思ったよ」

「きみはまったくどうしようもない楽天家だな」アレックは感嘆したように言った。

彼らが歩いていた小道は書斎へと通じており、足跡が発見された花壇に差し掛かった時、ロジャーは本能的に足を止めた。次の瞬間、彼は前方へ駆け出し、信じられないように花壇を凝視した。

「こいつはどうだ！」彼は叫び、アレックの腕をつかんで、興奮に震える指で差し示した。

「見ろよ！　なくなってる、両方ともだ！　すっかりならされてしまった！」

「何てことだ、本当だ！」

二人は目を丸くして、互いを見つめた。

「ではジェファスンは、ぼくたちの話を聞いていたんだ！」ロジャーはほとんどささやき声になって言った。「もうすぐかなり面白いことになりそうだぞ、いよいよ」

17　グリアスン氏、憤慨する

　しかし、どれほどジェファスンが彼らの行動を勘ぐっていたとしても、ロジャーとアレックがお茶の時間に二十分遅れて客間に入った時、彼の物腰には少しも変化は見られなかった。普段通りのそっけない、かなりぞんざいな調子で二人を迎え、どんな風に気晴らしをしていたのか何気なく聞いてきた。レディ・スタンワースの姿はなかったが、ミセス・プラントはお茶の盆の向こう側に座っていた。

「ああ、我々は村まで散歩してきたんだ。でも暑すぎて快適とはいかなかったな。ありがとう、ミセス・プラント。ええ、ミルクと砂糖もお願いします。二個ね。エルチェスターでの用事はうまくいったかい？　出発するところを見かけたよ」

「ああ、ひどく遅くなってしまってね。大急ぎで用事を済ませなきゃならなかったよ。でも何とか全部片づけることができた」

「ところで警察は、検死審問の手続きをもう整えているのかい？」アレックが突然尋ねた。

「ああ、明日の朝十一時に、ここでやる」

「ほう、連中はここでやるのか？」とロジャー。「どの部屋でやるつもりだい？　書斎か？」

「いや、居間の方がいいと思う」

「うん、ぼくもそう思うよ」

「ああ、早く終わってしまえばいいのに!」ミセス・プラントが思わず溜め息をついた。

「あまりこの試練が楽しみじゃないようですね」ロジャーがすかさず、かすかに微笑みながら言った。

「証言することを考えただけで、ぞっとしますわ」ミセス・プラントは、ほとんど感情を抑え切れないように答えた。「恐ろしいこと!」

「まあまあ、そこまでひどいことではないですよ。裁判ではありませんからね。反対尋問だの何だのはないんです。進行はごく形式的なものだと思いますね、そうだろ、ジェファスン?」

「まったくです」注意深く煙草に火をつけながら、ジェファスンは言った。「全体で二十分もかからないと、思っていてください」

「ですから何も恐ろしいことはありませんよ、ミセス・プラント。お茶をもう一杯いただけますか?」

「ええ、ただ早く終わってしまえばいいのにと思っただけです」ミセス・プラントは神経質な軽い笑い声を上げ、ロジャーは彼のカップを持ったその手が、わずかに震えているのに気づいた。

ジェファスンが立ち上がった。

「悪いが、またきみたちだけを残していかなくてはならないんだ」彼は突然言い出した。「レディ・スタンワースは、何でもきみたちのいいようにしてほしいとおっしゃってる。おもてなしできなくて申し訳ないが、何せこんな時だから行き届かなくてね」

彼は部屋から出ていった。

ロジャーは少し、かまをかけてみることにした。

「ジェファスンはそれほど動揺しているようには見えませんね」彼はミセス・プラントに話しかけた。「長いこと一緒にいた雇い主を、あんな風に悲劇的に亡くしたら、かなりショックだろうに」

ミセス・プラントはまるで、この発言の分別を疑うとでも言わんばかりに彼を眺めた。「ジェファスンさんは比較的知り合って間もない人に、心の内をさらけ出すような方ではないと思いますけど。どうお考えになります、シェリンガムさん？」彼女はやや堅苦しく答えた。

「おそらくそうでしょう」ロジャーは気軽に答えた。「でも彼は今度のことでは、まるっきり平然としているようですよ」

「とても冷静なタイプの方なんでしょう、きっと」

ロジャーは新たな方針を試みた。「あなたはスタンワースさんとは長いお付き合いなんですか？　ミセス・プラント」彼は椅子の背にもたれ、ポケットからパイプを取り出し、打ち解けた様子で尋ねた。「吸っても構わんでしょうな？」

「ええどうぞ。ああいいえ、そんなに長くはありません。わたくしの——主人が存じ上げていたんです」

「なるほど。比較的よく知らない、あるいはとにかくぼくに関して言えば赤の他人を、こうした小さな集まりに招いてくださるというのは、ずいぶん風変わりな習慣ですね」

「スタンワースさんはとても、もてなし好きな方でしたから」ミセス・プラントは抑揚のない声で言った。

「確かに！ あらゆる面で立派な方でした、そう思いませんか？」ロジャーは熱心に問いかけた。

「ええ、とっても」ミセス・プラントは妙に平板な声で応じた。

ロジャーは彼女に鋭い目を向けた。「賛成していただけないようですね、ミセス・プラント」

彼はふいに言った。

ミセス・プラントはハッとした。

「わたくしが？」彼女はあわてて言った。「まあ、もちろん賛成ですわ。スタンワースさんは――そう、とてもいい方でした、本当に。魅力的で！ もちろん賛成ですとも」

「ああ、すみません。一瞬、彼の話にはあまり熱が入らないようにお見受けしたものですから。もちろんそうしなければならない理由など、少しもありませんが。誰でも好き嫌いはありますからね。そうでしょう？」

ミセス・プラントはロジャーをちらりと見てから、窓の外に目をやった。「わたくしはただ――すべてのことが、なんて悲劇的なのかと考えていたんです」彼女は小さくつぶやいた。

短い間があった。

「しかしレディ・スタンワースは、あまり彼とうまくいってなかったようですね」ロジャーは煙草をマッチ棒でパイプに押し込みながら、さりげなく言った。

「そうお思いになります?」ミセス・プラントは用心深く聞き返した。

「彼女からは確かに、そういう印象を受けましたよ。実のところ、それ以上だと言ってもいい。彼を嫌っていることは間違いないでしょう」

ミセス・プラントはそう言った彼を、嫌そうな顔で見た。

「どんな家庭にも秘密はあると思います」彼女はそっけなく言った。「そこに他人が探りを入れるのは、少し無作法だとは思いませんか? 特にこんな状況では」

「こいつは一本取られましたな」ロジャーは恥じ入りもせずにっこりした。「ええ、そう思いますよ、ミセス・プラント。ただ問題は、そうせずにはいられないってことなんです。ぼくはこの世で最も好奇心の強い人間でしてね。あらゆること、特にすべての人間に関して興味を持ち、とことん追及しないと気が済まないんです。そして他でもないレディ・スタンワースと――こう言ってもいいですかな?――いささか低い階級のスタンワースさんとの間柄は、作家にとって非常に興味をそそられることを、ご理解ください」

「すべては『ネタ』ということですの?」ミセス・プラントは言い返したが、最前ほど手厳しくはなかった。「まあ、そうおっしゃるなら、もっともな理由が山ほどおありなんでしょうね。だからと言って、弁明を認めたわけではありませんけど。ええ、レディ・スタンワースは義理のお兄様と、しっくりいっていたわけではなかったと思います。結局それは、想像がつくことじゃありません？」

「そうですか？」ロジャーはすばやく聞き返した。「なぜです？」

「なぜってこんな事情では――」ミセス・プラントは突然言葉を切り、唇を噛んだ。「なぜって血筋の問題でしょう。あらゆる面で、お二人はまったく違いますから」

「そんなことを言おうとしたのではないでしょう。言い直した時、心にあったことは何だったんです？」

ミセス・プラントはかすかに顔を赤らめた。

「本当に、シェリンガムさん、わたくしは――」

アレックがやにわに椅子から立ち上がった。「この部屋はやけに暑いですね」彼は唐突に言い出した。「庭に出て新鮮な空気を吸おう、ロジャー。失礼してもミセス・プラントはお許しくださるだろう」

ミセス・プラントは彼に感謝の眼差しを向けた。

「もちろんです」彼女はやや上ずった口調で言った。「わたくしは――二階に上がってちょっと休もうと思います。なんだか頭痛がしますので」

二人の男は、彼女が部屋から出ていくのを黙って見送った。それからアレックはロジャーの方を振り向いた。

「いいか」彼は憤然として言った。「きみが気の毒なか弱い女性を、あんな風に脅しつけるのを見過ごすわけにはいかない。あれはやりすぎだ。彼女について馬鹿げたことをいろいろ考え、その上脅してそれを確かめようとするなんて。そんなことには我慢できないよ」

　ロジャーはさも絶望した風に首を振った。

「まったく、アレグザンダー」彼は悲しげに言った。「きみは難しい奴だね。とんでもなく難しい奴だ」

「でもあれは冗談の域を超えていたよ」アレックは少し落ち着きを取り戻して言い返したが、その顔はまだ怒りで紅潮していた。「何をしてもいいが、女性をいじめるのだけはだめだ」

「しかもぼくがせっかくいいところまで行っていた時に！」ロジャーは嘆いた。「きみは最低のワトスンだよ、アレック。どうしてきみをその役に選んじまったのかな」

「そうしておいて、きみのためには本当に良かったよ」アレックは辛辣に言った。「とにかくぼくは、フェアプレイを知ってるからね。そして事件には何の関係もない女性をだまして、いろんな馬鹿げた告白をさせるなんて、ま、る、っ、き、り公明正大じゃないよ」

　ロジャーは相手の腕を取って、徐々に庭の方へ引っ張っていった。

「わかった、わかった」彼はだだっ子をなだめるような調子で言った。「そんなにこだわるんなら、別の戦略を考えよう。いずれにせよ、興奮することはないんだよ。問題は、きみが生まれてきた世紀を間違えたってことさ、アレック。四、五百年前に生まれるべきだったよ。窮地にある女性を救うへヴィー級の勇士として、背中にくくりつけた槍一本で来る者すべてに立ち向かうのさ。いざ勝負ってね！」

「ああ、きみにとってはさぞ面白いことだろうよ」やや機嫌を直したアレックは言った。「だけどぼくはまったくもって正しいし、それはきみにもわかってるはずだ。もしこの調査を進めていくのであれば、探偵お得意の陰険で卑劣でけちなペテンは使っちゃだめだ。それを言うなら、そんなに誰かをつかまえたければ、どうしてジェファスンを相手にしなかったんだ？」

「そりゃご立派なジェファスンは、口を割るような奴じゃないという単純な理由からさ、アレック君。それに対して、女性には常にその見込みがあるんだ。だがもういい！　棒っ切れや石ころだけを扱うことにして、人間的要素は無視することにしよう。とにかく女性についてはね。だがそれでも」ロジャーは物足りなそうにつけ加えた。「あの三人の間で何が起こっているか知りたいもんだね！」

「フン！」アレックは不満気になった。

彼らはしばらく黙って、家の裏側に沿って続いている芝生の端を歩いていった。

ロジャーの頭の中では、いろいろな思いが駆け巡っていた。足跡が消えたことで、根本から考え直すことを余儀なくされた。今や彼は、ジェファスンがこの犯罪についてすべてを知っているばかりでなく、おそらくは実際に関与していることを疑わなかった。ジェファスンの役割が積極的なものか、そしてその時書斎にいたのかどうかはわからない。たぶん違うだろうとロジャーは考えたかった。しかし計画に手を貸し、その後は痕跡をすべて消し去ろうという努力に積極的に係わったとは、確かに考えられないことではない。少なくとも家の中に、一人は共犯者がいたということだ。

しかしジェファスンの事件における役割より、さらにロジャーの頭を悩ませていたのは、どうも掛かり合いを持っているように見える二人の女性が、事件に加担している可能性であった。アレックが強硬に主張しているように表面上は、ミセス・プラントやレディ・スタンワースが殺人に関与しているとはほとんど信じられない。しかし事実に異議を唱えるわけにはいかない。ジェファスンとレディ・スタンワースとの間に紛れもなく暗黙の了解があるということは、この家で自殺ではなく殺人があったということと同じくらい確かだと、ロジャーには思われた。そしてミセス・プラントとジェファスンの間にも、同様の了解がさらに強くでき上がっているようだった。それに加え、午前中書斎で彼女がとった怪しい行動がある。宝石が結局金庫にあったという事実にもかかわらず、ロジャーはいまだに彼女が書斎にいた時のこの言い訳が、嘘だと固く信じていた。さらにミセス・プラントは確かに、スタンワースについて、また彼の秘書や義妹との関係について、彼女自身認めようとしないところまで熟知している。お茶の後、もう少しで本当に重要なことを、警戒のゆるみから漏らしそうになった瞬間、彼女が自分を抑えてしまったのはつくづく残念なことだ。

そう、アレックに劣らず信じたくないことではあるが、ロジャーはミセス・プラントとレディ・スタンワースの両方が、ジェファスン自身と同じくらい事件に深く係わっているという仮説に、抜け穴を見つけることはできなかった。アレックがこの件について、あんなに偏見に満ちた見方をするとは、実についていない。公平な議論すら不要なほど自明のことなのに。ロジャーは無口な連れにこっそり目をやって、そっと溜め息をついた。

家の裏側はまっすぐな一直線になっているわけではなかった。書斎と食堂の間、トランクやがらくたの収納に使われている小部屋のある場所の壁は、何フィートか引っ込んで、奥行きのない窪みになっていた。その空間いっぱいに、月桂樹の植え込みがあった。二人がその植え込みの側を通り過ぎた時、外側の端の地面に落ちていた小さな青い物が、日光に当たってきらめき、ロジャーの注意を引いた。何気なく、半ば無意識に、彼はそちらへ歩いていった。

それから特徴ある青の色調が、突如記憶に引っかかり、彼はそれをまじまじと見つめた。

「あの月桂樹の根元にある、小さな青い物は何だろう、アレック?」眉をひそめて見ながら彼は尋ねた。「何だか見覚えがある気がする」

彼は小道を横切り、それを拾い上げた。青い陶器のかけらだった。

「おやおや!」彼は夢中で声を上げ、アレックに見えるようそれを高く掲げた。「これが何かわかるかい?」

アレックは小道にいるロジャーの側に寄り、大して興味もなさそうに陶器のかけらを見た。

「そうだな、割れた皿のかけらか何かだろう」

「ああもう、違うんだよ! この色が見分けられないのか? なくなった花瓶のかけらだよ、きみ。いったい——そうだ、残りもここにあるんだろうか」

ロジャーは四つんばいになり、月桂樹の間を覗いた。「ああ、この奥にまだ、かけらがいくつか見えるようだぞ。誰も来ないよう見張っていてくれれば、探ってみよう」そして小さな植え込みの中に、苦労して這っていった。

少し経って、ロジャーは同じ道を戻ってきた。手には花瓶のかけらがさらにいくつかあった。

「みんなあそこにあったんだ」彼は勝ち誇って宣言した。「壁のすぐ側さ。何が起こったかわかるかい？」

「奴がそこに捨てたんだろう」アレックは抜け目なく言った。

「その通り。奴はかけらを集めてポケットに入れたんだ。逃げ出したらできるだけ早く、どこかに捨てるためにね。几帳面な奴じゃないか？」

「そうだな」アレックはロジャーをやや驚いた目で見ながら賛成した。「いやに興奮しているようだね」

「そりゃそうさ！」ロジャーは勢いこんで断言した。

「なぜだい？　予想できたことじゃないか？　多少はね。つまり花瓶が割れてかけらが消えていたら、そいつがどこかに投げ捨てたと仮定するのが、ごく妥当だと思うけど？」

ロジャーの目がきらめいた。「ああ、まったくだ。でも肝腎な点は、奴がどこに捨てたかってことさ。気づかなかったかい、アレック、この場所が格子窓と、屋敷の外に抜ける最短の道とを結ぶ経路からは外れているってことに？　つまり私道からはさ。それに、誰にも見つからないようなところに捨てたいと奴が思ったなら、一番いい場所は私道の両脇に生い茂った下草の中だってことは、思いつかなかったかい？——特に逃げる途中で、そこを通るのであればね。こうした点もきみには何の意味もないのかい？」

「そうだね、そう言われてみると、ちょっと妙かもしれないね」

「ちょっと妙かもしれないだと！」ロジャーはうんざりしたように繰り返した。「なあ、こいつは今までぼくらがぶつかった中で、最も重大なことなんだぞ。何が推理できる？　ちなみに間違っていても構わない。でも何が推理できる？」

アレックはじっと考えた。

「すごく急いでいたってことか？」

から出た推理では、奴は全然私道には行ってない」

「すごく何だって！　もしそうなら、まっすぐ私道を行っただろうさ。違う！　ぼくの考え方
「へえ？　じゃどこに行ったんだ？」

「また屋敷の中に戻ったのさ！　アレック、ぼくらの『謎のよそ者』は、ミスター・ジョン・プリンスと同じ道をたどり始めたようだぞ」

18　長椅子が物語ること

アレックは疑うように目を見開いた。「屋敷の中に戻ったって？　でも——でもいったい何のために、そいつは家に戻りたがったんだ？」

「ああ、やっと聞いてくれたね。ぼくにもさっぱりわからないんだ。家に戻ったかどうかすら定かでない。ぼくに言えるのはそれが、花瓶のかけらがここにあったという事実から引き出せ

る、唯一の推理ということだ。まるっきり間違っている可能性もあるよ」

「でもいいかい、もしまた家に戻りたかったのなら、どうしてわざわざあんな風に、苦労して窓から出なきゃならなかったんだ？　なぜそのまま、書斎のドアから出なかったのかい？」

「そりゃわかりきってるよ。より自殺らしく見せかけるために、書斎の出入り口にすべて内側から鍵を掛けたかったのさ」

「だがそもそも、何で家に戻らなきゃならなかったんだ？　そこがわからないよ」

「それはね」ロジャーはごくさりげなく口に出した。「奴がここに滞在してるとしたら？」

「何だって？」

「奴がここに滞在してるとしたらって言ったんだ。ベッドに入りたかったんじゃないか？」

「何てことを。まさかこの家の誰かが、スタンワースを殺したと言ってるんじゃないだろうな？」アレックはぞっとしたように尋ねた。

ロジャーは用心深く、パイプに再び火をつけた。

「必ずしもそうじゃないが、そいつが家に戻りたがった理由をきみが何度も尋ねるもんだから、一番明快な説明をしたまでさ。実のところ、奴は逃げる前に、家の中の誰かと連絡を取りたかったんだと思うね」

「じゃスタンワースを殺したのは、家の誰かだとは思っていないんだね？」アレックはやや安心して尋ねた。

「わからないぞ」ロジャーは一言で答えた。「いや、考え直してみると、たぶん違うだろうな。

ジェファスンが今朝、あの鍵を見つけられなかったことを忘れちゃいけない。あれが目くらましでない限りな。おっと、そいつは考えてなかった。あるいは何か大事なことを忘れていて、もう一度金庫を開けようとしたが、間違ったポケットに鍵を戻してしまったことに気づかなかったのかもしれない」

「つまり」アレックはゆっくりと言った。「家の人間で、あれをやったんじゃないかときみがにらんでいるのは、ジェファスン一人なのか？」

「いや、彼だけじゃないね、首を賭けてもいい」ロジャーは熱を込めて答えた。

「ほう！　では誰なんだ？」

「今はすべての人間を疑っているよ。こう考えてくれ。この壁の内側にいる誰であれ、何であれね」

「じゃ言っておくけど、約束したことをくれぐれも忘れないでくれよ。ぼく抜きで決定的な一歩は踏み出さないこと。いいね？」

「ああ、だがいいかい、アレック」ロジャーは真顔で言った。「きみの賛成を完全には得られないような方向に進んだとしても、無用な抵抗はしないでくれよ。ぼくらは非常に重大なゲームをしているんだ。遊び半分に出かけていって、好きなことだけして、嫌なことは放ったらかしというわけにはいかないんだよ」

「そうだな」アレックは少し気が進まなそうに言った。「わかったよ。必要ないのに騒ぎ立てるようなことはしない。でもぼくたちは一緒にやっていかなきゃ」

「そうとも！」ロジャーは即座に答えた。「これで交渉成立だ。さていいかい、もっと前にやっておくべきだったのに、すっかり忘れていたことがあるんだ。二つ目の薬莢があるかもしれないから、捜さないとな。個人的な意見を言えば、あるとは思ってないがね。二挺のリボルバーから一発ずつ発射されたんじゃないかな。でも可能性はあるんだから、見過ごすわけにはいかない」

「かなり気の遠くなるような任務だな。敷地内のどこに落ちていてもおかしくないぞ」

「ああ、でも捜す意味のある場所は、ただ一つ――書斎さ。そこで見つからなかったらあきらめよう」

「了解」

「なあ、アレグザンダー」書斎に戻る道すがら、ロジャーは沈んだ調子で語った。「アレグザンダー、ぼくらはこの、ホームズならばささやかな問題とでも言うような事件で、大いに不利な立場にいるんだ」

「特にどんなところが？」

「殺人の動機がわからないことさ。そいつがつきとめられれば、ずいぶん物事は単純になる。そうだな、たぶん犯人をすぐにつかまえることだってできるね。現実社会でも小説でも、こうやって殺人事件は解決するんだ。動機を定め、そこから始めよ。それが見つかるまでは、真っ暗闇を手探りしているようなもんだよ」

「何か考えはないのかい？　当て推量だけでも？」

「全然だよ。あるいはむしろ多すぎるんだ。スタンワースのような男性の場合、言い当てるのは難しいよ。結局、陽気な老紳士で素晴らしいワインセラーを持ってるってこと以外、彼について何を知ってる？　なんにもだ！　女たらしだったのかもしれないし、そうすると嫉妬に狂った夫の犯行とも考えられるぞ。そしてレディ・スタンワースとジェファスンは、事が起こった後で内情を知ったが、家名のために伏せているのかもしれない」

「そいつはいけそうだぞ！　本当にそう思うかい？　だとしてもぼくは一向に驚かないよ」

「あり得る話だけど、ありそうだとは思わないな。色男の役を演じるには、彼はちょっと歳を取りすぎているんじゃないかな。あるいはまた、彼が仕事上で破滅させた奴が（彼のやり方は誠実そのものとは言えなかったかもしれない）、いささか荒っぽい復讐に出て、あとの二人も何が起こったか知っていながら、ぼくらにはわからない理由から口をつぐんでいるのかもしれない。だが何になる？　ぼくらが手に入れた数少ない事実の羅列に合うような説は何百とあって、どれもみなあり得るし、もっともらしいんだ」

「五里霧中ってところだね」二人して書斎に入りながら、アレックは認めた。

「それでも一、二時間前よりは、かなり光が見えるようだぞ」ロジャーは朗らかに応じた。

「とどのつまり、今までのところぼくらはそんなに悪くないよ。幸運にも恵まれたが、決してそれだけじゃない。自慢になるから言わないがね。そして今からこの薬莢に取りかかるが、邪魔が入らないことを祈ろうじゃないか」

何分間か、彼らは黙って慎重に探し回った。それからアレックは、小さなタイピスト用テーブルの側で膝をついた姿勢から立ち上がり、情けない顔で両手をつくづく眺めた。「全然見つかりそうもない」彼は言った。「それにひどく汚れちまったよ。ここにあるとは思えないけど、どう?」

ロジャーは大きな長椅子のクッションを調べていた。

「だめらしい」彼は答えた。「ほとんど期待してはいなかったんだが——おや、これは何だ?」

彼は長椅子に置かれた二つのクッションの間から、小さな白いものを拾い上げ、興味深そうにしげしげと見入った。

アレックが部屋を横切って、彼の側にやってきた。「女物のハンカチみたいだ」彼は慎重に言った。

「その通り、アレグザンダー。まさに女物のハンカチだよ。いったい何でまた、女性のハンカチがスタンワースの書斎にあるんだ?」

「その人が忘れていったんじゃないかな?」アレックは訳知り顔で言った。

「アレック、まったくきみは天才だな! それですっかりわかった。これは忘れ物に違いない。ぼくはまた、その女性がこれを郵送してきて、今度ここで見つけたくなった時に備えて、このクッションの間に置いておくようにと特に指示したのかと思ったよ」

「まったく面白い奴だな、きみは」アレックはうんざりしたようにうなった。

「時々だけどね」ロジャーは慎ましく認めた。「その通りさ。だがハンカチに話を戻すと、これが非常に重要なものかどうか測りかねているんだ。どう思う?」

「どうして重要なんだ?」

「はっきりとはわからないが、そんな気がするんだよ。いろんな場合によるね。例えば、誰のハンカチか、この長椅子が最後に掃除されたのはいつか、またこのハンカチの持ち主が、最後にここにいたと認めるのはいつか、そして――ああ、いくらでもあるよ」彼はハンカチの匂いをそっと嗅いだ。「ふむ! いずれにせよ、この香りには覚えがあるようだぞ」

「本当かい?」アレックは勢い込んで尋ねた。「誰が使ってる?」

「あいにく今すぐには思い出せないみたいだ」ロジャーはしぶしぶ白状した。「それでも慎重に少し調べて回ればわかるはずさ」

彼はできるだけ香りが逃げないよう、ハンカチを小さな玉に丸め、胸ポケットにそっとしまった。

「でも最初にやらなくちゃいけないのは」安全な場所にそれをしまうと、彼は話を続けた。「この長椅子をもっと細かく調べ上げることだ。何が見つかるか、はっきりとはわからないんだからね」

それ以上クッションには構わず、彼は背もたれと肘掛けを丹念に調べ始めた。

報われるまでにそう長くはかからなかった。「見ろ!」彼は突然叫び、左の肘掛けの一点を指差した。「粉だ! な? 白粉《おしろい》だよ、間違いなく。さて、どう解釈すればいいんだろう、それがわかればなあ」

アレックはその箇所をよくよく見つめた。ごくかすかな白い粉による汚れが、黒い布の表面に際立っていた。

「本当に白粉だと言い切れるかい?」彼はやや疑わしそうに聞いた。「どうしてわかる?」

「わからないよ」ロジャーは朗らかに認めた。「チャコ（洋裁用のチョーク）かもしれない。でもぼくは白粉だと確信してる。どれどれ、白粉は肘掛けの内側のカーブに沿ってついているぞ。どういうことだろう? 肘と言えば、腕につける粉かもしれないな。女性は腕にも粉をつけるんだろう?」

「ぼくは知らないな。たぶんそうだろう」

「そうか、知っとくべきだと思うな」ロジャーは厳しく言った。「きみは婚約してるんだろう?」

「いいや」アレックは悲しげに答えた。いずれにしろロジャーもいつかは、婚約が破棄されたことを知らなくてはいけないのだ。

ロジャーは仰天して彼を見つめた「いいや、だって? でも昨日バーバラと婚約したんじゃないのか?」

「ああ」アレックはさらに沈み込んで答えた。「でも今日、破棄したんだ。あるいは延期と言うべきかな、むしろ。一ヶ月経てば、また婚約できるかもしれない。そう望んでるけどね」

「だがまた、どうしたっていうんだ?」

「ああ、それは——それはいろいろあるんだ」アレックはしどろもどろになった。「二人でこれが一番いいと決めたんだよ。ええと——まあ個人的な理由でね」

「驚いたな、すごく残念だよ」ロジャーは心から言った。「最終的にはきみにとって、いい結果になるよう祈ってるよ。それからもし、ぼくに何かできることがあったら、遠慮せずに言ってくれ。きみとバーバラほど、すぐにでもまとまりそうなカップルは他にいなかったのに。きみたちは本当に、ぼくが知る限り最もお似合いの二人だよ」男はどんな状況にあっても、他人の前で感情を露にすべきでないというしきたりなど、ロジャーは無視することにしていた。それはちょうど、他のしきたりを思いきり破っているのと同様であった。

アレックは喜びで顔を赤くした。「ありがとう、本当に」彼はぶっきらぼうに言った。「きみは頼りになる奴だと思ってたよ。でも実際、きみにしてもらえそうなことはないんだ。それに結局はうまくいくに違いないと信じてるんだよ」

「そうだね。心底そう願うよ。でなきゃバーバラの首をひねってやる」とロジャーは言い、そして二人の間ではこの話題は、アレックが再び持ち出さない限り、打ち切りとなった。

「で、その粉のことは?」アレックが再び促した。

「ああそうそう。長椅子をまだ済ませてなかったね? まずこれ以上何か見つかるかどうか見てみよう」

彼は長椅子の上に再び屈み込んだが、すぐ顔を上げた。

「これがわかるかい?」彼は肘掛けと背もたれの間の隅に落ちていた、長い金髪を指差した。

「最近確かに、ここに女性が座ったんだ。それで白粉のことも説明がつく。ここで薬莢を捜そうとしたのは、ものすごくついてたな。そうでなかったら見落としていたところだ。この女性はぼくらにとって、薬莢五十個より役立つだろうよ」そしてポケットから手紙を一通取り出すと、紙を抜き出し、その髪の毛を丁寧に封筒に入れた。「本ではいつもこんな風にやるんだよ」アレックの好奇心に満ちた視線に気づくと、彼は説明した。「だからこうするのが一番だと思ったのさ」

「それで次はどうするんだい?」封筒がハンカチに続いて、ロジャーの胸ポケットに収まると、アレックは尋ねた。「ほら、夕食まで三十分くらいしかないぞ」

「ああ、もしできたら、この長椅子が最後にいつ掃除されたかつきとめるよ。その点にすべてが懸かっているように思えるんだ。それが済んだら、このハンカチの持ち主を探し当てる」

「匂いから? イニシャルはないぞ」

「匂いからさ。こんな時、犬だったらさぞ役に立ったのにと思うよ」ロジャーは考え込みながらつけ加えた。

19　シェリンガム氏、賭けに負け、そして勝つ

階段の上で二人は別れ、それぞれの自室に向かった。部屋に着いてもロジャーはすぐには着替えなかった。しばし深い思索にふけりながら、窓枠にもたれ、庭を見下ろしていた。それか

ら意を決したように部屋をきびきびと横切り、ベルを鳴らした。

元気のいいぽっちゃりした若い娘がそれに応えて現れ、物問いたげににっこりした。ロジャーはいつも、召使いたちには好かれていた。庭師たちには必ずしもそうではなかったにしても。

「やあ、アリス。あのね、どうも万年筆をなくしたらしいんだ。どこかで見かけなかったかな？」

娘は首を振った。「いいえ、見ませんでした。今朝このお部屋をお掃除した時には、確かにございませんでしたよ」

「ふむ！　困ったな。昨夜から見当たらないんだ。最後にあったのを覚えてるのは書斎で、夕食のちょっと前だったよ。あそこでなくしたんじゃないかと思うんだ。きみは書斎の掃除もするの？」

「まあ、いいえ。旦那様。わたしは寝室だけです。下の階はメアリの受け持ちです」

「なるほど。もしメアリがそれほど忙しくなければ、ちょっと話ができるかな？　よかったらここに呼んでもらえるかい？」

「かしこまりました。今すぐ呼んでまいります」

「ありがとう、アリス」

やがてメアリが現れた。

「あのね、メアリ」ロジャーは打ち明け話をするように言った。「万年筆をなくしちまってね。で、アリスはここでは見かけなかったって言うんだ。最後にあったのを覚えてるのは書斎で、昨日のお茶の後から夕食までの間なんだ。自分でもあの部屋を捜してみたんだが、見つからなかった。きみがその後、書斎を掃除してはいないと思ってるんだが、それともそんな物を見かけたかい？」

「いえ、旦那様、昨夜皆様のお食事中に、書斎の片付けをしました。その時は、まさかあんなことが――」

「そうだね。本当に」ロジャーはなだめるように口を挟んだ。「恐ろしいことだ！　ところで片付けだが何と何をやるのかね、メアリ？　つまりざっとやっただけなら、きみは万年筆に気づかなかっただろう。正確には何をしたのかい？」

「そうですね、椅子をきちんとした場所に戻して、吸い殻を火床に捨てて、灰皿を空にします」

「長椅子はどうだい？　万年筆を持って長椅子に座ったのは覚えてるんだが」

「そこにはありませんでした」メアリはきっぱり言った。「クッションは全部取り上げて振いましたが、何もありませんでした。もしあったら気づいたはずです」

「そうか。長椅子は実際、丹念に掃除したのかな？　ブラシをかけたり、そういったことはやったかい？」

「はい。夕方にはいつでも、長椅子と肘掛け椅子にブラシをかけます。あんなに窓があると、すごく埃っぽくなりますし、あの黒い横畝《うね》の生地は埃がひどく目立つんです」

「そう、ありがとう、メアリ。やはりどこか別のところに置き忘れたんだろう。ところで、今日は書斎の掃除はやっていないんだろうね？」

「ええ、旦那様」メアリは少し身震いして答えた。「とてもそんな気にはなれません。どっちにしろ一人では。ぞっとしますよ、はっきり言って。お気の毒なご主人様が、一晩中あそこに座って、まるで――」

「そう、そうだね」ロジャーは機械的にそそくさと言った。「恐ろしいことだ！　さてせっかく来てもらったのに、無駄になってすまなかったね、メアリ。でももし見つけたら、知らせてくれたまえ」

「はい、旦那様」メアリは気持ちのいい笑みを浮かべて言った。「かしこまりました」

「これで決まりだ！」ロジャーはドアを閉めながら、こっそりつぶやいた。

彼はできる限り急いで着替えを済ませ、アレックの部屋へ急ぎ、今仕入れたばかりの事実を詳しく述べ立てた。

「だから」と彼は締めくくった。「その女性は夕食後のどの時間かに書斎にいたんだ。さて誰だろう？　バーバラはきみと庭にいたよな、もちろん。だから彼女ということはあり得ない。そうすると残るはミセス・シャノン、ミセス・プラント、レディ・スタンワースだ――ちなみにその女性が家の中の人だったとしたら、だがね」彼は考え込みながらつけ加えた。「そんなことは考えもしなかった」

アレックはブラックタイを締める手を止め、不審そうに振り向いた。

「だけどこんなことがいったい何になる？」彼は尋ねた。「その三人のうち、一人が昨夜書斎にいちゃいけない理由でもあるのか？」

「いや、そういうわけじゃない。でもそれが誰だったかによるよ。例えばもしレディ・スタンワースなら、そこに何かあるなんて言わないよ。彼女が書斎になど行っていないと、特に否定しない限りはね。一方、この家の外からやってきた者であれば、間違いなく重要だろう。ああ、漠然としていて説明するのが難しいんだが、新事実が現れたという気がするんだ——昨夜、書斎に女性がいたという事実だよ。しかも通り抜けただけではなく、そこに座っていたんだ。だからこの事件の他の事実と同じように、これも調査しなければならないのさ。ごくまっとうな理由のあることかもしれない。一方そうじゃないかもしれないんだ。それだけだよ」

「確かにきみの言う通り、漠然としてるね」アレックはベストのボタンを留めながら評した。

「それで、いつその女性を探し当てるつもりかい？」

「たぶん夕食の終わり頃だね。レディ・スタンワースとミセス・プラントの香りをそっと気づかれないように嗅いでみて、二人とも違うようならミセス・シャノンかもしれない。その場合、もちろんそれ自体は何ら重要じゃない。でもその誰にも当てはまらなかったら、どうしたらいいかわからないよ。国中駆けずり回って、見知らぬ女性の匂いを嗅いで回るわけにはいかないだろう？　そんなことをしたら、いろいろと厄介な悶着《もんちゃく》が起きるだろうよ。急げよ、アレグザンダー、ベルが鳴ってからもう五分は経ってるぞ」

「用意できたよ」アレックはきれいになでつけた髪を、鏡で満足げに眺めながら言った。「お先にどうぞ」

彼らが客間に着いた時、他の者たちはすでに待っており、すぐに夕食が始まった。レディ・スタンワースも出席しており、見た限りでは平静に見えたが、いつもに増して無口だった。そして彼女の存在によって、その小さな集まりにやや気詰まりな雰囲気が加わっていた。

ロジャーは会話を弾ませようと努め、ミセス・プラントとジェファスンも彼を助けようと、彼らなりに精一杯努力をしていたが、アレックはどうしたわけか女主人と同じくらい寡黙だった。考え事に没頭しているようなその顔をちらちら見ながら、素人探偵の役割は、この頑固なくらい率直な若者には全然ふさわしくないと、ロジャーは結論づけた。おそらく女性に特定した、ハンカチの持ち主に関する新たな疑問を披露したことが、再び彼の癇《かん》にさわったのだろう。

「気づいたかい」ロジャーはジェファスンに向かって、さりげなく切り出した。「警部が今朝ぼくたちに質問した時のことだけど、起こった出来事を思い出すのが、たとえ二十四時間前のことでもどれだけ難しいかってことに？　何らかの意味で、印象に残るほど重要でない場合は特にね」

「ああ、言いたいことはわかるよ」ジェファスンは同意した。「わたし自身よく感じることだ」

ロジャーは興味をもって彼を見つめた。ジェファスンとの間に生じた、このような互いに武装した上での不自然な親密さは、何ともぎこちないものだった。もし彼が格子窓の側での会話をすっかり聞いていたとしたら、ロジャーを敵と見なしているはずであった。いずれにせよ足跡が消えたことは、彼がすっかり守りを固めていることを示している。にもかかわらず、そんな素振りは毛筋ほども感じられなかった。彼はロジャーとアレックに対し、まったく普段通りに接していた。いつも以上でも以下でもなく。ロジャーは彼の度胸に感嘆せざるを得なかった。

「特に行動に関しては」彼は打ち解けた調子で話を再開した。「ある特定の時間に正確にはどこにいたか、思い出すのにたいていひどく苦労するね。昨夜の場合は、それほど難しくなかったな、だって夕食の終わりから寝室に引っ込むまで、庭にいたからね。しかし例えば、あなたの場合を例にとってみましょう、レディ・スタンワース。昨日の夕食の後から寝室に上がられるまでどの部屋に行かれたか、じっくり考えない限りお答えになれないという方に、かなりの額を賭けてもいいですよ」

目の隅でロジャーは、レディ・スタンワースとジェファスンとの間に、すばやい目配せが交わされたのに気づいた。まるで少佐がレディ・スタンワースに、罠かもしれないと警告したように。

「それでは残念ながら、あなたの負けですわね、シェリンガムさん」少し間を置いた後、彼女は穏やかに答えた。「はっきりと覚えていますわ。食堂からまっすぐ客間へ行って、三十分ほどおりました。それからいくつかの請求書について、ジェファスン少佐と話し合うため居間へ行き、その後上に上がりました」

「おや、それじゃちょっと簡単すぎましたね」ロジャーは笑った。「不公平だな。ゲームを成立させるには、もっと多くの部屋に行っていてくださらなくては。それではあなたはどうです、ミセス・プラント？　相手をあなたに移してもよろしいでしょうか？」

「そうしたら、また負けることになりますよ」ミセス・プラントは微笑んだ。「わたくしは一部屋にしかいませんでしたから、なお悪いですわ。ずっと客間にいて、自分の部屋に上がる前に、玄関ホールであなたとすれ違ったんです。ほら！　ところで何を賭けるおつもりでしたの？」

「それを考えなければなりませんね。ハンカチではどうでしょう？　ええ、ハンカチの借りを作りましたよ」

「何てちっぽけな賞品でしょう！」ミセス・プラントは笑った。「そんな割に合わない賭けだとわかっていたら、受けませんでしたわ」

「では釣合いを取るために、香水をおまけにつけましょうか？」

「ずっと良くなりますわね、確かに」

「その辺で止めておいた方がいいぞ、シェリンガム」ジェファスンが割って入った。「あっという間に、手袋まで巻き上げられてしまうだろうよ」

「ああ、香水までで線を引いておくよ。ちなみにどの銘柄がお好きですか、ミセス・プラント？」

「アムール・デ・フルールです」ミセス・プラントは即座に答えた。「一瓶が一ギニーしますのよ！」

「何と！　ぼくが貧乏な作家にすぎないことを、お忘れなきように」

「あら、わたくしの好きなものをお尋ねになったから、お答えしたまでですわ。でも普段使っているものではありません」

「ああ、これで目標に近づいてきましたね。一瓶十一ペンスくらいの方が、ぼくの的に近い」

「あいにくそれよりもう少し、お支払いいただかなくてはなりませんわ。パルファン・ジャスミン。九シリング六ペンスです。これなら当然の報いですわね」

「あなたとはもう金輪際、賭けなどしませんよ」ロジャーは厳めしさを装って言い返した。「賭けでぼくに勝つような人は嫌いです。不公平だ」

夕食の残りの時間、ロジャーはいささか心ここにあらずという風だった。

女性たちが部屋を出ると、彼は開いたフランス窓――ちょうど家の反対側の書斎のものと同じく芝生に面していた――の方へ歩いていった。

「外で一服やりたいな」彼はさりげなく言った。「来るかい、アレック？　きみはどうする、ジェファスン？」

「あいにくその時間がないんだ」ジェファスンは微笑んで答えた。「仕事に追われていてね」

「あれこれ整理するわけだね」

「そうしようとしているんだ。おそろしくごちゃごちゃになっているんだよ」

「財務関係ということか？」

「ああ、その他もろもろのこともな。彼はいつも自分のことは自分でやっていて、わたしが彼の銀行通帳や何かを見るのは、これが初めてなんだ。少なくとも五つの銀行に口座を持っていたらしいが、それだけでわたしがどれほど大変な作業に取り組まなくてはならないかわかるだろう」ジェファスンの態度はこの上なく親密で打ち解けており、開けっぴろげと言ってもいいほどであった。

「そりゃ妙だね。どうしてそんな風にしたのかな。それで自殺の原因は何か見つかったかい?」

「いや何も」ジェファスンは率直に述べた。「実のところすっかりお手上げだ。わたしくらいスタンワースを知っていたら、きみだってとても考えられないと思うよ」

「もちろんきみは彼のことをよく知っていたわけだね」ロジャーは煙草にマッチをあてがいながら聞いた。

「そう言ってもいいだろうな。思い出したくないほど昔から、彼と一緒にいるんだ」ジェファスンは少し笑いながら答えたが、ロジャーの疑い深くなった耳にはどこか苦々しく聞こえた。

「実際には、彼はどんな男だったんだ? ぼくの見たところとてもいい人だったように思うんだが、でもそれはおそらく、彼の一面しか見ていなかったのかもしれない」

「まあ誰だって違う面を持っているものだろう?」ジェファスンは受け流した。「スタンワースが他の人と比べて、特に違っていたとは思えないな」

「なぜ彼は元プロボクサーを、執事として雇ったんだ?」ロジャーは唐突に尋ね、相手の顔をまともに見据えた。

しかしジェファスンは油断しなかった。

「そうだな、気まぐれじゃないかな」彼は気軽に言った。「そういう気まぐれはたくさんあったよ」

「グレイヴズなんて名前の執事と現実に出会うなんて、おかしな話だ」ロジャーは少しニヤニヤしながら言った。「舞台ではいつでも執事はグレイヴズって名前じゃないか？」

「ああ、本名じゃないんだ。本当はビル・ヒギンズという名前だったよ、確か。スタンワースさんはどうしても、ヒギンズという名に馴染めなかったものだから、代わりにグレイヴズと呼んだのさ」

「残念だな。ヒギンズこそ執事としては素晴らしく独創的な名前なのに。その上、あの紳士のいつもの無骨な雰囲気にもそっちの方がぴったりじゃないか？　さて、それじゃいい空気を吸いにいこうか、アレック？　後でまた、ジェファスン」

ジェファスンは親しげにうなずき、二人は芝生へと歩き出した。日は暮れはじめたばかりで、あたりはまだ明るかった。

「誰のハンカチかわかったぞ、アレック」ロジャーは小声で言った。

「本当か？　誰のだい？」

「ミセス・プラントだ。夕食の席につく前にほぼ確信できたんだが、彼女の言葉で片がついたよ。あの香りは間違いなくジャスミンだ」

「それでこれからどうするつもりだ？」

ロジャーはためらいを見せた。「そうだな、彼女の言ったことを聞いたろう」彼は言い訳がましく言った。「彼女は実際には否定しなかった。ぼくが聞かなかったからね。でも昨日の夜書斎にいたことは認めようとしなかったぞ」

「でも書斎にいたって、全然やましいことはないじゃないか？」アレックは抗議した。「なあ、スタンワースはそこにいなかったんだぞ。彼はきみと一緒に庭にいたんだから。どうして彼女が書斎にいてはいけないんだ？」

「そして同様に、どうして彼女はそれを認めちゃいけない？」ロジャーは即座に切り返した。「記憶から抜け落ちていたんだろうよ。何でもないことさ。どこにいたか思い出すのは難しいって、きみも言っていただろう」

「無駄だよ、アレック」ロジャーは穏やかに言った。「はっきりさせなくちゃ。何もやましいことはないかもしれない。ぼくだってそう願ってるよ！　一方、ミセス・プラントがなぜ書斎にいて、何をしていたか、正確に探り出すことは、ぼくらにとってきわめて重要なことなんだ。放っておくことなんてできないのは、わかってくれよ」

「じゃあどうしようっていうんだ？　彼女に正面からぶつけてみるのか？」

「ああ、昨夜書斎にいたかどうか単刀直入に尋ねて、何と答えるか聞いてみるのさ」

「で、否定したら？」

ロジャーは肩をすくめた。「やってみないとわからないよ」彼はぶっきらぼうに言った。

「気に入らないな」アレックは顔をしかめた。「というより絶対に嫌だ。ぞっとするような役目だよ。なあ、ロジャー」彼は突如熱心に語り出した。「全部放り投げてしまおう！　警察のように、スタンワースは自殺したと考えて、そのままにしておこう、な？」

「そんなことするもんか！」ロジャーは頑として断った。「物事を未解決のまま放置するなんて、お断りだ。こんな面白いものならなおさらさ。嫌なら引っ込んでいろよ。望みもしないのに巻き込まれるいわれはないからな。でもぼくは何が何でも続けるぞ」

「やれやれ、きみがやるっていうなら、ぼくもやるよ」アレックは憂鬱そうに答えた。「でもぼくたち二人とも、やめちまった方がいいと思うな」

「そんなの問題外だよ」ロジャーはきびきびと言った。「考えるまでもないね。まあどうしてもついて来るというなら、ミセス・プラントと話すところに居合わせた方がいいだろう。さあ、客間まで行って、ぼくらと彼女だけで話せる口実が見つかるか試してみよう」

「わかったよ」アレックはいやいや同意した。「行かなきゃならないのであれば」

運は彼らに味方していた。ミセス・プラントは一人で客間にいた。ロジャーは彼女とまっすぐ向き合えるよう椅子を引っ張ってきて、レディ・スタンワースのいないことをさりげなく口にした。アレックは二人に背を向け、すべてのことから手を引いたというように、窓の外をむっつりと眺めていた。

「レディ・スタンワース?」ミセス・プラントはおうむ返しに言った。「あら、ジェファスン少佐のお手伝いに行かれたんだと思います。居間にいらっしゃいますわ」

ロジャーは彼女をひたと見据えた。「ミセス・プラント」彼は低い声で言った。「夕食の時の我々の賭けに、あなたは勝ったと確信していらっしゃいますか?」

「確信ですって?」ミセス・プラントはそわそわして聞き返した。「もちろんです。なぜですか?」

「ひょっとして、昨夜入ったのに忘れている部屋はありませんか？」ロジャーはしつこく追及した。「居間、物置、あるいは――書斎とか、例えば？」

ミセス・プラントは目を見開いて、彼を見つめた。

「どういうことです、シェリンガムさん？」彼女はやや甲高い声で尋ねた。「もちろん忘れてなどいません」

「ではそのうちのどの部屋にも、行っていないと？」

「絶対に行っていません！」

「ふむ！　賭けの賞品は香水とハンカチでしたね？」ロジャーはポケットを探りながら、面白がっているように言った。「さて、ここにハンカチがあります。あなたがお忘れになった場所で見つけました――書斎の長椅子ですよ」

20　ミセス・プラント、失望させる

一瞬、ミセス・プラントは完全に身をこわばらせた。それから手を伸ばし、ロジャーがまだ差し出していたハンカチを、機械的に受け取った。その顔は真っ青で、目は恐怖で大きく見開かれていた。

「どうか怖がらないでください」ロジャーは励ますように彼女の手に触れながら、優しく言った。「脅かそうとしているわけではありません。でもぼくに真実を話した方がいいとは思いませんか？　何か重大な事実を隠していたことが発覚したら、警察ととても厄介なことになりますよ。本当にあなたをお助けしたいだけなんです、ミセス・プラント」

　この言葉で顔色は少し戻ってきたものの、彼女はまだあえぐような息遣いで、恐ろしげに彼を見つめ続けていた。

「でも――でもそんなこと少しも――重大ではないんです」彼女はぽつりとつぶやいた。「ただの――」とまた言葉を切った。

「話したくなければいいんですよ、もちろん」ロジャーは急いで言った。「でも何か助言できるんじゃないかと、思わずにはいられないんです。たとえどんな些細なことでも、警察を誤解させてしまうのは由々しき事態です。時間をかけてじっくり考えてみてください」彼は立ち上がり、窓の側にいるアレックのところへ行った。

　再び口を開いた時、ミセス・プラントはずいぶん落ち着きを取り戻していた。

「本当に」彼女は神経質に小さく笑った。「何でもないことであんなに騒ぎ立てて、馬鹿げてますわね。でも証言するのがとても恐ろしくて――病的と言われるかもしれませんが、それでも心から怖いんです。ですからスタンワースさんとの最後の会話を、できるだけ軽いものに見せようとしたのも、警察がそれを重要視せず、わたくしを証言に呼ばないようにと思ったからなんです」

ロジャーは椅子の肘に腰掛け、脚を無造作にぶらぶら振っていた。

「しかしいずれにせよ呼ばれるんですから、正確に何があったかお話ししてはどうです？」

「ええ、でも――でもその時はわからなかったんです。わたくしが供述した時には。自分が呼ばれるとは、思ってもみませんでした。あるいはそう願っていたんです」

「なるほど。それでもぼくは何事もありのまま、包み隠さず話すのがいいと思いますよ」

「ええ、そうですわね。今はよくわかりました。すっかり。こんな風に助けてくださるなんて、本当にご親切ですわ、シェリンガムさん。いつ――いつハンカチを見つけられたんです？」

「夕食のために着替えに上がるちょっと前ですよ。あの長椅子に置かれたクッションの間にありました」

「それでわたくしが書斎にいたに違いないと、おわかりになったんですね。でも何時にいたか、どうしてわかったんですか？」

「わかりませんでした。実を言うと、今もそうです」ロジャーは微笑んだ。「わかっているのは夕食の後ということだけです。夕食の間にいつもメイドが掃除をしますからね」

ミセス・プラントはゆっくりうなずいた。「そうでしたか。ええ、お見事ですわね。他に何か忘れ物はしていませんでした？」彼女はまた神経質に少し笑ってつけ加えた。

「いいえ、何も」ロジャーはすらすらと答えた。「さて、じっくり考えましたか？」

「ええ、もちろんお話しします、シェリンガムさん。ごくつまらないことですの。ホールでわたくしたちとすれ違ったのを、覚えていらっしゃいます？　スタンワースさんはわたくしの部屋に届けてくださった薔薇のことで、話しかけてこられたんです。それからあの方に、宝石を金庫にしまってくださるようお願いして――」

「でも今朝は、それを頼んだのはまた別の日だとおっしゃったように思いますが？」ロジャーはさえぎった。

ミセス・プラントは軽い笑い声を上げた。彼女は再び、完全に自分を取り戻していた。

「ええ、そうです。そして警部には昨日の朝だと言ってしまったんです。恐ろしいことじゃありません？　ですからわたくしも証言しなければならないと、今日の午後あなたから言われて、あんなに取り乱してしまったんです。あれこれ質問されて、結局書斎にいたことがわかってしまい――そのことについては口をつぐんでいたのに――それに宝石のことで警部に嘘をついていたことも、発覚してしまうのではないかと思ったのです。実を言うと、あなたはひどくわたくしを怖がらせたんですよ、シェリンガムさん。警察にちょっと嘘をついたばかりに、残りの人生を監獄で過ごす羽目になるのかと、恐ろしい想像をしましたわ」

「それは申し訳ありません」ロジャーは微笑んだ。「でも、そんなこととは知らなかったものですから」

「ええもちろん。みんなわたくしが悪いんです。それはともかく、スタンワースさんがご親切に、宝石を安全にしまっておいてくださるとおっしゃったので、わたくしは急いで上に取りに行き、書斎まで持っていきました。それから金庫にしまわれるのを、長椅子に座って見ていました。これが実際に起こったことのすべてで、今となっては隠そうなんて馬鹿な真似をしたものだと思いますわ」

「ふむ！」ロジャーは考え込んで言った。「まあいずれにせよ、それなら確かに大したことではありませんね。それで全部ですか？」

「ええ、何もかも！」ミセス・プラントは断言した。「さあ、どうしたらいいんでしょう？警部に質問された時に間違いを犯したことを認めて、真実を話しましょうか？　それとも何も言わない方がいいでしょうか？　頭が悪いのかもしれませんけど、どちらにしろあまり違いがあるようには思えないのです。出来事そのものは、少しも重要ではないんですもの」

「それでも安全な側に立つ方がいいと思いますね。ぼくだったら明日、検死審問が始まる前に警部を脇に呼んで、間違いを犯したこと、昨夜スタンワースさんにお休みの挨拶をする前に、宝石を預けたことを正直に話しますね」

ミセス・プラントは顔をしかめた。「わかりました」彼女はしぶしぶ言った。「そうしましょう。間違っていたのを認めるのは嫌なものですけど。でもたぶんあなたが正しいんでしょうね。とにかくそうします」

「賢明なご判断だと思いますよ」ロジャーは再び立ち上がりながら応えた。「さてアレック、散歩の続きでもしないか？　おそらくもう、月夜の散歩になってしまったと思うがね」そして戸口で立ち止まり、振り返った。「お休みなさい、ミセス・プラント。今夜はこれでもうお目にかからないでしょうから。早々とお休みになるのがいいと思いますよ。ぐっすり眠って、何をするにしても、あまりくよくよなさらないことです」

「やってみますわ」ミセス・プラントは微笑みを返した。「お休みなさい、シェリンガムさん。本当にありがとうございました」そして彼の遠ざかる背中を見つめながら、心からの安堵の溜め息を漏らした。

二人は黙りこくって芝生まで歩いていった。

「おや」ヒマラヤ杉までたどり着くと、ロジャーは声を上げた。「椅子が置きっぱなしになっているぞ。利用させてもらおう」

「それで?」二人して座ったところで、アレックは表情全体で非難を露にして、つっけんどんに問いただした。「それで? もう満足したことだろうね」

ロジャーはポケットからパイプを取り出し、儀式ばって煙草を詰めながら、思いにふけるように薄闇を見つめていた。

「満足?」ようやく彼は繰り返して言った。「いや、ほど遠いね。どう思う?」

「きみがあの哀れな女性を、何でもないことで震え上がらせたと思ってるよ。彼女についてきみは誤解してるって、ずいぶん前に言ってやったじゃないか」

「きみは残念ながら、実に単純な考えしかない若者だねえ、アレック」ロジャーは遺憾千万という様子で言った。

「えっ、彼女の話が信じられないと言うんじゃないだろうな?」アレックは仰天して問いかけた。

「ふむ! 必ずしもそういうわけじゃない。彼女は真実を語っていたかもしれないからね」

「そりゃお優しいことで」アレックはいやみっぽく批評を加えた。

「だが問題なのは、彼女が確かに全部は語っていないということだ。あのご婦人は何かを隠しているよ。きみがどう考えようとね、アレック。ぼくからいろいろと聞き出そうとしたのに、気づかなかったかい？　彼女が何時にあの部屋にいたか、どうやってぼくは知ったのか？　他に何か残してはいなかったか？　ぼくがハンカチを見つけたのはいつか？　いや、彼女が説明した限りでは、完全に筋が通っているように聞こえたのは認めるよ。でも十分とはいかなかったな。例えば長椅子の肘掛けについた粉の説明にはなっていない。そして夕食の時気づいたんだが、彼女は腕には白粉をつけていなかったよ。だが何よりも、あの説明ではまったく省かれていたことがあるんだ」

「へえ？」アレックは皮肉っぽく尋ねた。「そりゃ何だい？」

「書斎にいた時、彼女は泣いていたという事実だ」ロジャーはあっさり答えた。

「どうしてそんなことがわかる？」アレックは呆気に取られた。

「ぼくがハンカチを見つけた時、わずかに湿っていたからだ。それに女性が泣く時にするように、小さな固い玉に丸めてあった」

「へえ！」アレックはぽかんとして言った。

「だからミセス・プラントが触れなかった部分が、まだ間違いなくたくさんあるとわかるだろう？　彼女が語ったことに関しては、正しいかもしれないし、そうではないかもしれない。おおむね正しいと思うね。怪しいのはただ一つ、彼女が書斎にいたと言っていた時間だ」

「どうしてそう思うんだ？」

「まず第一に、彼女がすぐに宝石を取りに上がってきた足音が、聞こえなかったからだ。ほぼ間違いなく聞こえたはずだからね。第二に、彼女が書斎にいた時間を自分から言う前に、ぼくがそれを知っているか用心深く聞いてきたのに気づかなかったかい？　言い替えれば、ぼくが馬鹿みたいに何時にいたのかは知らないと答えたから、彼女は好きな時間を言うことができ、周知の事実（例えばスタンワースがぼくと庭にいたこととかね）と矛盾しない限り、大丈夫だと悟ったってことさ」

「瑣末なことじゃないか、髪の毛ほどのね」アレックは簡潔につぶやいた。

「あるいはね。だが吟味するに足る太くて丈夫なやつだよ」

　しばらくの間、彼らは黙ってパイプを吹かし、それぞれの考えにふけっていた。そして——

「どっちが年上だと言ってたっけ、アレック」ロジャーが突然尋ねた。「レディ・スタンワースとミセス・シャノンとでは？」

「ミセス・シャノンだよ」アレックは迷うことなく答えた。「どうして？」

「ちょっと疑問に思っただけさ。しかしレディ・スタンワースの方が老《ふ》けて見えるな。彼女の髪はすっかり灰色になっている。ミセス・シャノンはまだ茶色だ」

「ああ、あの二人ではミセス・シャノンの方が若く見えるな。でもそうじゃないことは確かだよ」

「じゃジェファスンは何歳だと思う？」

「さあ、わからないな。何歳でもおかしくないよ。レディ・スタンワースと同じくらいじゃないかな。どうしてまたそんなことを聞くんだい？」

「いや、ふと思いついただけだ。別に大したことじゃないよ」

二人はまた沈黙に逆戻りした。

ふいにロジャーは膝を叩いた。「そうだ！」彼は叫んだ。「どうしてこんなことが思いつかなかったんだろう！」

「今度は何だ？」

「たった今ひらめいたんだ。いいか、アレグザンダー・ワトスン、ぼくらはこの小さな事件に、逆方向から取り組んできたみたいだ」

「というと？」

「つまり今までは、怪しい状況や人間からさかのぼって調べることに全力を傾けてきた。ぼくらがやらなきゃいけなかったのは、ずっと以前の時点から出発して、前進していくことだったんだ」

「まだよくわからないな」

「じゃ別の言い方をしてみよう。どんな殺人事件でも、大きな手掛かりは結局、被害者自身から得られる。理由もなく殺される人はいないからね——もちろんたまたま押し入ってきた強盗や、殺人狂の犠牲になった人は別だ。そしてここでは、その二つの可能性は除外できるだろう。ぼくが言いたいのは、被害者についてできるだけのことを探り出せば、その情報をたどって殺人犯へ行き着けるってことさ。わかるかい？　ぼくらはその方面はまったく無視してきたんだ。スタンワースに関する細々した情報を、洗いざらい集めなければならなかったのに。彼がどんな性格の持ち主で、どんな行動を取ってきたか正確に探り出し、そこから出発しよう。わかったかい？」

「まっとうな意見に思えるね」アレックは慎重に言った。「でもどうやって探り出す？　ジェファスンやレディ・スタンワースに聞くのはまずいよ。彼らからは決して情報を聞き出しちゃいけない」

「ああ、でもジェファスンが知っていることのごく近くまで探り出せる、絶好の機会が目の前に転がっているんだ」ロジャーは興奮して言った。「彼はスタンワースの書類とか勘定書とかそういったものを、居間で調べると言っていなかったかい？　ぼくらもちょっと覗いてみたっていいんじゃないか？」

「誰もいない時に、さっと入って目を通そうっていうのか？」

「その通り。やってみる度胸はあるかい？」

アレックはしばし黙り込んだ。

「そんなことが許されるかな？」やがて彼は言った。「つまり、他人の個人的な書類の類いだぞ。どうした？」

「アレック、このスカスカ頭の抜け作め！」ロジャーはいら立ちもここに極まれりという声で叫んだ。「本当に頭に来る奴だな！　すぐ目と鼻の先で殺された人間がいるというのに、哀れな被害者の個人的書類を調べるのは『許されない』からって、殺人犯が逃げおおせるままにしておくのか。スタンワースがきみの言葉を聞いたら、さぞ喜ぶことだろうよ、ええ?」

「そりゃきみがそこまで言うんならな」アレックは疑わしそうに言った。

「言うともさ、馬鹿者！　そうとしか言えないからな。頼むよ、アレック、一生に一度でいいから、話のわかる男になってくれよ」

「わかったよ、そういうことなら」アレックは言ったが、熱心とはとても言いがたかった。「やってみるよ」

「ずっとよくなったぞ。さていいかい、ぼくの寝室の窓は家の正面側にあって、居間の窓が見えるんだ。きみはいつも通りベッドに入って、何なら眠ってもいい（ジェファスンがきみのところに立ち寄ろうと思いついた場合に備えて、そっちの方がいいだろう）。ぼくは起きていて、居間の明かりが消えるまで見張っている。いずれにしろぼくは、いつでも仕事をしている振りができるから大丈夫だ。実際には準備をしておくよ。それから明かりが消えた後、ジェファスンに寝入るまでの時間をたっぷり与えるために、一時間待つ。そしてきみの部屋に行って起こしてやるから、都合のいい時に下にこっそり降りて行けばいい。どうだい?」

「大丈夫そうだね」アレックは認めた。

「それじゃこれで決まりだ」ロジャーはてきぱきと言った。「さあ、きみにとって最善の行動は、聞こえよがしに大きな声であくびをしながら、さっさとベッドに入ることさ。そうすれば一つには、きみが床《とこ》についたことがわかるし、またぼくらがここで協議しているわけじゃないこともわかる。もっともらしい言葉と親しげな態度とは裏腹に、あの三人がぼくたちを大いに疑っているはずだということを、忘れちゃいけない。ぼくたちがどこまで知ってるか彼らは知らないし、突き止めようとして馬脚を露わす危険はもちろん冒せないだろう。だがジェファスンは他の二人に、足跡の件を警告しているに違いないよ。そしてさっきぼくらが背を向けたとたん、ミセス・プラントは居間に駆け込んで、ぼくたちとの会話を彼らに残らず報告しただろうね。だから彼女の説明を受け入れた振りをしたのさ」

アレックのパイプの火皿は、闇の中で赤く輝いていた。

「それじゃきみはまだ、彼女の言葉にもかかわらず、あの三人は結託していると確信しているのか?」彼はしばし沈黙した後に尋ねた。

「さっさとベッドにお入り、アレグザンダー坊や」ロジャーは優しく言った。「言うことを聞かなきゃだめだよ」

21 シェリンガム氏、劇的に語る

あまり自発的とは言いかねるアレックの退場からかなり後、ロジャーは座ってパイプを吹かし、物思いにふけっていた。総じて彼は一人でいるのを残念とは思わなかった。アレックはこの仕事に関しては、いささか気を削ぐような相棒だとわかってきた。彼は明らかにやる気を失っていた。そしてそういう状態にある者にとって、事実を嗅ぎ回ることや、こうした任務につきものの疑いと不信に満ちた全体の雰囲気は、ひたすら不愉快極まりないだろう。ロジャーはアレックが真相を突き止めることをあからさまに嫌がっているのを、責めることはできなかったが、当初はアレックにも受け継がれていたように思えた、ワトスンというお手本の熱意と称賛を、いささかないものねだりせずにはいられなかった。いろいろなことが起こって大変だったこの一日の終わりには、ほんの少しの熱意や称賛でも、喜んで受け入れたのにとロジャーは感じていた。

彼は自分たちが集めたデータを、頭の中で系統立てて整理しはじめた。最初は殺人犯についてだ。その男は屋敷からうまく脱出したが、それはただ、おそらく別の方向から再び屋敷に入るためだったらしい。なぜだ？　ここに滞在しているか、またはここに滞在する誰かと連絡を取りたかったからだ。

どちらだろう？　わかるものか！

彼は違う方面から攻めてみた。まだ解決できていない小さな難問は何だろうか？　主なものは間違いなく、昼食前に急激に変化したミセス・プラントとジェファスン側の態度だ。しかし殺人犯が罪を犯した後に二人と連絡が取れたのであれば、なぜ彼らが気を揉む必要があったのか？　おそらく話し合いは急いで行われ、彼は特に重大な点で二人の不安を取り除くのを忘れてしまったのだろう。にもかかわらず翌日の午前中に、二人を安心させることができたのだ。

つまり昼食の時間まではいずれにせよ、彼はこの近所にいたということだ。それどころか、実際にはどうやら敷地内にいたように思える。これは彼が家の中の人間である可能性を、さらに決定的に示しているのではないか？　あり得ないことではない。でも誰だろう？　ジェファスン？　そうかもしれないが、もしそうならいくつか乗り越えなければならない難点がある。女性たちというのは明らかに論外だ。執事はどうだ？　やはり可能性はある。しかしどうして自分の雇い主を殺したいなどと思うだろうか？

しかしあの執事は変わった奴だ、どうしてもその考えが頭を離れない。それにロジャーの判断したところでは、彼とスタンワースは不仲だった。そうだ、あの執事に関して何らかの謎があるのは確かだ。なぜスタンワース氏がプロボクサーの執事など雇ったのか、という問いに対するジェファスンの説明は、完全に納得できるものではなかった。

それからなぜミセス・プラントは、書斎で泣いていたのか？　ロジャーは彼女とスタンワースが接触する状況に置かれたいくつかの場面を、懸命に思い出そうとした。彼らは互いに対し、どのように振る舞っていただろうか？　親しげだったか、あるいはその反対か？　彼が覚えている限り、スタンワースは他の皆に対してと同じように、彼女に飾らない友情を示していた。一方彼女は――そう、今になって考えてみると、彼と親しそうにしていたことはなかった。彼が部屋にいた時には、もの静かでよそよそしかった。彼女は実際、どんな状況であれ、そうでなかったためしはないのだが、そう、それでも彼が近くにいた時には、微妙に態度が変化した。明らかに彼を嫌っていたのだ。

これらの謎の答えを見つける望みが、ただ一つしかないのは明白で、それはスタンワース個人の事情を探ることだ。おそらくそれさえ空《むな》しく終わるかもしれない。しかしロジャーの見るところ、その方法以外ではそこそこの成功の機会さえおぼつかない。そしてここで彼が脳みそを絞っている間、ジェファスンは居間で、それを見るためなら何を差し出してもいいとロジャーが思っている書類に囲まれているのだ。

突然ある考えがひらめいた。敵地に乗り込んで、ジェファスンに仕事を手伝おうと申し出てはどうか？　とにかく直接の挑戦であり、その答えは面白くないはずがない。

ロジャーにとって、考えるということは、ほとんどの場合まっしぐらに行動に移すということである。思いつきが頭の中に行き渡るより早く、彼は立ち上がって館の方に勢いよく向かっていった。

ノックの手間も惜しんで、彼はいきなり居間のドアを開け、入っていった。ジェファスンは部屋のまん中にあるテーブルの前に座っており、ロジャーが心に思い描いた通り、紙束や書類に囲まれていた。レディ・スタンワースはいなかった。

ロジャーが入っていくと、彼は顔を上げた。

「やあ、シェリンガム」彼はやや驚いて言った。「何か用かい？」

「いや、することもなくて庭で煙草を吸っていたんだがね」ロジャーは親しげな笑顔で言った。「そんなふうに時間を無駄にするより、ここできみの手助けをしようかと思いついたんだ。仕事に追われていると言ってただろう。ぼくに手伝えることはないかい？」

「そりゃずいぶん親切だね」ジェファスンはややぎこちなく答えた。「だが本当に何もないと思うよ。彼の財務状態の表を作ろうとしているところなんだ。こうしたものは遺言の検認とかその他の煩雑な手続きをする際に、必ず求められるんだ」

「でも何かしら手伝えることがあるはずだろう?」ロジャーはテーブルの角に腰掛けて尋ねた。「膨大な数字の列を足し算していくとか、そういったことがさ?」

ジェファスンはためらい、目の前の書類を見渡した。「そうだな」彼はゆっくり言った。「もちろんスタンワースに関する、特に個人的なものがあるのなら——」ロジャーは快活に言った。

ジェファスンはさっと顔を上げた。「個人的? この中には特に個人的なものはないよ。あるわけがないだろう?」

「それならぜひとも、ぼくを使ってくれたまえ。暇を持て余しているから、手伝いができればとてもうれしいんだ」

「そう言ってくれるのならもちろん、こんなにありがたいことはないよ」ジェファスンは答えたが、いささか躊躇がないわけではなかった。「ふむ! きみに何をやってもらえば一番いいだろうな」

「ああ、仕事がはかどるなら何でもいいよ」

「じゃいいかい、もしやってもらえるなら」ジェファスンはいきなり切り出した。「彼が取締役を務めていたさまざまな会社での、持株の明細表を作って欲しいんだ。株の概算価値や、前会計年度の配当、役員報酬、その他もろもろも含めてだ。やれそうかい？」

「喜んで」ロジャーは、割り当てられた仕事が比較的重要でなかったという失望を押し隠し、精一杯朗らかに引き受けた。ちょっと問い合わせてみれば、このような項目についてはいくらでも詳しいことがわかるだろう。彼はあまり公になっていない部分を、少し覗いてみたかったのだ。

とはいえパン半分でも、お菓子がまったくもらえないよりはましなので、彼はテーブルの反対側に座り、ジェファスンから与えられた資料に進んで取り掛かった。時々彼はジェファスンが没頭している書類の一部をこっそり覗き込もうとしたが、ジェファスンは油断なく警戒しており、ロジャーは中身が何なのかはっきり窺い知ることはできなかった。

一時間後、安堵の吐息とともにロジャーは椅子の上で身体を伸ばした。

「やっとできた！　しかもきれいで読みやすい表だよ」

「本当にありがとう」ロジャーが差し出した表を受け取りながら、ジェファスンは言った。「すごく助かったよ、シェリンガム。おかげでずいぶん手間が省けた。しかもわたしの四分の一の時間で仕上げてくれたね。こういうのはわたしの得意分野じゃないんだよ」

「そうだろうね」ロジャーはわざと気楽な調子で言った。「実際、きみがこんな秘書的な仕事に就いているなんて、いつも不思議に思ってたんだ。言わせてもらえるなら、きみは典型的な野外向きの男に見えるね。植民地を手に入れてくる英国人のタイプさ」

「仕方ないんだ」ジェファスンはいつものそっけない態度に戻って言った。「わたしが選んだわけじゃない、言っておくが。手に入るものは甘んじて受けなければならないんだ」

「大変そうだね」ロジャーは相手を注意深く観察しながら、同情を示した。思わず自分の感情とは裏腹に、このぶっきらぼうで寡黙な人物に少しばかり好意を持たずにはいられなかった。無口で社交嫌いな男たちの典型である兵士。その瞬間、最初はどちらかと言えば陰険な人物と見なしていたジェファスンが、実はまったくそんな人間ではないのだという考えが、ロジャーの心に浮かんだ。この男は内気なのだ。あまりにも内気なために、その羞恥心を、ぞんざいで無礼なほどの態度の陰に隠そうと努めてきたのだ。そしてそのような場合よくあることだが、その態度に邪魔されてすっかり誤った第一印象を与えることとなった。ジェファスンは無遠慮だったが、それは正直さゆえであり、悪辣なものではないとロジャーは感じた。

ロジャーは半ば無意識のうちに、自分の考えを修正しはじめた。もしジェファスンがスタンワースの死に係わっていたとすれば、その死には至極もっともな理由があったことだろう。ますますスタンワースの個人的な事情を探りたくなってきた。

「まだまだ続けるつもりかい、ジェファスン？」彼は見え透いたあくびをしながら尋ねた。

「もうそんなにない。今やっている作業を終わらせるだけだ。きみは寝たらいい。もうかなり遅い時間だろう」

ロジャーは時計を眺めた。「もうすぐ十二時だ。そうだな、寝ることにするよ。もし本当に他にできることがないならね」

「もうないよ、ありがとう。あとは朝食の前に自分でやるよ。十一時までに片づけないといけないんだ。じゃお休み、シェリンガム。本当に助かったよ」

ロジャーはいささか当惑して部屋に戻った。ジェファスンに関する彼の新たな結論は、事態を簡単にするどころか、より複雑にしている。彼はふいに、ジェファスンに対し強い同情を覚えた。ジェファスンは頭の切れる男ではない。陰謀を企むような策士でないことは確かだ。普通の運さえあれば九十九パーセント見つからずに済むことを、ロジャーが突き止めようとしていると知ったら、実際知っているはずなのだが、ジェファスンはいったいどう感じるだろう？自分を捕らえようと広げられた網を見て、どう思うだろう？　彼自身と——そして誰を？

ロジャーは開いた窓の方へ椅子を引っ張っていき、座って窓の桟に足を乗せた。自分は感傷的になっている。どこから見ても冷酷な犯罪なのに、係わった主な人物の一人に対し、すでに同情を感じているのだ。しかしそれは、突然自分の目から鱗《うろこ》が落ち、ジェファスンがこれほどまでに好ましい人物——我が民族の真の開拓者である、長身痩軀で頭の小さいタイプだとわかったからだ。そしてロジャー自身、怪しい三人組の全員にまぎれもなく好意を持っていたため、何もかもが彼らの罪を決定的に示していることを、必ずしも感傷に屈したからではなく、心から残念と思わずにはいられなかった。

それでももう後戻りはできない。彼らのためでなくても、自分自身のためにやり遂げなくてはならない。ロジャーは今、この件に対するアレックの気持ちにより深く共感できた。結局最終的に、大いに馬鹿にしていたアレックの見方に自分も近づいてきたとは、何と奇妙なことだろう！

この新たな啓示に従い、彼は個人に関する要素を見直しはじめた。何か役に立つだろうか？ジェファスンが正直な男で、人を殺すとしたら、知られざる問題を片づける方法がそれしかない時くらいだとしたら、そんな事態を引き起こす可能性が最も高いのは何だろう？　そこまで思い切った行為に駆り立てる主な原因は何か？　まあ答えはわかり切っている。女だ。

この事件の場合、どのように当てはまるだろうか？　ジェファスンがとある女性と恋愛関係にあって、その女性の幸福と平安が、スタンワースその人によって脅かされていたということがあり得るだろうか？　そしてもしそうなら、その女性とは誰だろう？　レディ・スタンワース？　ミセス・プラント？　ロジャーは思わず叫んだ。ミセス・プラント！

それならとにかく、いくつかの謎だった事実にぴたりと合う。例えば長椅子の肘掛けについた粉、それに濡れたハンカチだ。

ロジャーの想像は留まることなく羽ばたいた。ミセス・プラントがスタンワースと書斎にいる。スタンワースは彼女を脅すか何かしている。おそらく彼女にとっては厭《いと》わしい何らかの行為を、無理やりさせようとしているのだろう。いずれにしろ彼女は泣いて彼に懇願する。彼は冷徹だ。彼女は長椅子の肘掛けに顔を伏せ、泣き続ける。ジェファスンが入ってきて、何が起こっているか見てとり、怒り狂ってスタンワースを殺す。ネズミを始末するほどの良心の呵責《かしやく》もなしに。ミセス・プラントは恐怖に打たれて見守り、おそらくは止めようとしたができなかったのだろう。ことが終わってしまうと、彼女は氷のように冷静になって、自殺の舞台を整える。

ロジャーはさっと立ち上がり、窓枠から身を乗り出した。

「辻褄が合うぞ！」彼は興奮してつぶやいた。「すべて辻褄が合う！」

見下ろして彼は、居間の明かりが消えているのに気づき、時刻を書きとめた。一時過ぎだった。再び椅子に沈み込んで、彼は他のパズルのピースが全体像にぴったりはまるか考えはじめた——金庫に関する出来事、態度の変化、レディ・スタンワース、その他いろいろなことを。いや、これは決して簡単ではない。

二時になろうという頃、彼はまだ迷っていた。概略はまだ確実に思えたが、細かい部分はそれほど容易にはいかなかった。

「わからなくなってきた」彼は声に出してつぶやき、椅子から立ち上がった。「こっちはしばらく放っておこう」

彼は部屋をそっと出て、アレックの寝室へと廊下を忍び足で進んでいった。

アレックはドアが開くと、ベッドから飛び起きた。「きみかい、ロジャー？」彼は問いただした。

「いや、ジェファスンだ」ロジャーは答え、急いで背後のドアを閉めた。「もしそうだったら、きみはものの見事にばらしてしまうところだったな。アレグザンダー・ワトスン。それにもう少し声を落としてくれ。真夜中のどら声に、みんな何事かと思うぞ。用意はいいかい？」

アレックはベッドから出て、ガウンを羽織った。

「いいとも」

できるだけ音を立てずに二人はこっそり階下に降り、居間に入った。ロジャーは明かりをつける前に、厚いカーテンを用心深くぴったりと閉めた。

「さあやろう！」彼はわくわくしながら息を吸い込み、散らかったテーブルを熱心に見つめた。

「そこにある小さな山は、ぼくがもう見終わったやつだから、気にしなくていいよ」

「もう？」アレックは驚いて聞いた。

「ああ、我が優秀なる友人、ジェファスン少佐と一緒にね」ロジャーはニヤリと笑い、それまでやっていたことを話しだした。

「ずうずうしい奴だな」アレックは笑いながら感想を述べた。

「ああ、それだけじゃないぞ」ロジャーは言い返した。「誰が、どういう状況でスタンワースを殺したか、完全に筋の通る実際的な説を思いついたよ。実際のところ、アレック、この二時間ばかり非常に忙しかったんだ」

「本当かい？」アレックは熱心に尋ねた。「教えてくれよ」

ロジャーは首を振った。「今はだめだ」ジェファスンの椅子に座りながら言った。「先にこの仕事を着実にやっつけよう。さて、きみはこの雑多な書類に目を通してくれ、いいね？ぼくは何より先に通帳を調べたいんだ。それから、ぼくが見つけたことを一つ教えてあげよう。彼がさまざまな事業から得た収入は、使ったはずの金額の四分の一にも満たないんだ。昨年は全部で五つの事業から、二千ポンドを少し超える収入を得ているんだが、ぼくの見るところ年に少なくとも一万ポンドは使って生活している。それ以外にも巨額の投資も同時に行っていたんだ。余分の金はどこから出ているんだ？　ぼくが知りたいのはそこだよ」

アレックはロジャーが指し示した紙束を素直にかき分けはじめ、一方ロジャーは通帳を取り上げ、目を通した。

「おや！」彼は突然声を上げた。「この口座のうち二つは彼自身の名義だが、あとの三つは別々の名義になっているようだ。ジェファスンはそんなことは何も言ってなかったぞ。はて、これにはいったいどんな意味があるんだろう？」

彼は几帳面にそれらを詳しく調べはじめ、しばらくの間部屋は静まり返っていた。それからロジャーは眉をひそめて顔を上げた。

「さっぱりわけがわからないよ」彼はゆっくりと言った。「配当金は彼名義の二冊の通帳に全部記載されていて、いろいろな小切手等も載っている。だが後の三冊の内容はどうやらすべて現金での入金で、とにかく収入欄への記載はそれしかない。いいかい、二月九日、一〇〇ポンド。二月十七日、五〇〇ポンド。三月十二日、二〇〇ポンド。三月二十八日、三五〇ポンド。それから四月九日、一〇〇〇ポンド。いったいどういうことかわかるかい？　全部現金で、それも端数のないかなりの額だ。なぜ千ポンドもの現金が？」

「確かに変だね」アレックも同意した。

ロジャーは別の通帳を取り上げ、ページを慎重にめくっていった。

「これも同じようなものだ。おや、ここに五〇〇〇ポンドの現金が入っている。五〇〇〇ポンドを現金で！　なぜだ？　どういうことだ？　きみの方の山から何かわかることはないか？」

「いや、こっちは単なる仕事上の手紙だ。ここには異常なものは見当たらないよ」

ロジャーはまだ機械的に通帳を持っていたが、目は壁をうつろに眺めていた。

「ただ現金だけ」彼はそっとつぶやいた。「一〇ポンドから五〇〇〇ポンドまで、あらゆる金額にわたっている。どの金額も十の倍数か、端数のない数字だ。シリングやペンスはない。そして現金！　そこがわからない。なぜ現金なんだ？　この三つの通帳の収入欄には、一つの小切手も載っていない。いったいこれらの現金はどこから来たんだ？　説明になるものは、ぼくにわかる限りでは何一つない。何かの仕事による収益じゃないよ、明らかに。その上、支出欄には本人宛ての小切手の振り出ししかない。彼は現金で入金し、自分で引き出していたんだ。こういったことはみな、何を意味しているんだろう？」

「ぼくに聞かないでくれ」アレックはお手上げというように言った。

ロジャーは黙って数分間壁をにらんでいた。ふいに彼は口をあんぐり開けて、低く口笛を吹いた。

「何てことだ！」彼は叫び、視線をアレックに移した。「わかったよ。それならいろんなことが簡単になるじゃないか？　そうだ！　そうに違いない。すべてがはっきりする。まったく！　信じられない！」

「じゃ教えてくれよ！」

ロジャーは印象的に言葉を切った。これは今までに遭遇した最も劇的な瞬間であり、あわてふためいて台無しにしたくはなかったのだ。

彼は前置きするように、テーブルを拳でそっとたたいた。そして――
「スタンワースの奴は、プロのゆすり屋だったんだ！」と震える声で言った。

22　シェリンガム氏、謎を解決する

翌朝の十時過ぎ、朝食の後、検死審問が始まるまでの間、ロジャーとアレックは薔薇園で、健康のための散歩に勤しんでいた。ロジャーは前夜――というより同じ日の未明――それ以上語るのを拒んだ。彼がしたことと言えば、もう寝なければならない、そしてスタンワースの人物像に関するこの新事実に照らして、事件を話し合う前に、頭をすっきりさせたいと言っただけだった。彼は一度ならず何度も繰り返したので、アレックはその言葉で満足するしかなかった。

今しも彼らはパイプを猛然と吹かしながら、その問題を突っ込んで話し合おうとしていた。ロジャー自身は、得意満面に勝ち誇っていた。

「謎だって？」彼はアレックの質問に答えて繰り返した。「もう謎なんてないよ。ぼくが解決した」

「そりゃ、スタンワースについての謎が明らかになったのはわかってるよ」アレックはいらい

らして言った。実のところ、こういう気分の時のロジャーは、彼を少なからずいら立たせるのだった。「きみの説明が正しいとすれば、そのことを今問題にしてるわけじゃないんだ」

「どうもありがとう」

「でも彼の死についてはどうだい？　それはまだ解決してないよ」

「その反対さ。アレグザンダー」ロジャーは満足しきった笑みを浮かべてきっぱり言った。

「ぼくが成し遂げたのは、まさにそれなんだ」

「へえ？　じゃ誰がスタンワースを殺したんだ？」

「一言で言って欲しいなら」ロジャーはややためらいがちに言った。「ジェファスンだ」

「ジェ、ジェ、ジェファスン？」アレックは叫んだ。「そんな馬鹿な！」

ロジャーは興味を引かれて相手を見つめた。「これはまた面白いね」彼は言った。「どうしてそんな風に『馬鹿な』なんて言うんだい？」

「だって――」アレックは言いよどんだ。「ええと、どうしてだろう。ジェファスンが殺人を犯したなんて、考えるのも馬鹿馬鹿しいからさ。なぜだい？」

「彼がそんなことをするとは、思わないってことか？」

「当たり前だよ！」アレックは力を込めて答えた。

「実はねアレック、きみの方が人の性格を見抜くのがうまいと、ぼくは思いはじめているんだよ。恥を忍んでの告白さ。でもそこなんだよ。教えてくれ。ジェファスンのことをそんな風に考えるようになったのは、前からかい、それともここ最近のことかい？」

アレックは考えた。「この件が持ち上がって以来ずっとかな。ジェファスンが加担しているなんて、現実離れした考えだとずっと思ってたよ。それについては、二人の女性も同様さ。いやロジャー、ジェファスンに罪をかぶせようとしているなら、きみはとんでもない誤りを犯していると思うね」

ロジャーの自己満足は揺るがなかった。

「事件がありきたりのものなら、おそらくはね」彼は答えた。「だがそうじゃないってことを忘れちゃいけない。スタンワースはゆすり屋で、そのことが何もかも変えてしまうんだ。普通の人は殺されるかもしれないが、ゆすり屋は処刑される。物のはずみでなければ、狂気や憤怒に我を忘れた奴にね。きみだって、自分のために手を下すかもしれないだろう？　女性、それも愛する相手に代わってやるなら、なおさらじゃないか？　いいかアレック、すべてはきわめて単純なんだ」

「つまりジェファスンが誰かを愛しているということか？」

「その通り」

「誰を？」

「ミセス・プラントさ」

アレックは息をのんだ。「何だって、いったいどうやって知ったんだ？」彼は疑うように尋ねた。

「知ってはいないよ」ロジャーは上機嫌で答えた。「でもそうに違いない。それこそ唯一筋の通る説明だ。推理したのさ」

「うそつけ！」

「本当だとも。ぼくらがスタンワースの秘密の生活を発見する前に、すでにその結論に達していたんだ。それで何もかも解決するのさ」

「そうかな？　いくつかの点はそれで説明がつくかもしれないが、ジェファスンがスタンワースを殺したとどうして言い切れるのか、まるでわからないね」

「説明しよう」ロジャーは親切に言った。「ジェファスンは密かに、ミセス・プラントを愛していた。何らかの理由でミセス・プラントはスタンワースに脅されていたが、ジェファスンはそれを知らなかった。スタンワースは真夜中、書斎で彼女と話し合い、金を要求する。彼女は泣いて嘆願し（それでハンカチが濡れていたのさ）、女性がよくやるように長椅子の肘掛けに顔を伏せる（それで特にあの場所に白粉がついていたんだ）。スタンワースは頑として、金はもらわなければならないと言う。彼女はお金がないと言う。よかろう、とスタンワース。ならば宝石をよこせ。彼女は取りにいって、彼に渡す。スタンワースは金庫を開け、彼女に不利な証拠をそこに保管していると言う。それから宝石をしまいこみ、もう行っていいと彼女に伝える。思いがけずジェファスンが入ってきて、一目で状況を見てとり、まっしぐらにスタンワースに向かっていく。スタンワースは彼に発砲するが、外れて花瓶に当たる。ジェファスンは彼の手首をつかみ、リボルバーを無理やりぐるっと逆に向けて引き金を引き、かくして引き金にかかったスタンワースの手を緩めることなく、本人のリボルバーで射殺する。ミセス・プラントは恐怖で呆然とする。が、ことが起こってしまったのを見ると、その場の主導権を握り、後始末をする。そしてこれが」ロジャーは自らを称えるように締めくくった。「レイトン・コートの奇妙な事件の解決だ」

「本当に？」アレックはそれほど確信が持てないようだった。「確かにとてもよくできた話だよ。まったくきみの想像力ときたら大したもんさ。でも答えについては――うむ、それほど確信は持てないな」

「何もかもうまく説明できていると思うね」ロジャーは反論した。「でもきみはいつだって満足しないんだからな、アレック。考えてみろよ。割れた花瓶と第二の銃弾。殺人のやり方。殺人犯がまた家に戻ったという事実。金庫を開けることへの動揺。ミセス・プラントの午前中の振る舞い。証言を渋る様子（本当は何が起こったか、口を滑らせるといけないからだろう）。そして彼女が書斎にいたことを、ついに知ったという事実を突きつけた時のおびえよう。消えた足跡。白粉がついていたことと、ハンカチが濡れていたこと。義兄の死に対するレディ・スタンワースの冷淡さ（彼女も何かしら脅されていたのかもしれないな。真相が明らかになったらわかることだが）。プロボクサーを執事に雇ったのも明らかに護身のためだ。夜遅く何人かの動く物音が聞こえたこと。すべてだよ！　何もかも解決し、説明できる」

「ふん！」アレックはどっちつかずの感想をもらした。

「さあ、一つでも穴が見つけられるかい？」ロジャーはいきり立って問いつめた。

「ならば聞くけどね」アレックはおもむろに答えた。「どうしてミセス・プラントもジェファスンも、金庫を開けることに突然反対しなくなったんだい？　その前は二人とも開けさせまいと必死になっていたのに」

「簡単なことさ！」ロジャーは切り返した。「ぼくらが上にいた間に、ジェファスンが金庫を開けて書類を取り出したんだ。何せ一分で済むんだから。反論はあるかい？」

「警部は鍵を置いていったのか？　ポケットに入れたように思ったけど」

「いや、テーブルに置いていって、ジェファスンが自分のポケットに入れたんだ。その時それに気づいたのを思い出して、なぜそんなことをしたのか不思議だったんだ。今ははっきりしてるよ、もちろん」

「では書斎の火床にあった、小さな灰の塊はどうなんだ？　きみは重要な書類の燃えかすかもしれないとほのめかし、それを聞いたジェファスンがいやにほっとした様子だと思ったんじゃなかったか」

「あの時はぼくが間違っていた」ロジャーは即座に言った。「灰については、何であってもよかったんだ。あれには重きを置いてないよ」

「でも置いてたじゃないか！」アレックは頑固に言い張った。

「そうさ、優秀だがスカスカ頭のアレグザンダー」ロジャーは辛抱強く説明した。「最初は重要だと思ったんだ。今はそれが間違っていて、重要じゃないとわかってるのさ。飲み込めてきたかい？」

「じゃ教えてくれよ」アレックがいきなり言った。「どうしてまたジェファスンは、スタンワースの死後すぐに金庫から書類を出さずに、翌朝まで待ってあんなに大騒ぎしたんだ？」

「ああ、そのことは考えた。おそらく彼らは起こったことに狼狽し、痕跡を消し去って逃げることにばかり気を取られて、書類のことをすっかり忘れてしまったのさ」

アレックは小さく鼻を鳴らした。「ありそうもないね、そうだろう？　不自然だよ、きみのお得意の言い回しを借りればね」

「でも時には、ありそうもないことだって起こるのさ。例えば今回みたいに」

「それじゃきみは完全に、ジェファスンがスタンワースを殺したと、そして一部始終はそんな風に起こったと信じているのか？」

「そうさ、アレグザンダー」

「へえ！」

「おや、きみは信じないのか？」

「ああ」アレックはきっぱりと言った。「信じないね」

「ちくしょう、証明してやったじゃないか。そんな風によく考えもしないでぼくの証明を全部脇に押しのけることはできないぞ。全部理に適っているんだ。きみだって目をそらすわけにはいかないね」

「ジェファスンがスタンワースを殺したと言うのなら」アレックは意固地なほど慎重に、言葉を続けた。「きみは完全に間違っていると思うよ。それだけだ」

「でもなぜだ？」

「彼がやったとは信じないからさ」アレックは賢者のように自信たっぷりだった。「そんなことをする人間じゃないよ。その手のことではぼくには、一種の直感があると思うんだ」彼は遠慮がちにつけ加えた。

「直感なんかくそくらえ！」ロジャーはあながち理不尽でもないいら立ちを見せて、言い返した。「ぼくが今してみせた証明に対して、きみはそのご立派な直感を裏付けできないだろう」

「でもするさ」アレックはあっさり言った。「いつでもね」細心の注意を払って、彼はつけ加えた。

「それじゃきみとはこれっきりだ」ロジャーはつっけんどんに言った。

しばらく二人は並んで黙ったまま歩を進めた。アレックは深く考え込んでいる様子で、ロジャーの方は見るからにぷりぷりしていた。これほど謎めいて難解に思える問題を、こんなに独創的に、しかも説得力をもって解き明かしたのに、結局単なる直感という不安定な土台に建った、乗り越えようのない不信の壁に直面しただけとは、いささかうんざりしたのだ。この時ばかりは、ロジャーの方に同情が集まるに違いない。

「それで、とにかくどうするつもりだい？」アレックは数分間じっと考えた末に尋ねた。「まさかこれ以上立証もしないで、警察に話したりはしないだろうね？」

「そりゃしないよ。実を言うと、警察に言ったものかどうか、まだ決めかねてるんだ」

「ほう！」

「あの二人――ジェファスンとミセス・プラント――が、どんな話をしてくれるかに大きく左右されるね」

「ではこの件で、彼らと話すつもりなんだね？」

「もちろん」

また短い沈黙があった。

「二人一緒に会うのかい？」アレックが尋ねた。

「いや、最初にミセス・プラントと話そうと思う。ジェファスンに会う前に、小さな点を一つ二つはっきりさせたいんだ」

アレックはまた黙考した。「ぼくだったらしないな、ロジャー」彼は並々ならぬ熱を込めて言った。

「しないって、何を？」

「二人に話すことをさ。自分が本当に正しいかどうか、きみには何の確証もない。つまるところ、初めから終わりまで単なる当て推量にすぎないからな。いかに見事なものだろうとね」

「当て推量？」ロジャーは憤然として繰り返した。「当て推量なんか一つもないぞ！　これは――」

「ああ、わかってるよ。推理だって言いたいんだろう。まあ、合ってるかもしれないし、間違ってるかもしれない。ぼくには難しすぎるよ。でもどう考えているか言おうか？　すべてをこのままにして、終わらせるのが賢明だと思うね。きみは謎を解明できたと信じている。たぶんそうなんだろう。どうしてそれで満足しないんだ？」

「でもどうして考えを変えたんだ、アレグザンダー？」

「変えたわけじゃないよ。そもそも初めから、ぼくがこの件に夢中になったことはなかった。でもスタンワースがあんな下衆《げす》野郎だとわかった今では、なぜ――」

「ああ、言いたいことはわかるよ」ロジャーは穏やかに言った。「もしジェファスンがスタンワースを殺したなら、そうするのが完全に正しかったんだから、見逃してやるべきだって言うんだろう？」

「ええと」アレックはぎこちなく言った。「そこまで言おうとは思わないけど、でも――」

「でもぼくはそこまで言うかもしれないな」ロジャーが口を挟んだ。「だからさっき、警察に言うかどうか、まだ決めかねていると言ったんだ。それはみな、ぼくが想像した通りに物事が起こったか否かにかかっている。でも肝腎なのは謎を解くことなんだ」

「だけどどうしても？」アレックはゆっくり言った。「今のところ、きみがどう考えようと、きみは本当に知っているわけではない。そして確実に解き明かしてしまったら、その時になってあまりうれしくないような責任を、わざわざ背負い込むことになるんじゃないかと思うんだよ」

「もしそうなったら、アレック」ロジャーは反駁した。「ぼくたちがすぐ側まで近づいている真実を解明しようとしないのは、わざと責任を逃れることだとぼくは言うだろうね」

アレックはしばし黙り込んだ。

「えいちくしょう！」彼は急に勢いよく言った。「このままにしておこうよ、ロジャー。みんながら知らない方がいいことだってあるんだ。見つけなければよかったと後で思うようなものを、ほじくり返すことはない」

ロジャーは軽い笑い声を上げた。「ああ、こう言った方がいいのはわかってるよ。『ぼくにはきみを裁く責任を負えるのか？　いや、それはぼくの役目ではない。きみを警察に引き渡すが、そうすれば絞首刑は避けられない。気の毒に思うよ。だってぼく個人の考えでは、きみの事件は謀殺ではなく、正当な殺人だからね。そして法律の頑迷な側ばかり見ている判事に導かれた陪審には、そんな物の見方は許されないだろう。だからこそ警察に引き渡すことによって、きみの首に縄を巻くことになるのが残念でならないんだ。でもどうしてぼくなんかにきみを裁けるだろう？』ってね。小説ではそんな風に言ってるだろう？　でも心配するなよ、アレック。ぼくはそんな意気地なしの間抜けじゃないし、事件を理非に従って裁く責任を恐れたりはしない。実を言えば、時代遅れのかつらをかぶった、眠気を催させるひねくれ者の紳士が取りしきる、十二人の愚かな田舎者より、ぼくの方がその役どころには適任だと思ってるんだ。いや、ぼくは最後まで追いかける。そしてその段階で、どうすべきかきみに相談するよ」

「放っておけばいいのに、ロジャー」アレックは悲しげともいえる口調で言った。

23　ミセス・プラント、告白する

検死審問は、すべての必要な法的手続きにのろのろと時間が費やされたにもかかわらず、一時間半もかからなかった。論点には何の疑いもなかったため、進行は多少おざなりだった。幸い検視官は、特にうるさく質問してくるタイプではなく、現在わかっている事実にきわめて満足していた。彼は必要不可欠のこと以外にはほとんど時間を費やさず、動機などの問題を追及することはなかった。証人は最少の人数しか呼ばれず、ロジャーが注意深く聞いていても、いかなる種類の新事実も浮かび上がってこなかった。

ミセス・プラントは、はっきりと気後れすることなく証言した。レディ・スタンワースの彫像のような冷静さは、相変わらず揺るぎなかった。ジェファスンは証人席に誰よりも長くいて、いつも通りのぶっきらぼうな率直さで供述した。

「彼を見て話を聞いてると、その証言が嘘八百だなんて思いもよらないよな」ロジャーはアレックにささやいた。

「ああ、おまけにぼくはそう思ってない」相手の紳士は手で口を覆って言い返した。「彼自身、真実を語っていると思ってるはずさ」

ロジャーは小さくうめいた。

より重要でない証人としては、ドアを破った時のジェファスンの話を確認するため、執事のグレイヴズとロジャーが呼ばれて、前者は遺書の発見について質問され、一方ロジャーは施錠された窓について述べた。アレックに至っては呼ばれもしなかった。

評決は必然的に「一時的錯乱による自殺」となった。

居間を出るとロジャーがアレックの腕をつかんだ。

「昼食の前に、今からミセス・プラントをつかまえようと思うんだ」彼は低い声で言った。

「立ち会いたいかい、どう？」

アレックは躊躇した。「正確には何をするつもりだ？」彼は尋ねた。

「スタンワースに脅迫されていたんじゃないかと彼女を責め、おととい の夜の本当の話をさせるのさ」

「それならぼくは同席したくない」アレックは迷うことなく言った。「何もかもうんざりだよ」

ロジャーは同意してうなずいた。「確かにきみはいない方がいいだろうな。後で何があったか聞かせるよ」

「いつ会える？」

「昼食の後だ。ジェファスンと渡り合う前に、きみと話すよ」

ロジャーはアレックから離れると、まさに階段を上ろうとしていたミセス・プラントをつかまえた。ジェファスンとレディ・スタンワースは、まだ居間で検視官と話していた。

「ミセス・プラント」彼はそっと言った。「二、三分お時間をいただけませんか？　ちょっとお話があるんですが」

ミセス・プラントは彼を鋭い目で見た。

「でも上で荷造りしてしまわないといけないんです」彼女は異を唱えた。

「ぼくが言おうとしていることは、荷造りなんかよりはるかに重要なんですよ」ロジャーはひそめた眉の下から、無意識のうちに彼女をじっと見つめて重々しく言った。

ミセス・プラントは神経質に笑った。「あらまあ、シェリンガムさん、ずいぶんと物々しいこと。わたくしにお話って何でしょう？」

「誰からも聞かれないよう庭まで来ていただければ、お話しします」

一瞬彼女はためらい、何か特別に嫌なことから逃れたいというように、願いを込めた眼差しで階段を見上げた。それから肩を小さくすくめてホールに戻った。

「ええ、いいですわ」彼女は軽い調子で引き受けた。「それほどぜひにとおっしゃるなら」

ロジャーはホールを通る際に、折り畳み式のガーデンチェアを二脚手に取って、正面玄関から外へと彼女を案内した。そうして家から見られないような、人気《ひとけ》のない薔薇園の片隅まで行き、お互いの顔が見えるように椅子を配置した。

「お座りになりませんか、ミセス・プラント」彼は真顔で言った。

さらに新たな事実を容易に引き出すために、雰囲気を高めようと思っていたのであれば、ロジャーは成功したようだった。ミセス・プラントは何も言わずに座り、不安そうに彼を見た。

ロジャーはそっと座り、しばし黙って彼女を見つめた。それから——

「書斎に行かれた時のことで、昨日あなたが真実を話さなかったのを、ぼくは知ってしまったんです、ミセス・プラント」とゆっくり言った。

ミセス・プラントはびくっとした。「何ですって、シェリンガムさん！」彼女は叫び、怒りに顔を赤らめてさっと立ち上がった。「何の権利があって、こんなひどいやり方でわたくしを侮辱なさるのか、理解できません。質問してこられたのはこれが二度目ですよ。言わせていただければ、あなたの振る舞いはこの上なく無遠慮で失礼だと思います。今後わたくしを、その不愉快な無作法の標的にしないでいただければ幸いです」

ロジャーは落ち着き払って彼女をじっと見上げた。

「あなたがあそこにおられた本当の理由は」彼は印象づけるように言葉を続けた。「スタンワース氏に脅迫されていたからです」

ミセス・プラントは身体の下で膝が崩れたかのように、突然腰を下ろした。その手は椅子の両脇をつかみ、拳は顔色と同じくらい真っ白になっていた。

「いいですか、ミセス・プラント」ロジャーは身を乗り出し、早口で話した。「とても奇妙なことがここで起こっていますが、ぼくは真相を見きわめるつもりです。信じてください、あなたを傷つける気はありません。事実が考えている通りであれば、ぼくは完全にあなたの味方です。でもぼくは真実を知らなければならない。実を言うと、すでにかなりのところまで知っていると思います。しかしあなた自身の口からそれを確認したいんです。スタンワースの書斎でおとといの夜何が起こったか、ありのままの飾らない真実を教えてほしいんですよ」

「それでお断りしたら？」ミセス・プラントは血の気のない唇から、ささやくように言った。

ロジャーは肩をすくめた。「他にまったく道はありません。ぼくは知っていることを警察に話して、後は彼らの手に任せなければならないでしょう」

「警察に？」

「ええ、はったりではありませんよ。さっきも言ったように、ぼくはもうほとんどのことを知っていると思います。例えばあなたが長椅子に座って、スタンワース氏に堪忍してほしいと頼んだことも、彼が断った時、あなたが実際に泣いたことも知っています。それからお金がないと言ったんでしょう？　すると彼は代わりに宝石を求めました。そして——ああ、この通りです。知っている振りをしているわけではありませんよ」

ロジャーがこのように運任せで言ってみた推測は、的に命中した。ミセス・プラントは信じられないと言わんばかりに「でもどうしてそれを全部知っているんです、シェリンガムさん？どうやって探し当てたんですか？」と叫んだことで、彼の推理の正しさを認めていた。

「よろしかったら、今はそこまで踏み込まないでおきましょう」ロジャーは満足そうに答えた。「ただ知っていると言うに留めておきます。さあ、あなた自身の言葉で、あの晩のすべての真実を聞かせてください。一つ残らずね。何か省こうとしても、ぼくにはお見通しですよ。そして今度またぼくをだまそうとしたら——」彼は意味ありげに間を置いた。

しばらくの間、ミセス・プラントは身じろぎもせず座ったまま、膝を凝視していた。それから顔を上げて目を拭った。

「よくわかりました」彼女は低い声で言った。「お話しします。そうすることで、わたくしの幸せだけでなく、文字通りすべての未来をあなたの手に委ねることになるのを、わかってくださいますね？」

「わかりますよ、ミセス・プラント」ロジャーは熱を込めて言った。「それからこのように無理やり聞き出したからといって、あなたの秘密を悪用することは絶対にありません」

ミセス・プラントの目は、すぐ側の薔薇の花壇に注がれていた。「スタンワースさんがゆすり屋だったことはご存じですか？」と彼女は言った。

ロジャーはうなずいた。「それどころか、とても大規模にやっていたんです」

「そうでしたの？　それは知りませんでした。でもちっとも驚きませんわ」彼女の声は沈んだ。「彼はどうやってか、結婚前にわたくしが――その――」

「そういう細かい部分は、まったく必要ありませんよ」ロジャーは急いで口を挟んだ。「ぼくが関心を持っているのは、彼があなたをゆすっていたという事実であって、その理由を知りたいとは思いません」

ミセス・プラントは感謝の眼差しを彼に向けた。

「ありがとうございます」彼女は小声で言った。「そうですね、結婚前に起こったある出来事に関してと申し上げておきましょう。主人にそのことを話したことはありません（主人と出会う前に、完全に終わってしまった過去のことなのです）。悲しませるとわかっていましたから。

そしてわたくしたちはお互いに深く愛し合っているのです」彼女は簡単につけ加えた。

「わかりますよ」ロジャーは同情するようにつぶやいた。

「それからあの悪魔が嗅ぎつけたのです！　だって本当に悪魔でしたから、シェリンガムさん」ミセス・プラントはまだ恐怖の影響が残る目を大きく見開き、ロジャーを見つめた。「人があそこまで冷酷無比になれるとは、想像もしていませんでした。ああ！　地獄でした！」彼女は思わず身震いした。

「彼はもちろんお金を要求しました」少し経ってから落ち着いた声で、彼女は続けた。「そしてわたくしは、払えるお金は全部払いました。主人に知られるくらいなら、どんな犠牲でも払うつもりでいたことを、おわかりください。先日の夜、もうお金がないことを言わなくてはなりませんでした。書斎に何時に入ったかお話しした時、あなたに嘘をつきましたわ。彼はホールでわたくしを呼び止め、十二時半に書斎で会いたいと告げたのです。その時間なら、みんなベッドに入っていますからね。スタンワースさんはいつも、この手の話し合いについては極秘にしていました」

「それで十二時半に行ったんですね？」ロジャーは思いやりを込めて促した。

「ええ、宝石を持ってね。これ以上お金は払えないと彼に言いました。彼は怒りませんでした。決して怒らなかったんです。ただ冷酷にニヤニヤ笑って、ぞっとしましたわ。今回は宝石を受け取るが、彼の求める金額――二百五十ポンド――を、三ヶ月以内に用意しなければならないと言われました」

「でもお金がないのにどうやって?」

ミセス・プラントは黙りこくった。それから悲劇的な話し合いを反芻《はんすう》するように、薔薇の花壇を見るともなく眺め、妙に抑揚のない声で語った。「彼は、きみのような可愛い女なら、必要であればいつでも金を作れる、と言いました。男性に紹介しようとも言いました。うまくやれたらわたくしが──お金をもらえるような。そして三ヶ月以内に二百五十ポンドを用意できなければ、何もかも主人に話すと言ったのです」

「何ということだ!」ロジャーは愕然としてつぶやいた。

ミセス・プラントは急に彼をまっすぐに見据えた。

「スタンワースさんがどんな男だったか、知らなかったらこれでおわかりでしょう」彼女は静かに言った。

「知りませんでした」ロジャーは答え、「これで多くのことが説明できるぞ」と独り言でつけ加えた。「それから、ジェファスン少佐が入ってきたんですね?」

「ジェファスン少佐が?」ミセス・プラントは紛れもなく仰天して繰り返した。

「ええ。彼が入ってきたのは、その時ではなかったのですか?」

ミセス・プラントは驚いて彼をまじまじと見つめた。

「でもジェファスン少佐は、まったく入ってこられませんでした!」彼女は叫んだ。「どうしてそんなことをお考えに?」

今度はロジャーが驚く番だった。

「あなたとスタンワースが書斎にいた間、ジェファスンは入ってこなかったとおっしゃるんですか?」彼は尋ねた。

「もちろんですとも」ミセス・プラントは力を込めて答えた。「とんでもないことですわ。どうしてあの方がいなければならないんです?」

「ぼくは——よくわからないな」ロジャーはしどろもどろだった。「彼がいたんじゃないかと思って。勘違いしたようです」否定するとは思ってもいなかったものの、ミセス・プラントは真実を語っていると彼は確信した。彼女の驚きようは、装ったにしてはあまりに真に迫っていた。「ええと、それから何が起こったんです?」

「何も。わたくしはそんなにいじめないでほしい、今まで払った分で納得して、彼の持っている証拠を返してほしいと頼みましたが——」

「ところで彼は証拠をどこにしまっていたんですか? 金庫の中ですか?」

「ええ、どこへでも金庫を持っていっていました。盗まれないようにでしょう」

「あなたがいる間に開けたんですか?」

「わたくしが上に行く前、宝石を入れるために開けました」

「で、それを開けたままにしていましたか、それともまた鍵を掛けたんですか?」

「わたくしが部屋を出る前に、鍵を掛けました」

「なるほど。それは何時頃でした?」

「そうですね、一時過ぎだったと思います。特に時間は気に留めていませんでした。あまりにも動転していましたので」

「そうでしょうとも。そして彼の——最後通牒からあなたが上に上がるまで、何も重要なことは起こらなかったんですか？」

「ええ。彼は一歩たりとも譲らず、ついにわたくしは説得をあきらめて、寝室に上がったのです。これがすべてです」

「そして他には誰も入ってこなかったんですね？　誰かいる気配もなかったんですか？」

「ええ、誰も」

「ふむ！」ロジャーは考え込んだ。これにはまったくがっかりした。にもかかわらず、なぜかミセス・プラントの話を疑うことはできなかった。それでもジェファスンは部屋の外から、何が起こったか断片的に聞いて、後で入ってきたのだろう。いずれにせよ、ミセス・プラント自身は、どんなに怒りをかき立てられたとしても、殺人そのものには係わっていないのだ。

彼はもう少し彼女から探り出すことにした。

「お話しくださったことによると、ミセス・プラント」彼はややくだけた調子で言った。「スタンワースが自殺したというのは、きわめて異様なことではありませんか？　何か思い当たる理由はありますか？」

「いいえ、まったく。わたくしにも訳がわからないんです。でもシェリンガムさん、何てありがたいんでしょう！　朝食の後あなたからそれを告げられて、わたくしが気を失ってしまった理由もおわかりですわね。急に牢獄から解き放たれたような気持ちになったんです。ああ、あの男に支配されていた時の、つらく恐ろしい気持ちといったら！　あなたにはとても想像できないでしょう。そして彼が死んだと聞いた時の、溢れるような解放感も！」

「わかりますとも、ミセス・プラント」ロジャーは熱烈な共感を込めて言った。「実際、こうなる前に誰も彼を殺さなかったのが、不思議なくらいですよ」

「みんなそれを考えなかったとお思いですか？」ミセス・プラントは激しく問い返した。「わたくし自身考えました。何百回と！　でもどうすることができたでしょう？　彼がやっていたことをご存じ？——とにかくわたくしの場合そうでしたから、他の人にも同じことをしていたと思いますけど。彼はわたくしに不利な証拠書類を封筒に入れ、宛先を主人にしていたんですよ！　もし自分の死に方が普通でなければ、金庫は警察に開けられるだろうとわかっていたのです。そうした場合、その封筒や他の似たような多くの封筒が警察の扱いとなって、宛先に送られるんです。考えてもみてください！　誰も彼を殺せないのは当然でしょう。もっと事態が悪くなるだけですから。彼はよくわたくしに向かって、ほくそ笑んでいたものでした。その上金庫を開ける時には、いつも弾をこめたリボルバーを手にしていたんです。とにかくわたくしの前ではそうでした。運任せにはしていなかったんです。ええ、シェリンガムさん、あの男は鬼でした！　なぜ彼が自分で命を絶つ気になったのか想像もつきません。でも本当に、わたくしは生きている限り、毎晩ひざまずいて神様に感謝するでしょう！」

彼女は唇をかんで、内心の激情を物語るように息をはずませて座っていた。

「でも証拠が金庫にあると知っていたのなら、警部が金庫を開けた時びくびくしていなかったのはなぜですか?」ロジャーは好奇心にかられて尋ねた。「あなたに目を向けたのを覚えていますが、確かに少しも動揺してはおられませんでしたよ」

「あら、それは彼の手紙を受け取った後でしたから」ミセス・プラントはすぐに説明した。「その前はもちろん動揺していました。恐ろしいほど怯えていましたわ。でもその後では違います。あまりに素晴らしすぎて、本当とは思えないくらいでしたけど。あら! お昼のベルじゃありません? 中に入った方がいいんじゃないかしら? あなたがお知りになりたいことは、もう全部お話ししたと思います」彼女は立ち上がって、屋敷の方を振り返った。

ロジャーは彼女と歩調を合わせて歩き出した。

「手紙って?」彼は熱心に聞いた。「何の手紙ですか?」

ミセス・プラントは驚いて彼を見つめた。「まあ、知らなかったんですか? 何でもご存じのようだから、てっきりご承知だと思ってましたわ。ええ、彼から手紙を受け取ったんです。ある個人的な理由で命を絶つことにした、その前に何も心配することはないと知らせておく、自分が持っていたきみに関する証拠は燃やしてしまったから、と書かれていました。わたくしがどんなにほっとしたかおわかりでしょう」

「そ、そんな馬鹿な!」ロジャーは呆然として叫んだ。「完全にしてやられた!」

「何とおっしゃいましたの、シェリンガムさん?」ミセス・プラントは不思議そうに尋ねた。

ロジャーのぼうっとした支離滅裂な返事についての記録は残っていない。

24　シェリンガム氏、狼狽する

昼食の初めの頃、ロジャーはいささか呆然自失の体で座っていた。皿いっぱいのプルーンとタピオカプディング――ユダヤ人を除くと、彼がこの世でもっとも忌み嫌っている二つのもの――を食べなければならないということが意識に上ってきて、ようやく筋の通った思考力が戻ってきた。ミセス・プラントの告白は一時的に、彼の頭脳を麻痺させてしまったようだった。まぶしいほどはっきりしていたのは、もしスタンワースがこれからすぐ自殺するという手紙を書いていたのなら、殺されたということは結局ありえないということであった。そして彼、ロジャーが築き上げた壮大な建造物は、たちまち砂上の楼閣と化してしまったのだ。それはロジャーのように楽天的な自信家にとっては、天地がひっくり返ったようなものだった。

昼食が済んで汽車等に関する話が終わるとすぐ、彼は事件について話し合うため、二階の自分の寝室にアレックを急き立てた。自分が掘り出したものが、幻の大発見にすぎなかったと認めざるを得ないのは、確かに気が進まなかったが、一方遅かれ早かれアレックは知ることになるし、今ロジャーが切実に必要としていたのは話すことだった。実のところ、ロジャーの胸の中で抑え込まれ出口を求めていた言葉の洪水は、この数分間に肉体的な痛みにまで達しようとしていた。

「アレグザンダー！」ドアをしっかりと閉めるやいなや、彼は芝居がかって呼びかけた。「アレグザンダー、もうおしまいだ！」

「どうしたんだ？」アレックはびっくりして尋ねた。「警察がもう嗅ぎつけたのか？」

「もっと悪い。はるかに悪いよ！　スタンワースは殺されたんじゃなかったらしい！　結局自殺だったんだ」

アレックは手近の椅子にどさっと座った。

「驚いたな！」彼は気が抜けたように漏らした。「だがどうしてまた、そう考えるようになったんだ？　殺人だときみは固く信じていたと思ってたけど」

「そうだったんだ」ロジャーは鏡台にもたれかかった。「それがなおさらおかしいんだ。だってぼくは本当に、めったに間違いを犯さないからね。これでも精一杯謙虚に言ってるんだが、事実は争えないからな。世の習いからいって、スタンワースは殺されたはずなんだ。どうにも不可解だよ」

「でもどうして、彼が殺されたんじゃないとわかったんだ？」アレックは問いただした。「別れた後で、何でそこまで考えが変わっちまったんだい？」

「ミセス・プラントがスタンワースから手紙を受け取ったという、単純な事実からさ。ある個人的な理由で自殺すると書かれていたらしい」

「ほう！」

「実際、一瞬にして打ちのめされたよ。これほど予想を覆すものなんて、考えられないね。そして問題は、どうやったら乗り越えられるか見当もつかないってことさ。そういう手紙は、あの遺書とは大違いだからね」

「そうだなあ、こうなってもぼくはそれほど驚いたとは言えないな」アレックはゆっくり言った。「もともと殺人という考えには、きみほど確信を持っていたわけじゃなかったからね。結局、この事件のすべての事実をよく見てみたら、確かに殺人でも筋が通るけど、自殺でも同じくらい辻褄が合うんじゃないか？」

「そうらしい」ロジャーは残念そうだった。

「単にきみが殺人という考えを思いつき——おそらく絵に描いたようにね——それに合うように、すべてを解釈してしまったんじゃないか、え？」

「そう思うよ」

「実際には」アレックは訳知り顔で締めくくった。「それこそが固定観念《イーディ・フィクス》で、他のあらゆることはその犠牲になったのさ。そうだろう？」

「アレグザンダー、きみにかかっちゃかなわないよ」ロジャーはつぶやいた。

「まあいずれにせよ、他人のことに首をつっこむとどうなるか、これできみにもわかったろう」アレックは厳しく指摘した。「もっと馬鹿げた真似を始めないうちに、真相に到達したのは幸運だったよ」

「何もかも当然の報いだ、わかってるよ」ロジャーはヘアブラシに向かって、悔いるように言った。

今度はアレックが勝ち誇る番だった。彼はそれを最大限に利用した。ゆったり椅子にもたれ、落ち着いてパイプを吹かしている姿は、完璧な「だから言ったろう！」という図だと、ロジャーは黙って歯がみしながら考えた。

「それでも——」しばし沈黙した後、彼はためらいがちに言った。

アレックは諭《さと》すようにパイプを振った。

「そら来た！」彼は警告するように言った。

ロジャーは一気に爆発した。「ああ、何とでも言えよ、アレック」彼は怒鳴った。「でも絶対おかしいんだ！　それは無視できないぞ。結局ぼくらの調査は何の成果も生み出さなかったわけじゃない、そうだろ？　スタンワースがゆすり屋だという事実は立証した。そういえば、それを言うのを忘れていたよ。ぼくらは完全に正しかったんだ。ミセス・プラントを脅していたんだよ、あの豚は。それもひどく汚いやり方でね。ちなみに彼女は、奴の死が自殺じゃないかもしれないとは想像もしていなかったし、ジェファスンも彼女がいた間は書斎に入ってこなかったんだ。だからその細かい点に関しては、間違っていたよ。彼女が真実を語ったことは、ぼくも確信している。でも他のことについては——どう考えればいいのかわからないよ！　考えれば考えるほど、あれが結局自殺だったなんて思えないし、他の事実は単なる偶然だったなんて、信じられない。理屈に合わないよ」

「ああ、いかにももっともらしいがね」アレックは賢《さか》しげに言った。「でも誰かが本当に、わざわざ手紙を書いたのなら――」

「ちょっと待ってくれ、アレック！」ロジャーは興奮してさえぎった。「おかげで思いついたぞ。奴がそれを書いたのか？」

「どういう意味だ？」

「ほら、タイプで打ったものじゃなかったのか？　実物は見てないからね。彼女が手紙のことに触れた時、それが手書きじゃないかもしれないとは思いつかなかったんだ。もしタイプで打ったものなら、まだ望みはある」彼はせかせかとドアへ向かった。

「今度はどこへ行くんだ？」アレックは驚いて尋ねた。

「そのありがたい手紙を見せてもらえるか、確かめるのさ」ロジャーは取っ手を回しながら言った。

「ミセス・プラントの部屋は、この廊下の先だったな」

廊下を一通りさっと見渡して、ロジャーはミセス・プラントの寝室へ急ぎ、ドアをそっと叩いた。

「どうぞ」中から声がした。

「ぼくですよ、ミセス・プラント」彼は小声で言った。「シェリンガムです。ちょっとお話しできますか？」

部屋を早足で横切る音がして、ミセス・プラントの顔がドアから覗いた。

「はい？」彼女は心持ち不安げに尋ねた。「何でしょう、シェリンガムさん？」

「午前中におっしゃった手紙のことを覚えていますか？　スタンワースさんからの。ひょっとしてまだお持ちですか？　それとも処分してしまいましたか？」

彼は息をつめて答えを待った。

「あら、いいえ。もちろんすぐに処分してしまいました。なぜですか？」

「ああ、ちょっと確かめてみたい考えがあったもので。ちょっと待ってください」彼はすばやく考えを巡らせた。「それはドアの下から差し込まれたんですか？」

「いいえ。郵便で来ました」

「そうなんですか？」ロジャーは熱心に尋ねた。「消印には気づかなかったでしょうね？」

「それが見ましたの。彼が郵便をわざわざ出しに行くなんて、妙だと思いましたもの。村で投函されていて、その朝の八時半の便でしたわ」

「村からですか？　ほう！　それでタイプで打ったものでしたか？」

「ええ」

ロジャーは再び息を殺した。「サインは手書きでしたか、それともタイプでしたか？」

ミセス・プラントは考えた。

「タイプでした、覚えている限りでは」

「確かですか？」ロジャーは勢い込んで聞いた。

「え――ええ、そう思います。ああ、そうです。今思い出しました。全部タイプで打ってありましたわ、サインも何もかも」

「ありがとうございます、ミセス・プラント」ロジャーは感謝を込めて言った。「知りたかったことは、これで全部です」

彼は大急ぎで部屋に戻った。

「アレグザンダー!」中に入ったとたん、彼は芝居がかって叫んだ。「アレグザンダー、また始めるぞ!」

「今度はどうした?」アレックはやや顔をしかめて尋ねた。

「手紙は贋物らしい。遺書と同じだ。全部タイプで打ってあって、サインまでそうだったんだ。そして村で投函されていた。彼女の部屋のドアの下から差し込めばいいだけなのに、わざわざ村まで手紙を出しに行くなんて、まともな頭の奴がすることだと思うか?」

「他にも出す手紙があったのかもしれないぞ」煙を盛大に吐き出しながら、アレックは思いきって言ってみた。「手紙を受け取ったのは、ミセス・プラントだけだったのかな?」

「ふむ! それは考えつかなかった。そうだったのかもしれない。それでも奴が彼女宛ての手紙まで郵送したのは、かなり不自然だと思うけどな。それはそうと、昼食前に彼女の態度が変わった原因は、その手紙なんだ。その時、金庫が開けられても何の心配もないとわかったのさ」

「で、事態は今どうなってるんだ?」

「前とまったく同じさ。どっちにしろ大して影響はないね。殺人犯の抜け目なさがまた一つ明らかになっただけさ。ミセス・プラントと、たぶんきみが言うように他にも一人か二人が、スタンワースの突然の死で、ひどくうろたえることになったのかもしれない。だから彼らの恐怖を鎮める必要があったんだ。ぼくらにとって本当に役立つこととしては、殺人犯がスタンワースの個人的な事情に、ひどく詳しい知識を持っているという考えを固めることができた。もちろんそのことから、金庫はその夜開けられたということがわかるし、懐かしの火床の灰が、今一度ゆすり屋の物証の残骸として表舞台に出てくることになる。ぼくの最初の推測が真相にきわめて近かったとは、面白いじゃないか？」

「それで、ジェファスンについてはどうなんだ？」アレックは静かに聞いた。

「そうそう、ジェファスンだ。この手紙の件と、その夜書斎のミセス・プラントとスタンワースの間に割って入らず、従ってあのご婦人の手は借りなかったという事実——こういったことからして、ぼくが考えていたよりも、彼はずっと頭がいいということになるね。でもそれ以外の点では、彼の立場に変わりはないよ」

「ということは、まだ彼がスタンワースを殺したと思ってるのかい？」

「もし彼じゃなければ、誰がやったんだ？」

アレックは肩をすくめた。「ぼくはずっと、きみが見当違いをしていると言ってきただろう。何度も繰り返したって仕方ないよ」

「そんなことはないさ」ロジャーは陽気に言った。

「で、これからどうする？」

「前にやろうとしたことをやるまでさ。彼と少しばかり話をする」

「そいつはかなり注意を要する問題じゃないか？　つまり、確かな根拠があるわけじゃないんだからな」

「たぶんね。でもそれを言うなら、ミセス・プラントについても同じだったよ。ぼくならジェファスン君をうまく操縦できると思うね。ごく率直に接するつもりだけど、彼の告白を土産《みやげ》に三十分以内にここに戻って来られる方に、少しばかり賭けたっていいよ」

「ふん！」アレックは疑わしそうだった。「面と向かって殺人の罪をとがめるつもりかい？」

「おいおいアレック！　そんな芸のないことはしないよ。殺人が行われたのを知っているなんて、あからさまに言う気はないね。ただ二つ三つ、絞り込んだごく適切な質問をするだけだ。言わんとすることが、彼にはちゃんとわかるはずさ。ジェファスン先生は馬鹿じゃない、ぼくたちにはいろんな理由からわかってるようにね。そうすれば本論に入ることができるよ」

「なあ頼むから、ジェファスンがスタンワースを殺さなかったという可能性（それ以上強く言うつもりはないが）も心に留めて、用心してくれよ」

「ぼくを信じろって」ロジャーは自信たっぷりに答えた。「ところでミセス・プラントが手紙を受け取ったのは、昼食の直前だったと言ったっけ？　八時半に村を出る便で配達されたんだ」

「へえ？」アレックはさほど関心を示さなかった。

「そうか！」ロジャーは突然叫んだ。「ぼくは何て馬鹿だったんだ！　それこそスタンワースが自分で投函したはずがないという、決定的な証拠じゃないか？　今まで気づかなかったなんて、あきれるよ！」

「どこがだい？」

「ほら、最初の配達は五時に村を出るんだ。つまり、その手紙は五時から八時半の間に投函されたに違いない——スタンワースが死んでから四時間かそれ以上も後なんだぞ！」

25　事件は結局、シェリンガム氏の謎解きをはねつける

ロジャーはぐずぐずしてはいられなかった。ミセス・プラントとアレック、そして彼自身は、五時過ぎの汽車で発つことになっていたのだ。エルチェスターへ彼らを乗せていく車は、四時半に用意ができる。お茶は四時から始まる。そして時間はもう三時になろうとしていた。最後に残った糸を解きほぐすのに、あと一時間の猶予しかなかった。ロジャーは居間のドアの外でしばし立ち止まったが、こんなわずかな余裕さえ、必要な時間より三十分も長く感じられた。

ジェファスンはまだ、積み上げられた書類の中で仕事をしていた。ロジャーが部屋に入っていくと、彼はぼんやり見上げてかすかに微笑んだ。

「また手伝ってくれるのかい？」彼は尋ねた。「ばかに親切だね。でも今回やってもらえることは、まったくなさそうだよ」

ロジャーはテーブルの向かい側の椅子を引いて、ゆっくりと腰を下ろした。

「実を言うと、違うんだ」彼はのんびりと言った。「一つ二つ質問があるんだ、ジェファスン、もし答えてもらえるならね」

ジェファスンは少し驚いたようだった。

「質問だって？　いいとも、どんどん聞いてくれ。何を知りたいんだ？」

「ええと、まず初めに聞きたいのは」ロジャーは切り出した。「――スタンワースが死んだ時、きみはどこにいた？」

驚きのあまりぽかんとしたジェファスンの表情は、次第に怒りで紅潮していった。

「きみに一体何の関係があると言うんだ？」ジェファスンはつっけんどんに問い質した。

「今はぼくに何の関係があるか、気にしないでくれ」ロジャーは答えたが、心臓の鼓動は普段よりもやや速まっていた。「質問に答えてほしいんだ」

ジェファスンはのっそりと立ち上がり、その目は不吉な光を宿していた。「部屋から蹴り出されたいのか？」妙に静かな声で彼は言った。

ロジャーは椅子の上で身体をそらし、堂々と彼を見返した。

「答えたくないというわけだね？」ロジャーは平然と言った。「スタンワースが死んだ朝の、そうだな、一時から三時までの間、どこにいたのか言わないんだな？」

「死んでも言うもんか。それがきみと何の関係があるというんだ、ぜひともその理由を聞きたいもんだね」

「関係ないかもしれないし、大ありかもしれないさ」ロジャーは落ち着いて言った。「だが話した方がいいと思うね。きみのためでなくても、とにかくさるレディのためにね」たまたま言った当てずっぽうだとしたら、まさに的中だった。ジェファスンの顔はさらに赤みを増し、その目は紛れもない激怒で大きく見開いた。関節が白くなるまで、拳を威嚇するように握りしめている。

「くそっ、シェリンガム、もうたくさんだ！」彼はつぶやくと相手の方に向かっていった。

「何のつもりだか知らないが――」

ふとロジャーは、あるはったりを思いついた。つまるところ、ジェファスンのような男が、スタンワースのような男の秘書として、いったい何をやっていたのか？　彼は一か八かやってみることにした。

「早まったことをする前に、ジェファスン」彼は急いで言った。「もう一つ質問したい。スタンワースは何できみを脅迫してたんだ？」

はったりが功を奏することもある。この時がまさにそうだった。ジェファスンは突如立ち止まり、両手は力なく脇に垂れ、口はあんぐりと開いた。突然の予期せぬ弾丸に撃たれたかのようだった。

「座って静かにこの件を話し合おう」ロジャーは助言し、ジェファスンは無言で再び席に着いた。

ロジャーは頭の中で、すばやく事態を振り返った。

「いいかい」彼は寛いだ口調で始めた。「ここで起こっていることについて、ぼくは多くを知っていて、こんな状況では残りを探り出さないわけにはいかないんだ。そうすればかなり厄介な立場に置かれるのはわかってるけど、他にどうしようもない。さあ、そこで提案だが、ジェファスン、お互いに手の内をさらけ出し、世事《せじ》に長けた二人の男として話し合おうじゃないか。どうだい？」

ジェファスンは顔をしかめた。「ほとんど選択肢を与えてくれてないじゃないか。だがいったいきみに何の関係があるんだ、それがわかったら首をやってもいいくらいだ」

それがわからないようだったら、まず間違いなく首を吊るされるだろうと、ロジャーはもう少しで言い返すところだったが、幸い何とか自分を抑えることができた。

「わかりきったことだと思ってたけどな」彼は言葉巧みに言った。「物事をそのままに放っておけないたちなんだ、わかるだろ？　でもそれはさしあたり置いておこう。さてぼくは知ってるんだが、スタンワースはゆすり屋だった。そしてそのことが状況に少なからず影響しているのは疑いない」

「何の状況だ？」ジェファスンはとまどったように尋ねた。

ロジャーは彼をじろりと見た。「この状況だよ」彼はきっぱりと言った。「ぼくが何のことを言っているか、互いに了解していると思うがね」

「さっぱりわからんな」ジェファスンは言い返した。

「もちろんそんな態度を取るなら――！」ロジャーはためらいがちに言った。「でもおそらく、核心に触れるにはちと早いかもしれないな」少し間を置いて彼は言い足した。「しばらく別の面に絞って話さないか？　さてスタンワースだが、ぼくの見るところでは確実にきみの弱みを握っていた。それが正確には何だったか、教えてもらえるかね？」

「教えなきゃならないのか？」ジェファスンはぶっきらぼうに問い返した。「わたし個人のことだぞ。なぜまた首を突っ込みたがるんだ？」

「そんな風に言うなよ、頼むから。そんなことではぼくが何をしなければならなくなるか、わかってくれ」

「わかるもんか！　どうするっていうんだ？」

「すべてを警察の手に委ねることになるね、当然」

ジェファスンはぎょっとした。「何だと、それはだめだ、シェリンガム！」

「やりたくはないさ、もちろん。でもぼくに正直にしゃべってくれなきゃね。さあ、スタンワースとの関係を有り体に話してくれないか。きみの手間を省くために言ってもいいが、同様の事実はもうつかんでいるんだ――その、この件に係わるレディのね」

「まさか！」ジェファスンは驚きも露に叫んだ。「それじゃ、話さなければならないと言うなら、そうするしかないんだろうな。でもまったく何の関係が――いったい！」

彼は椅子の背にもたれ、目の前の書類をぼんやりともてあそび始めた。

「事情はこうだ。わたしの連隊はインドにいた。友人とわたしは同じ娘を好きになった。二人の間に敵意などなく、ずっといい友人だった。彼女の愛を得たのは友人の方だった。彼はすぐにでも結婚したかったのだが、もちろん金に困っていた。皆がそうだった。彼にも多額の借金があった。その愚か者は他人の口座から小切手を振り出した。偽造と言ってもいい。まったく馬鹿なことだ。ばれるに決まっている。大変な騒ぎになったが、何とか外に漏れないようにした。彼がわたしのところへ告白しに来て、いったいどうしたらいいのかと尋ねた。まだ誰がやったのか発覚してはいなかったが、もしそうなったら彼はおしまいだった。その娘も何もかも失う。彼女は心から彼を愛していたが、真っ正直な人間だった。不名誉には耐えられなかっただろう。さあ、わたしに何ができた？　ただ手をこまぬいて見ているわけにはいかなかった。大佐のところに行って、その忌々しい行為を自分がやったと言ったんだ。わたしにできる唯一のことだった」

「何と男らしいんだ！」ロジャーは思わず感嘆の声を上げていた。

「男らしいものか！　彼だけのためならやらなかった。その娘のためを思っていたんだ」

「そしてどうなった？」

「ああ、その件は極力もみ消されたよ。わたしはもちろん除隊願を提出したが、起訴はされなかった。そしてあの畜生のスタンワースが、どこからかその噂を嗅ぎつけて、その処分されていなかった小切手も、うまいこと手に入れたんだ。奴にとってはもちろん、まさしく天からの賜物さ。この仕事を引き受けるか、警察にすべてを通報されるか、二つに一つだと言われたよ。他に道はない。仕事を受けるしかなかった」

「だがなぜ奴は、きみを秘書にしたがったんだ？　そこがわからないんだ」

「簡単なことさ。わたしが知っているような人々の間に、入り込みたかったんだ。奴の社交上の後ろ盾ってわけさ。もちろん不愉快極まりない仕事だったが、どうすることができた？　その上、仕事を引き受けた時には、奴について何も知らなかった。ただの成り金商人で、ゆすりの方面で犠牲になったのは、わたし一人だと思ってたんだ。もちろんすぐにわかったが、すでに後戻りするには遅すぎた。これで全部だ。気が済んだか？」

「すっかりね。聞き出さなくてはならなかったのは申し訳ないが、わかってくれるだろう。しかしきみを責めることなど到底できないよ。自分でも同じことをしただろうからな。でもきみの口から直《じか》に話してもらいたいんだ」

「今話したじゃないか」

「いや、もう一つの方さ」

「もう一つだって？」

「なあ、遠回しな言い方はやめてくれよ。ぼくが言いたいことはよくわかってるくせに。何なら最初の質問に戻ろうか。スタンワースが死んだ夜、きみはどこにいた？」

ジェファスンの怒りによる紅潮がよみがえってきた。

「おい、いいかシェリンガム、これはやりすぎだぞ。誰かに言うなんて夢にも思わなかったことを話したばかりなのに、これ以上個人的なことを穿鑿されてたまるか。これで終わりだ」

ロジャーは立ち上がった。「そんな風に受け取るとは残念だよ、ジェファスン」彼は静かに言った。「他に道はない」

「じゃどうするっていうんだ?」

「全部警察に話す」

「頭がおかしいんじゃないか、シェリンガム?」ジェファスンは怒声を上げた。

「いや、だがぼくを信じないなら、おかしいのはきみの方だね」ロジャーは負けずに言い返した。「ぼくが警察に話したがってるとでも思うのか? ぼくにそうさせようとしているのは、きみなんだぞ」

「あの夜、わたしが何を——何をしていたか言わないからか?」

「決まってるだろう」

短い間があり、二人は互いににらみ合っていた。

「十五分ほど外してくれ」ジェファスンは突然言った。「じっくり考えてみる。まず彼女と相談しなければ、もちろん」

ロジャーはこの申し出に黙ってうなずき、急いで部屋を出た。そして得意満面でアレックを探した。

「だから言ったろう、アレグザンダー」部屋に入ってしまうとすぐに、彼は勝ち誇った声を上げた。「ジェファスンは自白しようとしているぞ!」

「まさか!」アレックは信じられないように叫んだ。

「本当さ。それから他にもいろいろあるんだ。彼にはったりをかけて、ぼくが実際よりたくさんのことを知っているように見せかけたら、他のことも全部話そうとしているんだ。すでに秘密を一つ漏らしている。実際のところ、やっぱりミセス・プラントもグルだったのさ！」

「そんな馬鹿な！」アレックは言い切った。「問題外だよ。彼女が加わっていないことはわかってる」

「くだらないことを言うなよ、アレグザンダー」ロジャーはややいらいらして言った。「なぜそこまで断定できるんだ？」

「なぜって、とにかく彼女は違うと確信してるんだ」アレックは強硬に言い張った。

「でもねえ、ジェファスン君はたった今、ぼくに全部話すかどうか彼女と相談するため退却したところなんだぜ。話さなきゃ警察に言うって脅してやったのさ」

「殺人を犯したとあからさまに責めたんだろうな？」

「いやアレグザンダー、そうじゃない」ロジャーはうんざりしたように言った。「殺人という言葉には触れもしなかったよ。ぼくはただ、スタンワースが死んだ夜に、彼が何をしていたか知りたいと言っただけだ」

「で、彼は答えなかったのか？」アレックはいささか驚いたように尋ねた。

「まったくね。だが他のことはいろいろ話してくれたよ。彼も確かにスタンワースの支配下に置かれていたんだ。全部話している余裕はないが、彼自身にスタンワースを殺すだけの十分な動機があったんだ、たとえミセス・プラント側の動機が入ってこなくてもね。そう、すべては明白そのものさ。どうしてきみがそう疑い深いのか、理解できないね」

「たぶんぼくの方が、きみよりいい探偵だと思うよ」アレックは少し不自然な笑い方をした。

「そうかもな」ロジャーは大して信じていないように言った。彼は腕時計を見た。「さて、戻った方がいいな。紙に書いたジェファスンの自白を見せたら、きみも信じてくれるんだろうか！　どうだい？」

「大いに疑問だね」アレックは微笑んだ。

ロジャーが居間に戻ってみると、ジェファスンはもはや一人ではなかった。ロジャーの驚いたことに、レディ・スタンワースもその場にいた。彼女は窓を背にして立っており、彼が入ってきても目を向けなかった。ロジャーはドアを後ろでそっと閉め、ジェファスンを問いかけるように見た。

当の紳士は時間を無駄にはしなかった。

「この件について我々は話し合った」彼はそっけなく言った。「そしてきみが知りたいことを話そうと決めたんだ」

ロジャーは驚きの声をほとんど抑えることができなかった。なぜジェファスンはこの問題に、レディ・スタンワースを引き入れたのか？　明らかに彼女も係わっている、しかも深く。ジェファスンがミセス・プラントのことを、レディ・スタンワースに打ち明けていたということがあるだろうか？　もしそうなら、どの程度彼女は知っているのか？　おそらく全部だろう。ロジャーは事態が、少なからず気まずいことになりそうだと感じていた。

「うれしいよ」彼は半ば詫びるようにつぶやいた。

ジェファスンは難局をうまく乗り切っていた。何一つ恐れていないように見えるだけでなく、挑戦的ですらなかった。彼はある種の威厳をもって、目下の者の非礼を大目に見てやるという態度を取っており、それが完璧に馴染んでいた。

「だが答える前に、シェリンガム」彼は堅苦しく言った。「このご婦人とわたし自身を代表して、我々は――」

レディ・スタンワースが彼の方を向いた。「やめて！」彼女は静かに言った。「そこまで言う必要はないでしょう。シェリンガムさんがわたくしたちをどういう立場に追い込んだかおわかりでないのなら、その点を長々とお聞かせすることはないわ」

「ごもっとも、ごもっとも」ロジャーはさらに恐縮してつぶやき、妙にしょげ返った。おそらく彼にそんな影響を一貫して及ぼすのは、世界広しといえどもレディ・スタンワースくらいのものだろう。

「わかりました」ジェファスンは頭を下げた。彼はロジャーの方を向いた。「スタンワースが自殺した夜、わたしがどこにいたか知りたいんだったね？」

「スタンワースが死んだ夜だ」ロジャーはかすかに笑みを浮かべて訂正した。

「それなら、スタンワースが死んだ夜だ」ジェファスンはいら立ちを見せて言った。「同じことだ。前にも言った通り、きみに何の関係があるのかさっぱりわからないが、こんな事情だから我々は話すことに決めたんだ。どちらにしろ、事実はもうじき明らかになるだろうからね。わたしは妻と一緒にいた」

「妻と？」耳を疑って、ロジャーは繰り返した。

「そうだ」ジェファスンは冷ややかに答えた。「レディ・スタンワースとわたしは六ヶ月ほど前、密かに結婚したんだ」

26　グリアスン氏、腕試しをする

しばらくロジャーは口が利けなかった。この打ち明け話はあまりに予想外で、想像していたどんなこととも正反対だったので、文字通り息をのんでしまったのだ。その場に棒立ちになって、その圧倒的な驚きをもたらした二人の冷静な人物を、顔から目が飛び出すほどまじまじと見つめるだけだった。

「これがお知りになりたかったことかな?」ジェファスンは丁重に尋ねた。「それとも妻に確かめたいかね?」

「ああいや、その必要はないよ」ロジャーはあえぎ、懸命に自分を取り戻そうと努めた。「ぼくは――ぼくはこんなぶしつけ極まる質問をしたことをお詫びするよ。それから――おめでとう。もし言わせてもらえるなら」

「それはご親切に」ジェファスンはつぶやいた。レディ・スタンワース、あるいは今やレディ・ジェファスンというべき女性は、軽くお辞儀をした。

「もしもうご用がなければ、ハリー」と彼女は夫に言った。「もう少ししなければならないことがあるの」

「いいですとも」とジェファスンは言って、彼女にドアを開けてやった。

彼女はそれ以上ロジャーには目もくれずに出ていった。

「聞いてくれ、ジェファスン」ドアが再び閉まるが早いか、ロジャーは衝動的に叫んだ。「ぼくのことをとんでもなく無礼な奴だと思ってるのはわかってるけど、ちゃんとした真剣な理由がなければ、あんな風に議論を吹っかけたりはしなかったよ。真相が明らかになった今は、どんな理由だったか言うわけにはいかないが、本当にこの上なく重要なことだったんだ」

「ああ、いいんだ、シェリンガム」ジェファスンはぶっきらぼうながら親しげに応じた。「きみが何か隠していることは、うすうす感じていたよ。だが少しきまり悪かったぞ。レディだの何だのと」彼は口をにごした。

「ひどいことを言った」ロジャーは同調した。「実を言うと、思いも寄らない展開だったよ、きみとレディ・スタンワースが結婚していたとは。むしろ、それで事態はずっと複雑になる」

「何かわからないことがあるのか?」ジェファスンは好奇心をそそられたように尋ねた。

「まさにそうなんだ」ロジャーは考え込んで窓の外を眺めた。「スタンワースに――それから彼の行動に関してさ。わかるだろう」と彼はつけ加えた。

「ああ!」ジェファスンは納得したように声を上げた。「では何も尋ねない方がいいだろう。その方面の話はもう聞きたくないからね。すでにあまりにも多くの気の毒な連中が、苦しむのを見てきたんだ」

「それとは違うんだが、でもいいかい」ロジャーは急に振り向いて言った。「もしあと二、三、質問に答えてくれたら、とてもありがたいんだが。もちろん良かったらということだがね。断られても十分納得できるよ。でもこの非常にわかりにくい事態を解明するのに、きみが助けになってくれると思うんだ」

「スタンワースが牛耳っていた誰かを助けられるなら、どんな質問にでも答えよう」ジェファスンは力強く言った。「さあ聞いてくれ」

「どうもありがとう。では最初に、奥方とスタンワースとの関係について、もう少し話してくれないか？　断っても構わないが、進んで話してくれたらすごくうれしいよ」

「でもきみは、その話は知ってると言ったろう？」

ロジャーは自分が指していた婦人《レディ》がレディ・スタンワースでなかったことは、説明しなくてもいいだろうと思った。「ああ、ほとんどのことはね。たぶん」彼は軽い調子で言った。「でも、できればきみからすべて聞きたいんだ。彼女がスタンワースに支配されていたことはわかってるよ、もちろん」彼は暗がりに向かって当てずっぽうに撃ってみた。「でも正確なところは、はっきり知らないんだ」

ジェファスンは肩をすくめた。「ああ、そうだな、そこまで知ってるなら、全部ありのままを知った方がいいだろう。スタンワースは彼女の父親について、あることを嗅ぎつけたんだ。彼の弟が彼女に恋をすると、スタンワースは弟と結婚するか、父親のことを暴露するか、彼女に選ばせたのさ。奴は老伯爵を監獄にぶち込むことができたんじゃないかな。当然彼女は弟を選んだが、ちなみに彼はスタンワースの行状について何も知らなかったと、わたしは思っている。非常に人当たりは良かったが、強い人間ではなかったよ」

「そしてそれ以来、もちろんスタンワースは彼女を意のままにしてきたんだね？」

ジェファスンはたじろいだ。「そうだ」彼は短く答えた。「父親が亡くなった後でさえ、彼女は家族をさらし者にしたくなかったんだ」

「なるほど」ロジャーは考え込んでうなずいた。それではレディ・スタンワースに、義兄を愛する理由などあるはずがなかったのだ。そしてジェファスンは彼女を愛したため、彼女の目的は自然に彼のものとなった。確かに彼には、あのような男をこの世から消し去るだけの動機が、ありあまるほどあった。ジェファスンと妻は、その夜彼がどこにいたかという話をすらすらとでっち上げたのかもしれなかったが、それでもロジャーはすでに、以前ジェファスンの有罪を確信していたのと同じくらい強固に、彼の無罪を信じていた。その態度にはどこか、ごまかしや逃げ口上といったものを、きっぱりとはねつけるようなところがあった。仮に彼が本当にスタンワースを殺していたら、事態がこの段階まで来れば、みずからの失脚を語った時と同じくらい、そっけなく手短に話したに違いないとロジャーは思った。

しかし確信があったとはいえ、ふと思いついた明らかな疑問を尋ねずにすますほど、ロジャーは愚かではなかった。

「なぜきみたちは、結婚を秘密にしていたんだ？」彼は尋ねた。「スタンワースは知ってたのか？」

「いや、もし知ったら決して許さなかっただろう。自分に対抗して結託したものと見なしただろうよ。奴は我々を引き離したがっていた。彼自身の目的のためにね」

「彼が死んだ時の銃声を聞いたか？」ロジャーはいきなり尋ねた。

「いや。二時頃だろう？　その二時間も前から眠っていたよ」

「じゃあ奥方と一緒に寝ていたのか、秘密にしなくてはならなかったのに？」

「彼女のメイドは知っていたんだ。わたしはいつも早朝に自室に戻っていた。ひどく細かく神経を使わなければならなかったが、そうするしかなかった」

「そしてあえて言うなら、スタンワースの死だけがきみたちを自由にできたわけだ」ロジャーはじっと思いにふけった。「好都合だったな？」

「非常にね」ジェファスンは単刀直入に答えた。「彼が何とかして自分を撃つよう、わたしが仕向けたと思ってるんだろう、違うか？」

「ええと、その──ぼくは──」ロジャーは完全に不意をつかれて口ごもった。

ジェファスンはすごみのある笑みを浮かべた。「そういうくだらないことを考えているのはわかっていたよ。きみの話の進め方を見てたらな。まあ、わたしがやっていないのは信じていいよ。単純な理由さ。この世のどんな奴もどんな脅しも、彼にそんなことをさせるのは不可能だったからね。彼がどうしてあんな真似をしたのか、誰にもわからない。わたしにもまったくの謎だ。理解できないよ。だが何とありがたいことか！」

「奴が――殺されたかもしれないとは思わないか？」ロジャーはためらいつつ言ってみた。

「殺された？　いったいどうやって？　この状況では考えられないよ。その上、彼は十分すぎるほど気をつけていたんだ。わたしだって奴を殺したいと思ったさ――何百回となくね！――でも事態をより悪化させるだけだとわかっていたからね」

「ああ、そのことは聞いたよ。利害関係者の宛名を書いた証拠を保管していたんだろう？　誰もがそれを知っていたわけだね？」

「きっとそうだ。彼は繰り返しそれを思い出させてくれたよ。いや、スタンワースは殺されるつもりは毛頭なかったはずだ。だが実際、彼があそこで死んでいて、しかも金庫に鍵が掛かっているのを見た時には、震え上がったよ」

「昨日の朝、ぼくが邪魔した時、きみは金庫を開けようとしていたんだね、もちろん？」

「そう、まさに現場を見つかったわけだ」ジェファスンは残念そうに微笑んだ。「でもたとえ鍵が見つかったとしても、組み合わせは知らなかったよ。ああ、彼のあの手紙にどれだけほっとしたことか。そのことも知ってるんだろう？」

「昼食前に郵便で受け取ったんだな？」

「その通りだ。自殺すると書いてあった。おかしな話だ。訳がわからない。夢のようだよ。生まれ変わった気分だ」

「他にもそう感じている男が大勢いるだろうよ」ロジャーは穏やかに言った。「そして女性たちもだ。奴の活動はかなり広範囲に及んでいたんだろう？」

「おそらく非常にね。でも詳しくは知らないんだ。彼はその手のことは、自分一人のうちにしまっていたからね」

「そしてあの執事だ」ロジャーは思い切って口にした。「すごく強そうな奴だな。スタンワースは奴を用心棒として雇っていたんだろう？」

「ああ、そういうことだろう。だが『雇って』いたと言えるか疑問だな」

「どういうことだ？」

「彼もわたし同様、雇われていたわけではなかったんだ。つまり我々は、給料をもらって仕事をしていたが、どちらも辞めることのできる雇われ方ではなかったということさ」

ロジャーはそっと口笛を吹いた。「おやおや！　するとグレイヴズ君も被害者の一人というわけか？　彼の場合、どういう事情だったんだ？」

「詳しいことはわからないが、スタンワースは奴を絞首台に送ることができたんじゃないかな」ジェファスンは淡々と語った。「そうする代わりに、きみの言うように用心棒として雇ったのさ」

「なるほど。ではグレイヴズも、彼を慕う理由などあまりなかったということだね？」

「後々何が起こるかわかっていなかったら、グレイヴズはスタンワースを十分と生かしておかなかっただろうよ」

ロジャーはまた口笛を吹いた。

「いや、本当にありがとう、ジェファスン。知りたいことはこれで全部だと思うよ」

「スタンワースが自殺するよう仕向けた人間を探そうとしているなら、時間の無駄だと思うね」ジェファスンは忠告した。「やれたはずがない」

「ああ、もうちょっと探りたいことがあるんだ」ロジャーは部屋を出るところで微笑んだ。

彼は二階へと急ぎつつ、時計を見た。四時五分前になろうとしていた。彼はアレックの部屋へと続く廊下をバタバタと走った。

「荷造りは終わったかい？」彼はドアから覗き込んで尋ねた。「よし、じゃぼくが荷造りする間、部屋に来てくれよ」

「それで？」再びロジャーの寝室に落ち着くと、アレックは皮肉っぽく問いかけた。「ジェファスンは自白書を書いたかい？」

ロジャーは椅子の上にスーツケースを広げながら、手を止めた。

「アレック」彼は重々しく言った。「ぼくはジェファスンに詫びないといけない。どれだけ詫びても足りないくらいだがね。彼のことではぼくはどうしようもなく間違っていて、きみはどうしようもなく正しかったよ。彼はスタンワースには指一本触れていない。我々のちっぽけな謎をぼくがどんなに鮮やかに解き明かしたかを考えると、彼にはまったく腹が立つよ。でも事実は事実だ」

「ふむ！」とアレック。「ぼくは『だから言ったろう』とは言わないよ。だってきみにとって、これがどんなに腹立たしいことかわかってるからね。でも思いきりそう考えてることは、言ってもかまわないだろうね」

「ああ、そして何が癪にさわるといって、きみには十分にその資格があるってことだよ」ロジャーはパジャマをスーツケースに放り込みながら言った。「心底うんざりだ」

「でも彼の位置に取って代わる人物は、もう見つけてるんだろう?」

「いやまだだ。頭に来るじゃないか? でもぼくが探り出した重要な事実を、一つ教えてあげるよ。あの執事には、スタンワースが害悪を垂れ流していたのを遺憾に思う理由が、他の連中に劣らずあったんだ」

「本当かい? へえ! でも待ってくれ、どうしてジェファスンがやってないとわかったんだ」

ロジャーは説明した。

「現実の確固たる証拠は、あまりないかもしれないがね」と彼は締めくくった。「でも我々偉大な探偵は、証拠の上を行くのさ。我々が研究しているのは心理学で、ぼくはジェファスンが真実を語ったと全身で感じたんだ」

「レディ・スタンワースが!」アレックは言った。「信じられない!」

「勇気ある男もいるもんだよな? でもきっと素晴らしい奥方になるだろうよ。こういう場合、こんな風に言うのがふさわしいんだろうね。しかし真面目な話、アレック、またしても壁にぶつかってしまった。この件はきみに任せようと思うよ」

「そうしてくれ」アレックは予想外の勢いで応じた。「誰がスタンワースを殺したか、教えてあげるよ」

ロジャーはパンパンにふくらんだスーツケースの蓋を閉めようという努力を中断し、驚いて顔を上げた。

「きみがかい？　じゃ誰がやったんだ？」

「スタンワースの脅迫にあっていた誰か未知の被害者さ、もちろん。すべて理屈に合うよ。最初ぼくらは、謎のよそ者を捜してただろう？　そしてそいつが強盗だと思った。その強盗をゆすり屋の被害者に置き換えると、さあどうだ。そして彼は証拠を焼き捨ててしまったし、スタンワースの脅迫のリストに誰が載ってたのかぼくらには知りようがないのだから、彼の正体は永遠にわからない。何もかもすっかり明らかだと思えるね」

ロジャーは再び、手に負えないスーツケースに取りかかった。「でもなぜぼくらは、強盗説を捨てたんだっけ？」彼は問いかけた。「それを見落としてないか？　一番の理由は、あの足跡が消えていたからだぞ。このことは犯人が家の中から来たか、屋敷内に共犯がいるってことを意味してるんだ」

「それには賛成できないな。なぜ、どうやって足跡が消えたのか、ぼくらにはわかってないじゃないか。ほんの偶然かもしれないぞ。ウィリアムが花壇を掘り返したのかもしれないし、誰かが足跡に気づいてならしたのかもしれない。考えられる解釈はいくらでもあるよ」

ため息とともに、ロジャーは格闘していた鍵を締めることができた。丸めていた背を伸ばし、ポケットからパイプを取り出した。

「ぼくはちょっとしゃべりすぎた」彼は告げた。

「ええっ、まさか！」耳を疑ってアレックは叫んだ。

「そして少し考えごとに時間を使ってもいい頃だ」話の腰を折られても、構わずロジャーは続けた。「急いでお茶に行けよ、アレグザンダー。もう十分も遅刻してるぞ」

「で、きみはどうするんだ？」

「残り二十分、裏庭に行って猛スピードで考えるよ。そうしたら列車の中で、きみと話す用意ができるだろう」

「ああ、きっとそんなことだろうと思ったよ」二人で廊下に出ながら、アレックは乱暴に言った。

27　シェリンガム氏、的に命中させる

車が正面玄関に着き、パーティの他の参加者たちがすでに石段で別れの挨拶をしている時になって初めて、ロジャーは再び姿を見せた。彼のいとま乞いはいきおい、少々慌ただしくなった。しかしこれはおそらく、まったく計算していなかったわけでもないだろう。ロジャーはレディ・ジェファスンの目の前で、ぐずぐずしていたくはなかったのだ。

しかし彼女の夫とは温かい握手をがっちりと交わし、別れ際の二人の態度は、とりたてて例

の話に触れなくとも、ジェファスンに彼の秘密は守られることを十分確信させるものだった。寡黙なジェファスンは、返礼をするのにほとんど感極まっていた。

駅に着くと、ロジャーは一人で切符の購入を取りしきり、ミセス・プラントを手際よく禁煙客車に案内して、彼とアレックが吸おうとしている葉巻は、パルファン・ジャスミンの微妙な香りを台無しにするだろうからと説明した。車掌との短いが愉快なやり取りがあり、小銭が手渡され、彼らの喫煙者用一等客車のドアには鍵がしっかり掛けられた。

「これで途方もなく面白かった、短い訪問は終わったわけだ」ロジャーは汽車が出発するとすぐ感想を述べ、隅っこに居心地よく寄りかかって脚を座席に乗せた。「まあ全体的に言って、ロンドンに戻るのは悪くないね、田舎もそれなりにいいものだけど。田舎の良さを正しく味わうには、少しずつ体験するに限るとぼくはいつも思ってるのさ。そう思わないかい、アレック?」

「いや」とアレック。

「あるいは汽車の窓から、ゆったりと眺めるのはいい」とロジャーは続け、通り過ぎていく田舎の風景に向かって、観賞するように手を振った。「野原、森、小川、大麦畑――」

「あれは大麦じゃない、小麦だ」

「――大麦畑、木々――心が躍るね、アレグザンダー君! でもこんな風に素晴らしい風景が一瞬目に入り、脳に焼きついた後、また別の、同じくらい素晴らしい風景が飛び込んでくるという方が心躍るだろう。例えばあの大麦畑の――」

「小麦だ」

「――大麦畑のどれかのまん中に置かれて、次にビールにありつけるまで、照りつける日差しの下を十マイルは歩かなければならない状況よりはね。そう思わないか?」

「いや」

「賛成しないと思ったよ。でも考えてみろ。日光を純粋に美学的見地から捉えれば、きみの言う通りに違いないが――」

「いったい何の話をしているんだ?」アレックはやけになって尋ねた。

「日光さ、アレグザンダー」ロジャーは穏やかに応じた。

「なあ、頼むから日光の話なんかやめろよ。教えてくれ、あれから何か進んだのか?」

ロジャーは明らかに、相手をいら立たせる態度に出ていた。

「進んだって、何が?」彼はぽかんとして言った。

「スタンワースの一件に決まってるじゃないか、この馬鹿!」いきり立ったアレックは叫んだ。

「ああ、そう、もちろん。スタンワースの一件だね」ロジャーは何食わぬ顔で答えた。「今のはどうだった、アレック?」彼は急に口調を変えて問いかけた。

「今の、って何だい?」

「ぼくが『進んだって、何が?』って聞いた時さ。無表情で、何も知らないという風だったかい? 名探偵はいつもそうするだろう。この段階まで進むといつだって、取り組んでいる事件のことはすべて忘れた振りをするんだ。どうしてそんなことをするのか、今まで考えてもみなかったけど、これこそ間違いなくこの仕事の正しい作法なんだよ。ところでアレック」彼は優しくつけ加えた。「きみは自分の役割を、とてもうまくこなしたね。頭の悪い友人はいつも、そんな風にいらいらして怒りっぽく叫ぶんだ。ぼくらは理想的なペアになると思わないか？」

「ペチャクチャしゃべるのはやめて、スタンワース殺しについて少しは進んだのかどうか、教えてくれないか？」アレックは粘り強く問いつめた。

「ああ、それか」ロジャーはわざと無頓着に言った。「きっかり四十三分前に解決したよ」

「何だって、何だって？」

「謎はきっかり四十三分前に解決したって言ったのさ。もちろん何秒か余計にかかってるけどね。なかなか面白いちょっとした問題だったよ、我が親愛なるアレグザンダー・ワトスン、でもいったん要件の核心部分をつかんだら、馬鹿馬鹿しいほど簡単だったね。なぜだか不思議なことに、前にはそいつを見逃していたらしい。だがきみがこの事件について書くことになったら、そのあたりは省いてくれよ。でないと、偉大な皇帝のために盗まれた宝冠を取り戻すという、次の仕事をものにできないからね」

「解決したのか？」アレックは疑わしそうにうなった。「前にもそんなことを聞いた気がするけどね」

「ジェファスンのことかい？　そう、あそこで判断を誤ったのは認めるよ。でもこれはまったく違う。今度こそ本当に解決したんだ」

「へえ？　じゃ聞かせてもらおうじゃないか」

「それはもう喜んで」ロジャーは心から応えた。「ちょっと待ってくれ。どこから始めたらいいかな? そうだな、ミセス・プラントとジェファスンから何とかして聞き出した、本当に重要なことは聞かせたよな? 一つを除いては」ロジャーは驚くほど突然、ふざけた態度を改めた。「あのスタンワースは、ぼくが知っている中でも断然ひどい悪党だよ。きみに言わなかったのは、奴がミセス・プラントに、二百五十ポンドを作るのに三ヶ月与えたことだ。そしてそれまでに用意できない場合、彼女のように可愛い女なら、金を手に入れるのに何の造作もないだろうとほのめかしたんだ」

「何てことを!」アレックは息をのんだ。

「その上、彼女がうまくやったら金を巻き上げられるような、裕福な男性に紹介しようとさえ言ったんだ。ああまったく、銃殺なんてスタンワース爺さんには安楽すぎる死に方だよ。そして手を下した人物は、民衆の恩人として喝采を浴びるべきだ。感謝してしかるべき国家によって絞首刑にされるんじゃなくね。警察に引き渡したら、間違いなくそうなるわけだが」

「物語の因果応報の原則を、法律に期待してはいけないよ」アレックは反対した。

「どうしていけないんだ」ロジャーは言い返した。「しかしまだ、そこまでは踏み込むまい。さて、ぼくが考えるにこのスタンワースの事件には、主に二つの難点があった。まず第一に、当初は彼を殺す明確な動機が見当たらなかった。後に彼の正体を見破ってからは、多すぎるほどだったがね。家中の人々、ミセス・プラント、ジェファスン、レディ・スタンワース、執事(ところで奴はすでに、つつましく殺人を犯していたらしいね、ジェファスンから聞いた話によると。それがスタンワースに握られていた弱みだったんだ）――全員にそれぞれ彼を殺す理由があったんだ。そして事件は、誰がやったかを証明するよりも、消去法によって、やらなかった人間を見つけ出すという局面になってきた。そのようにしてぼくはやっとのことで、ミセス・プラント、ジェファスン、レディ・スタンワースを除外した。だが家の中で、実際にぼくらの目の前にいた人たち以外にも、まだいたんだ――いったい何人に上るのかは神のみぞ知るだよ！――どこにいるのか、ぼくらがまったく知らない人々が。他の被害者たちだ」

「するとそういう人たちは大勢いたのかい？」

「スタンワースの仕事は、かなり広範囲に及んでいたと思うね」ロジャーは皮肉っぽく答えた。「いずれにしろ、ぼくはある程度まで範囲を狭めることができた。それからもう一度、ぼくらが集めた証拠を見直してみたんだ。ぼくが自分に問い続けていたのはこうだ――ある特定の人物をはっきりと指し示すようなものが一つでもあるのか、そしてその人物は、男性なのか女性なのか？」

「女性？」アレックは驚いて繰り返した。

「そうとも。あらゆることに反しているが――例えば花壇の足跡とかね――ぼくはまだ、女性が係わっているという可能性を残しておいたんだ。まるっきりあり得ないように思えたが、わずかな可能性でも見落とすことはできなかった。そうしておいて幸運だったよ。だってそのおかげで、やっと正しい答えに行き着くことができたんだからね」

「ほう！」

「ああ。飲み込みが悪かったのは認めなきゃいけないな、真実はずっと目の前にあったのに、見つけられなかったんだからね。いいかい、すべての謎を解く鍵は、あの夜書斎に、二人目の女性がいたということなんだよ」

「どうしてそんなことがわかるんだ？」アレックは仰天して尋ねた。

「長椅子の上で発見した髪の毛からさ。きみも覚えている通り、ぼくはそれを封筒の中に入れ、ミセス・プラントのだと思ってたちまち忘れてしまった。ついさっき庭で突然、そんなはずはないと思いついたんだ。ミセス・プラントの髪の方がずっと黒っぽい。もちろん、それがまったく新たな推理の領域を開いてくれたよ」

「本当か！」

「そうさ、驚いただろう？」ロジャーは穏やかに言った。「それがぼくの脳みそを野火のように駆り立てたことは、言うまでもない。そして五分後、すべてがすっかり明らかになったんだ。もちろん、いくつか細かいことについてはあやふやだけどね、でも大筋は十分はっきりしてるよ」

「つまり、二人目の女性が誰だか考えついたんだな」

「考えつくまでもない。すぐに誰だかわかったよ」

「誰だ？」アレックは熱意を隠そうともせずに問いつめた。

「ちょっと待ってくれ。もうすぐだから。さてそれからぼくは、あれこれ辻褄が合うよう考えはじめた。すでにその男自身の外見については、かなりはっきりした考えを持ってたんだ」

「へえ、それじゃやっぱり男なのか？」

「ああ、まさしく男だよ。実際に殺したのが男だということに、疑いの余地はまったくない。格闘があったはずだし、そこまで屈強な女性はいないだろう。スタンワースはひ弱な方じゃなかったから、そいつは力が強く、たくましいタイプの男だという事実が導かれる。足跡と花壇を横切っていた歩幅の広さからすると、背の高い大柄な男だ。一つ一つを巧みに処理したことから考えて、彼には抜け目なさも大いにある。あの窓の鍵を締めていったやり方からして、格子窓の扱いに十分慣れていることは明白だ。さあ、これらのことすべてから、いったい何がわかる？　ぼくには明らかだと思えるね」

　アレックは話している相手をじっと見つめ、一言一言を熱心に聞き入っていた。「きみが何を言いたいか、わかったと思うよ」彼はゆっくりと言った。

「そうだろうと思った」ロジャーは朗らかに言った。

「もちろん他にも、謎に決着をつけるものはあった。例えばあの足跡が消えたことだ。あれは自分が何をしているかはっきりわかっている者が、やったに違いない。そしてそれは、屋敷内の男物のブーツを全部、あの足跡に合わせてみようとぼくが言ったのを、聞いていた誰かさ。覚えてると思うけど。もちろんそのせいで、最初はジェファスンだと確信してしまったんだ。書斎のドアからこっそり出ていくところをぼくらが見かけたのは、ジェファスンに違いないという結論に飛びついてしまったからね。その後はずっと、多かれ少なかれ、ジェファスンのことがぼくの頭にはあった」

「ぼくは一生懸命、その線からきみを引き離そうとしたよ」アレックはかすかに笑いながら言った。

「ああ、そうだったね。ぼくがあれほど頑固に彼にこだわっていたのは、きみのせいじゃないよ」

「きみがうっかり踏み込んで失敗するのを、何とか止めようともしたんだよ、覚えてるかもしれないけど」

「わかってる。そうしてくれてよかったと思うよ。きみがあれほど口やかましく言ってくれなかったら、彼にいろんなことをもっとむき出しにぶつけていただろうし、そうしたらひどく厄介なことになっていただろうね」

「それで」アレックはゆっくり言った。「おそらくきみは今、ついに真相にたどり着いたわけだが、これからどうするつもりかい?」

「どうするかって? 忘れるのさ、もちろん。ぼくの意見はたった今話しただろう。スタンワースを殺した男は、民衆の恩人として喝采を浴びるべきだって。残念ながらそれは無理な話だから、次善の策は、スタンワースが結局自殺なんかしてなかったことを、できるだけきれいさっぱり忘れることさ。他のみんなが信じてるようにね」

「ふむ!」とアレックは言って、窓の外を眺めた。「驚いたな! 本気なのか?」

「本気も本気だ」ロジャーはきっぱりと言った。「こんな状況では、他の選択は馬鹿げてる。もうそっちの方の議論はなしにしよう」

少し間があった。

「その――二人目の女性だが」アレックはためらいがちに言った。「どうしてそこまではっきりと断定できたんだ？」

ロジャーは胸ポケットから封筒を取り出して開き、そっと髪の毛を出した。しばし膝の上に置いて、無言でじっと見つめた。それからいきなりつまみ上げて、開いていた窓から投げ捨てた。

「重要な証拠の一つがこれで消えた」彼はにっこり笑って言った。「そう、一つにはあんな色合いの髪を持つ人物が、屋敷内では他にいなかったということさ」

「そうだろうね」アレックは答えた。

また少し沈黙があったが、今度はやや長かった。

それからロジャーは連れを興味深げに眺めて、ごくさりげなく言った。

「生まれつきの好奇心を満足させたいだけなんだが、アレック、本当のところどうしてきみはスタンワースを殺したんだい？」

28 本当に起こったこと

アレックはしばらく靴の爪先を見つめていた。それからやにわに顔を上げた。「本当のところ、殺人ではなかったんだ」彼はぼそりと言った。

「もちろんだよ」ロジャーは賛成した。「有益な処刑だったのさ」

「いや、そういう意味じゃない。ぼくが言ってるのは、スタンワースを殺さなければ、おそらくぼくの方が殺されていただろうってことさ。部分的には正当防衛でもあるんだ。これから洗いざらい話すよ」

「ああ、実際には何が起こったのか、ぜひ聞かせてほしいね。ぼくに話してもいいと思ったらだが、もちろん。無理に聞き出そうとは思わないよ——その二人目の女性についてはね」

「バーバラのことかい？　いや、彼女の名誉を傷つけることは何もないし、きみは真実を知るべきだと思うよ。ぼくはずっと、自分がやったことをもしきみが見つけ出したら、全部話すつもりだった。それにもちろん、きみが何か思い切った一歩を踏み出したら、例えば警察に話すとか、ジェファスンを逮捕させようとかした場合にもそうするつもりでいた。だから、そんなことをする前にぼくに教えてくれるよう約束させたんだ」

「そうだったね」ロジャーは合点がいったようにうなずいた。「多くのことが今になって見えてきたよ。どうしてきみがあんなにしり込みしていたのか、あれほど熱が入っていなかったのか、何にでも冷水を浴びせかけ、無関心を装い、疑う余地もなくぼくが証明してみせたにもかかわらず、殺人があったことをまったく受け入れなかったのか」

「ずっときみを正しい道から逸らせようとしていたんだ。きみが見つけ出すとは本当に思ってもみなかったよ」

「たぶんあの髪の毛の重要性が最後に見えてこなかったら、わからなかっただろうよ。その後は何もかも、次から次へとひらめいたんだ。その時になっても、突然頭の中である二枚の写真が現像されなかったら、あれほど確信をもって真相にはたどり着けなかったかもしれない」

「きみの方の話を全部聞かせてくれよ。そうしたらぼくの話をするから」

「いいとも。言ったように、あの髪の毛こそすべてを解く手掛かりだった。庭に出ていた時、ぼくはごく何気なくあれをポケットから取り出して眺めた。すると突然、明らかにこれはミセス・プラントのものではない、ならばいったい誰のものなのかという疑問が湧いたんだ。それでまじまじと見つめたよ、実際の話。するととにかく色から見ればバーバラの髪の毛に非常に似ているという、二つ目の思いつきが浮かんだんだ。そして最初の写真が頭の中をよぎった。昨日の昼食前、グレイヴズが郵便物を選り分けていた図だ。彼が持っていたのは三通だけで、見た目は皆同じだった。同じ形の封筒にタイプで住所が打ってあった。一通はミセス・プラント宛て、一通はジェファスン宛て、そしてあと一通はバーバラに宛てたものだった。初めの二通はもうすでに説明がつくが、今説明したいのは三通目だ。翌朝のバーバラの隠しようのない興奮ぶり、同時にこれといった理由もなくきみとの婚約を破棄した事実から見て、ことは明らかだよ――バーバラもあの夜書斎にいて、何らかの理由で気の毒な娘はスタンワースの手中にあったんだ」

「彼女は違う」アレックは割って入った。「それは――」

「わかった、アレック。それは自分の番で話せばいい。まずぼくに最後まで話させてくれ。さてそこまでわかったところで、当然ぼくは自問したよ――これはスタンワースの死の謎にどんな光を投げかけるのか？　誰か特定の人物を指しているのか？　答えははっきりしていた。ミスター・アレグザンダー・グリアスンだ！　最初息が止まったよ、本当に。だがその考えに慣れてきたら、どんどんわかってきた。まず最初にきみの一貫したやる気のなさ、それが非常に重要な様相を帯びてきた。それからぴったり当てはまるきみの背の高さと力強さ、さらにきみが少年時代のほとんどを過ごしたであろうウスターシャーの家を知っているが、格子窓がたくさんあったから、扱う要領は心得ているだろう。実際、ここまではこれでよしだ」

「でも足跡についてはどうなんだ？　あれはかなりうまくやったつもりなんだが。いやまったく、きみがあれを発見して、あの夜ぼくが書斎を脱出した方法まで見つけ出した時の衝撃を思い出すよ。あれは絶対につきとめられないと思ったのに」

「ああ、数分間悩みに悩んだよ。ぼくが運転手と話している間、きみがパイプを取りに戻ったのを思い出すまではね！　二枚目の小さな写真が浮かんだのはその時だよ。書斎にいたのは誰かぼくらが見つけようとした時のことだけど、きみが小道に戻ったすぐ後の花壇の光景が、頭をよぎったんだ。きみがつけてしまった新しい足跡をならして消す前の光景だよ。古い足跡と新しい足跡は、完全に同じだったんだ。思うにその時も潜在意識では気づいていたんだけど、それがいかに重要かはわかっていなかったんだろうな」

「ぼくは気づいていた」アレックは顔をしかめて言った。「一瞬ひやっとしたよ」

「その後はありとあらゆる細かいことが頭に浮かんできたよ」ロジャーは続けた。「集めた事実を一つ一つ試してみると、どの問題も今やはっきり説明がついた。例えばあの手紙だ。投函されたのは五時から八時半の間だとわかっていた。そしてぼくは八時にきみが村から戻ってくるのを目撃している。現にきみは手紙を出してきたとまで言ったんだからな！」

「あの場面では、とっさに他にうまい言い訳が思いつかなかったんだ」アレックは苦笑した。

「ああ、しかしぼくときたら馬券屋の件を穿鑿していたんだからな。それからミセス・プラントを共犯者として考えるのを、きみが懸命に止めようとしていたこともある。彼女とスタンワースのことはずっと知っていたんだろう、違うかい？」

アレックはうなずいた「彼らが話し合っていた時、そこに居合わせたんだ」彼はあっさり言った。

「まさか！」ロジャーは驚いて叫んだ。「思ってもみなかったよ。彼女はそんなこと何も言ってなかったぞ」

「彼女は知らなかったんだ。すっかり話すよ。きみの方からはまだ何かあるかい？」

ロジャーは考えた。「いや、もうないと思うね。きみはどうやってか、スタンワースがバーバラをゆすっているのを知り、そのまま猛然と乗り込んでいって、まっとうな男がきみの立場にあったら誰でもやったように、奴を撃ったとにらんでるんだが。要点としてはそういうことだ」

「そうだな」アレックはゆっくりと言った。「実際はそれよりもう少しあるんだ。最初から話した方がいいだろうね。知っての通り、バーバラとぼくはあの日の午後婚約した。まあきみもわかると思うが、そういうことは男をそわそわさせるものなんだ。とにかくその夜ベッドに入りはしたが、とても眠れそうになかった。しばらく頑張ってはみたが、やがてどうしようもなくてあきらめ、部屋を見回して本を探した。特に読みたいようなものもなかったので、書斎にそっと降りていって一冊持ってこようと思ったんだ。もちろん皆寝静まっているものとばかり思っていたから、わざわざガウンを羽織ろうとはせず、パジャマのままで降りていったよ。踊り場やホールは真っ暗だったが、驚いたことに書斎に着いたら、すべての明かりがこうこうと灯っていた。それでも中には誰もいなくてドアも開いていたので、入っていって本棚を見はじめた。その時紛れもない女性の足音が近づいてきた。そんな姿を見られたくはなかったので、サッシ窓の前にかかった分厚いカーテンの陰にさっと隠れ、腰掛けに座ったまま、その人が誰だろうと去ってくれるのを待った。その人もぼくと同じように本を探しに降りてきて、やはりおそらく寝間着姿だろうと思ったんだ。深い考えがあったわけじゃない。気まずい場面に陥るのを避けたかっただけなんだ」

「ごく自然なことだよ」ロジャーはつぶやいた。「それから？」

「カーテンの隙間から覗くと、その人がミセス・プラントだとわかった。まだイブニングドレスのままで、なんだか心配そうな様子だった。実のところ、とても心配そうだった。あてもなく部屋の中をうろうろしはじめ、ハンカチをひねくり回し、少し泣いていたように見えた。そしてスタンワースが入ってきたんだ」

「ああ！」

アレックは躊躇した。「誇張やお涙頂戴の話はしたくない」彼は少しぎこちなく話を続けた。「でもその後起こったような光景を、二度と見ないで済むよう神に祈るよ。ロジャー、まったく耐えがたかったよ！　どうして、カーテンから飛び出してスタンワースの喉につかみかからずに、じっとしていられたのかわからない。でもそんなことをすれば、事態をますます悪くするだけだとわかるくらいの分別はあった。女性が苦悶するところを見たことがあるかい？　ああ、本当に胸が張り裂けそうだったよ。あんな、言葉では言い尽くせないほどの獣になれる男がいようとは、思ってもみなかった」

彼は言葉を切ってぶるっと震え、ロジャーはそんな彼を共感を込めて見た。冷静なアレックがここまで感情をむき出しにするとは。その場の悲惨さがロジャーにもわかりはじめていた。

「何が起こったか大筋は知ってるだろう？」アレックはやや落ち着きを取り戻して言った。

「ならば細かいところまで言う必要はないな。哀れな彼女は情けを請い、泣いたが、スタンワースには何の効き目もなく、石像も同然だった。奴はただあの悪魔のような冷笑を浮かべ続け、無駄に騒ぎ立てるなと言っただけだった。それから奴はきみが言った通りの提案をし、一瞬ぼくは激怒しそうになったよ。彼女の方は、それで完全に打ちのめされた。ただへなへなと長椅子にくずおれて、何も言わなかった。数分後彼女は立ち上がり、よろめきながら部屋を出ていった。そしてぼくは、隠れ場所から姿を現したんだ」

「そうこなくちゃ」ロジャーはつぶやいた。

「まあもちろん、この頃にはぼくにもどういう状況かわかっていた。スタンワースがどんな奴で、脅迫相手に関する証拠をどこにしまっているかもね。自分が何をしようとしているか、よくわかってはいなかったが、何かしなければいけないのははっきりしていた。ところで、奴は最初ちょっと驚いたようだったが、見事に自分を取り戻し、ひどく辛辣で皮肉な態度になった。ぼくは今見たようなことには我慢できない、すべて打ち切ってさっき話していた証拠を全部ぼくに焼き捨てさせなければ、まっすぐ警察に行って、何もかもしゃべると言ってやったんだ。奴はこの話を大いに面白がったようだった。そしてそんなことをすれば、その人たちが隠しておくために金を支払っていることが皆、表沙汰になってしまい、彼らはもっと苦境に立たされることになると指摘したんだ。そんなことは考えもしなかったから、一瞬ぼくはたじろいだ。そして、ならば一人で金庫を開けると言ったんだ。たとえ鍵を手に入れるために奴を叩きのめすことになってもね。彼はただ笑って鍵をテーブルの上に放り投げた。『そいつが金庫の鍵だ』彼は言った。『きみがもし組み合わせを知らないとしたら、どうやって開けるつもりなのか見当もつかないが、そういう不測の事態への備えも間違いなくできてるんだろうな』もちろんこの言葉でぼくは再びためらったが、返事をする前に誰かが階段を降りてくるのが聞こえたんだ。『ああ！』彼は言った。『すっかり忘れていた。今夜はもう一人客が来ることになっていたんだ。どうやらきみはわたしの仕事に掛かり合ってしまったようだから、せめてわたしにできるのは、この話し合いにご招待することだな。そのカーテンの陰にまた隠れろ。これからの十五分間はさぞ面白いだろうよ』

ぼくは、足音がホールを横切りはじめてもまだためらっていたが、奴はぼくの腕をつかんでうなるようにこう言った。『さっさと消えろ、この馬鹿が。お前を見たら彼女にとって、ことは十倍も悪くなるというのがわからないのか？』

その時になってもぼくは、彼の言っている意味がわからなかったけれど、彼の言葉には何か含みが感じられたので、ぎりぎりの瞬間に何とかカーテンに隠れることができた。ドアが開いて部屋に入ってきたバーバラを目にした時の、ぼくの気持ちを想像してもらえるだろう」

「ぞっとするね！」ロジャーは感情を込めて叫んだ。

「ぞっとする！　そんな生易しいものじゃなかったよ。まあその後何が起こったか、詳しくは語るまい。実際そんな必要はないし、人の秘密を無用に暴くだけだからな。スタンワースがある情報を――その、ミセス・シャノンに関して、つかんでいたといえば十分だろう。それが何かすらぼくは知らないんだ。彼はこれ見よがしに机からリボルバーを取り出し、金庫を開けて二、三枚の紙を見せ、彼女が手に取らなくても読めるようにつかんでいた。それから、よく話し合うために長椅子に座るよう彼女に言い、その間ずっとリボルバーを目の前の机に置いたままにしていた。バーバラは腰を下ろし、真っ青で怯えているように見えたよ、かわいそうに。でもスタンワースが何を狙っていたか、まだ少しもわかっていなかった。彼は長くは待たせなかったよ。ただ椅子の背にもたれて穏やかに、自分の望みに従わなかったら、今見せたばかりの情報を公にすると教え、そして平然と条件を示しはじめたんだ。

まったく、ロジャー、ぼくは自分を抑えるのが大変だったよ。奴は何を要求したと思う？ 自分の目的は金だとあからさまに語り、続けて奴が満足できるほど彼女自身が裕福でないのは、よく承知しているとも言ったんだ。だから奴が時おり求めるちょっとした額を払えるよう、一ヶ月以内にぼくと結婚しなければならない。彼女さえいいと思えば、ぼくに話そうが話すまいが構わない。奴にとってはどうでもよかったんだ。もし断れば彼女と母親は、その結果を甘んじて受けなければならないだろうと言ったのさ。

もちろんきみには、奴の狙いがわかるだろう。ぼくだったんだ！ 実質的にはぼくに対して、もし彼女と結婚しなければ、そして奴の脅迫に金を払わなければ、愛する娘の母親に恥をかかせ、破滅させると言っていたんだ。実に巧妙な罠じゃないか。ちなみに奴はぼくへのいましめとして、肉体的に自分を傷つけようとしても無駄だと指摘したよ。危険な状況に陥るし、奴が金庫を開ける時は必ず弾を込めたリボルバーを持つんだからね。しかも必要とあらば、それを使うのに一秒とためらわないだろうよ。

ところで、バーバラはまるで王侯貴族のように振る舞った。実際あからさまに、いいかげんにしてくれと言ったんだ。この件にぼくを巻き込む気は毛頭ない、彼がそんな卑劣なやり方を取るなら、自分と母親は何が来ても受け止めるつもりだ、ただし二人だけでとね。ああ本当に、なんて彼女は素晴らしかったことか！　どんなひどいことでもやるがいいときっぱり言い放ち、翌朝にはぼくとの婚約を解消すると言ったんだ。それから頭を昂然と上げ、座ったままの彼を残して、部屋をさっそうと出ていった。涙も哀願もなかった。ただ圧倒的な軽蔑だけがあった。ロジャー、実に驚くべき女性だよ！」

「そうだとも」ロジャーは簡潔に言った。「それからどうなった？」

「ぼくは再び出ていった。その時ぼくは、スタンワースを殺すつもりだったと思うよ。これ以上事態を悪化させずにやれるならね。だってほら、彼が自分の手中に捕らえた哀れな女性たちにどんなことを強いるか、ぼくにはもうわかっていたし、確かにバーバラは一インチたりとも譲らないだろうが、ミセス・シャノンについてはそれほど確かではなかったからね。そして金庫はまだ開いていて、スタンワースはリボルバーを持ったまま椅子に座っていた。ぼくが近づくのを見るとニヤリと笑い、あまり退屈してなければよいがと言ったよ。ぼくは何も言わず（その頃には怒りのあまり口も利けないくらいだった）まっすぐ彼の方に向かい、彼はぼくの表情から何をするつもりか悟ったんだろう。とにかくあと数フィートのところまで近づいた時、彼はさっとリボルバーをこちらに向け、発射した。

幸い弾は外れ、後ろで花瓶が割れるのが聞こえた。ぼくは突進し、彼の手首をつかんであらん限りの力で、銃口が彼自身の額にまっすぐ向くまでねじり上げた。それから引き金にかかった彼の指の上から、自分の指に力を込めて撃った。それだけさ。

自分が何をしているか、立ち止まって考えたりはしなかった。そんな時に考えられたはずもない。ただぼくにわかっていたのは、スタンワースを殺さなくてはならないということだった。狂犬やネズミやその他の害獣を殺さなきゃならないのと同じようにね。実際彼が死んでしまったら、ぼくはもう何の注意も払わなかったよ。拭い去った汚物、ただそれだけのことだ。一瞬たりとも良心の呵責なんて感じなかったし、その時だけじゃなくそれ以来ずっとそうさ。ある意味妙なことだよね」

「そんなことを感じるような奴は、女々しい能無しだよ」ロジャーは断言した。

「それじゃぼくは女々しい能無しじゃないってことだ」アレックは少し笑いながら答えた。「だって確かにまるっきり感じなかったからね。さて奴が死ぬとたちまち、ぼくは冷静そのものになった。ほとんど考えるまでもなく、何をすべきか正確にわかっていたよ。まず最初に、邪魔が入った場合に備えて金庫の中の証拠を隠滅し、それから逃げなければならなかった。金庫内の書類を燃やすのに、大して時間はかからなかったよ。棚の一段が全部そうで、どれもさまざまな宛先が記された封筒に入っていた。合わせて十六、七通あっただろうね。開けもせずに暖炉で燃やし、見落としがないか確かめるため、他の棚の内容にもざっと目を通した。

その時まで、いいかい、この事件が殺人以外のものに見えるとは思いもしなかった。そしてぼくがやったことが突き止められたら単に、彼が最初発砲してきて、正当防衛のために撃ったと言うつもりだった。脅迫という、口外するわけにはいかない事実を表に出すことにならなければ、ぼくはまっすぐ警察に行って、何もかも話していただろう。それから彼が横たわった椅子をちらっと見た時に、まるで自分を撃ったように見えると思いつき、すべてを自殺に見せかけることはできるだろうかと考えはじめたんだ」

「この四十八時間というもの、きみがそう見せかけようとしていた他愛ない鈍物なんかじゃないことを、ぼくは知っていた──」

とロジャーが口を挟んだ。「それで？」

「まあ、すべての段取りがすぐに浮かんだわけではなかった。まず金庫を閉めることから始め、鍵を奴のベストのポケットに入れた。後で間違ったポケットだったとわかったけどね。それから花瓶の破片を片づけ、とりあえず自分のポケットに押し込んで、スタンワースの手にあるリボルバーを調べた。うれしいことに弾倉に手が届き、彼の手を緩めることなく最初の弾の薬莢を取り出せることがわかったので、そうしたんだ。格子窓に関するぼくの知識については、きみの言う通りだ。あのハンドルの秘訣は子供の頃知ったんだが、どうやって全部施錠したままで部屋を出られるか気づいた時、しめたと思ったよ。いやまったく、誰かに見抜かれるとは思いもしなかった！」

「ぼくが手掛かりをつかむだろうとは、予想してなかったんだね」ロジャーは控え目な誇りを見せて言った。

「そう、きみがあれを発見した時には飛び上がったよ。ええと、次に何をしたんだっけ？　そうそう、手紙だ。金庫を閉めたままスタンワースが自殺したと知ったら、彼らが死ぬほど震え上がるのはわかっていた。鍵があっても組み合わせを知らなければ、誰にも開けられないからね。それに目下の動揺の中で、ミセス・プラントか誰かが重大な点を漏らしてしまうかもしれないと思った。それでぼくは座ってあの三人への手紙を、苦心して書き上げたんだ。というのも金庫の中で見たものから、ジェファスンとレディ・スタンワースも巻き込まれていることを知ったからだ。もちろんぼくが手紙に何と書いたかは知ってるね。そうして最後に一通り見回して、ふとくずかごの中も見た方がいいと思いついたんだ。一番最初に目にしたのは、ほんのわずかに皺《しわ》の寄った一枚の紙で、スタンワースのサインが書いてあった。すぐさまぼくは独り言を言ったよ――駄目押しのために遺書をこしらえたらどうだろう？　そしてサインの上にタイプしたのさ。

もちろんこれだけのことをするには、えらく時間が掛かったよ。実のところすでに四時近くだった。それまでの二時間はごく冷静だったけど、ひどく疲れはじめていたので、その後は一つ二つへまをやってしまったんだ。例えばくずかごをちゃんと調べなかったから、きみが見つけた別のサインが書かれた紙を放置してしまった。それから花壇の足跡をならしておくのも忘れた。きみが見つけた時には、我が身を呪ったよ！　それにあの花瓶の破片を、書斎と食堂の間の植え込みに捨てるべきじゃなかったんだろうな」

「でもどうやって室内に戻ったんだ？」ロジャーは尋ねた。

「ああ、書斎にすっかり鍵を掛ける前に、食堂を通り抜けて窓を開けておいたんだ。そしてただ格子窓を出てぐるっと回って食堂から入り、食堂のドアに鍵を掛けて寝室に上がったんだ。これで全部さ」

「そしてちょうどいい時間だ」窓から外を見ながらロジャーは指摘した。「あと五分でヴィクトリア駅に着く。こんなに話してくれてどうもありがとう、アレック。さあ、あとは全部さっさと忘れてしまおうじゃないか」

「少しばかり悩んでいることが一つあるんだ」アレックはのろのろと言った。「バーバラに話すべきだと思うかい?」

「まさか、何を言うんだ!」ロジャーは愕然として友を見つめながら叫んだ。「いったい何のために話すというんだ? 母親の汚点をきみに知られたという恥辱で、彼女はただもう打ちのめされるだろう。おまけに多少なりとも自分のために、きみが人殺しをしたという事実が、彼女をひどく苦しめるだろうよ。もちろん話そうなんて夢にも考えちゃいけない、馬鹿だな!」

「たぶんきみが正しいんだろうな」アレックは窓の外を眺めながら言った。

汽車はスピードを落としはじめ、長い蛇のようなヴィクトリア駅のプラットフォームが見えてきた。ロジャーは立ち上がり、スーツケースを棚から下ろしはじめた。

「今夜は町に泊まって、夕食と芝居に出かけないか?」彼は陽気に言った。「この二日間精力的に頭を使った後で、ちょっとした娯楽が欲しい気分なんだ」

アレックは何か心配している様子だった。

「ねえ」彼はぎこちなく言った。「どうも考えないではいられないんだ。ロジャー、本当に警察に行って話さない方がいいのかな? つまり、謀殺やその類いの罪で訴えられることはないと思うんだ。せいぜい故殺だろう。それにおそらく、正当防衛ということでまったく罪に問われないと思う。でもそれが正しいことだとは本当に思わないのか？」

ロジャーはうんざりして相棒をにらんだ。

「頼むからさアレック、時にはそういう、嫌になるほど月並みな考えは捨ててくれよ！」彼は軽蔑したように言った。

解説　レイトン・コートの方へ

羽柴壮一

『レイトン・コートの謎』The Layton Court Mystery は、一九二五年、ロンドンのハーバート・ジェンキンズ社から刊行されたアントニイ・バークリーの探偵小説第一作です。

近年、英国探偵作家の親睦団体ディテクション・クラブの歴史を掘り起こしたマーティン・エドワーズ『探偵小説の黄金時代』（原著二〇一五年刊。国書刊行会）が、大戦間〈黄金時代〉の作家群像を鮮やかに描いて大きな話題を呼びましたが、その錚々たる顔触れのなかでクラブを主導して一九二〇～三〇年代英国探偵小説界の中心的存在だったのが、ドロシー・L・セイヤーズとバークリーでした。エドワーズはクラブの設立と運営に尽力する二人の活躍を豊富な逸話とともに描いています。

アガサ・クリスティが「きわめて機知に富んだ推理と犯罪」「彼の作品はどれも面白く、魅力的で、最後のひとひねりの達人だ」と絶賛したように、バークリーの探偵小説は同時代の作家からも高く評価され、とりわけ『毒入りチョコレート事件』（二九）は一つの事件に六通りの解決を提示する独創的なプロットで、いわゆる〝多重解決ミステリ〟の嚆矢《こうし》となりました。

一方、フランシス・アイルズ名義の『殺意』(三一)では殺人者の視点から事件を物語る倒叙形式を採用、犯罪心理を深く掘り下げることでミステリの新しい可能性を切り開き、後世の作家にも大きな影響を及ぼしています。

ところがその重要性にもかかわらず、早くから全作に近い紹介が進められた他のミステリの巨匠たち――クリスティ、クロフツ、ヴァン・ダイン、クイーン、カーなどに比べて、バークリー・ミステリの紹介は大きく遅れ、『毒入りチョコレート事件』『試行錯誤』『殺意』などの代表作こそ翻訳されていたものの、その全体像、とくにロジャー・シェリンガムという名探偵のユニークな性格が明らかになったのは、一九九四年の『第二の銃声』新訳(国書刊行会〈世界探偵小説全集〉)以降のことなのです。その後、シェリンガム・シリーズの未訳作を中心に翻訳が進み、クラシックミステリ・リヴァイヴァルの流れの中でバークリー作品は新たな読者を獲得していきます。第一作『レイトン・コートの謎』の初訳(国書刊行会)刊行は二〇〇二年、なんと原著刊行から七十七年が経過していました。

なぜバークリーだけが、黄金時代の巨匠たちの中で、かくも長く不遇をかこつことになったのでしょうか(実はもう一人、同じように紹介に恵まれなかった巨匠がほかならぬセイヤーズで、彼女のピーター・ウィムジイ卿シリーズの全作紹介・再評価が始まったのもやはり九〇年代のことです)。その疑問に答えるためにも、まずは第一作『レイトン・コートの謎』の周辺を見ていくことにしましょう。

アントニイ・バークリーの出来るまで

私生活について語ることを好まず秘密主義を貫いていたバークリーですが、近年研究がすすみ、その謎多き生涯についても多くのことがわかってきました。詳細な伝記についてはエドワーズ『探偵小説の黄金時代』や、本文庫既刊『ピカデリーの殺人』の小林晋氏による解説、バークリー作品の解説を多く手掛けた真田啓介氏の『古典探偵小説の愉しみI　フェアプレイの文学』(荒蝦夷)などをご覧いただくとして、ここではごく簡単に、『レイトン・コートの謎』出版までの道のりをたどりなおしておきます。

アントニイ・バークリー・コックスは、一八九三年、イングランド南東部のハートフォードシャー州ワトフォードに生まれました。父親は医師で、本書の献辞にあるように相当な探偵小説好きだったようです。小さい頃から慣れ親しんだ医学的な知識や環境は、のちに作家になってから大いに役立ちました。バークリーの作品に、しばしば地方医師が重要な役どころで登場するのはご存じの通りです。母親は地方の名門の出身で、彼女や学業優秀な妹弟への複雑なコンプレックスは、アイルズ名義の『被告の女性に関しては』(三九)に色濃く反映されています。

パブリック・スクールからオックスフォードへ進んだバークリーは、大学では古典を学び、一九一四年に第一次世界大戦が始まるとノーサンバランド聯隊第七大隊に入隊、中尉にまで昇進しますが、フランスの戦場で毒ガス攻撃を受け、さらに砲弾の破片で負傷して除隊をやむなくされます。このあたりの経歴は、彼の創造した探偵ロジャー・シェリンガムのプロフィールにも、ほとんどそのまま使われていますが、第一次大戦という未曾有の戦禍を実体験したことは、その探偵小説にも少なからぬ影響を及ぼしていると思われます（シェルショックのため退役したセイヤーズのピーター卿や、陸軍病院で看護師として働いたクリスティの経験なども想起されます）。戦時中の一七年には、最初の結婚もしています（三二年に離婚）。

　戦後はさまざまな職業を転々としますが、結局、定職にはつかず、やがて文筆活動に入ります。学生時代に雑誌に詩を投稿したこともあるバークリーですが、本格的なデビューは一九二二年頃のこと。『パンチ』『ユーモリスト』といった雑誌に、A・B・コックスの名前で軽いスケッチ風の文章を寄稿しはじめます。やがてウッドハウス風のユーモア小説を書いたり、アマチュア劇団に関係したりと、次第に活動の場を広げていきました。

　すでに『パンチ』時代に、探偵小説は良い市場に恵まれた唯一の小説ジャンルである、という意見を表明していたバークリーは、探偵作家に転身したのは「そのほうが実入りが良いことを発見したから」と後に述懐しています。とはいえ、執筆に手を染めたのは、やはり本書の献辞にもある通り、かねてからの探偵小説好きが嵩《こう》じてのことに違いないでしょう。二〇年代に入って、クリスティ、クロフツ、セイヤーズ、コール夫妻、フィリップ・マクドナルド、ジョン・ロードといった有力作家が次々に登場して長篇探偵小説を発表、〈黄金時代〉がいままさに始まろうとしていました。『パンチ』の先輩作家A・A・ミルンも、『赤い館の秘密』（二二）という傑作をすでに発表しています。探偵小説マニアの青年作家がこれに刺戟を受けなかったはずはありません。

こうして書き上げられた第一作『レイトン・コートの謎』は一九二五年、著者名を〝?〟とする匿名で刊行されました。アマチュア探偵ロジャー・シェリンガムが活躍するこの作品は予想以上の好評を博し（それまでの著作の二十倍の売上げがあったとも）、これに気を良くしたバークリーは、翌二六年、同じくシェリンガムを主人公とした第二作『ウィッチフォード毒殺事件』を、今度は〝『レイトン・コート』の著者による〟というこれまた匿名で発表します（『レイトン・コート』は第三版、『ウィッチフォード』は第二版から、アントニイ・バークリーの作者名で出版されています）。〝探偵作家〟アントニイ・バークリーはこうして誕生し、作中のシェリンガム同様、人気作家の仲間入りを果たします。以後、一九三九年の Death in the House まで、バークリー名義で全十四冊の長篇が書かれ、そのうちの十冊がシェリンガム物となっています。

バークリーの新探偵小説宣言

『レイトン・コートの謎』出版までの経緯を振り返ったところで、早速、本書のページをめくってみることにしましょう。冒頭に掲げられているのは父親に宛てた献辞です。探偵小説の大ファンのお父さんのために、ぼくもひとつ探偵小説を書いてみた、とはなかなか泣かせる話ではありませんか。クリスチアナ・ブランドの回想録に描かれた狷介《けんかい》な人物像や、中期の皮肉な笑いに満ちた作品群によって、すっかり「意地悪」だの「ひねくれ者」だのといった評判が定着してしまった感のあるバークリーですが、この短い文章には父親に対する温かい感情があふれています。やはり父親に捧げられたミルンのユーモア探偵小説『赤い館の秘密』を思い出される方も多いことでしょう（他にもこの二作には、カントリーハウスの書斎で起きた射殺事件に、屋敷に居合わせたアマチュア探偵が友人をワトスン役に仕立てて捜査に乗り出すという設定や、軽快なユーモアなど、多くの共通点がみられます）。

バークリーは、しばしば献辞のかたちをとった序文のなかで、探偵小説に関する提言、ないしは宣言を行なっています。もっとも有名なのは「人間性の謎」の重要性を謳った『第二の銃声』（三〇）の序文でしょうが、この第一作でも、バークリーははやくも重要な主張を展開しています。要約すると、ホームズ型の超人的な名探偵ではなく、時には間違いも犯す、もっと人間的な探偵を創造し、作品全体に自然な雰囲気を与えること、読者に対してすべての証拠を提示し、フェアプレイを貫くことの二点です。

どちらもごく真っ当な主張のように思えます。しかし、二十世紀初頭、ホームズの成功を追いかけるように登場した名探偵たちの多くは、ことさらにエクセントリックな性格を競い、探偵役の設定はますます奇抜なものに、そしてその推理能力は次第に人間離れしたものになっていました。

こうした小説に登場する探偵たちの、これ見よがしの奇矯さや思わせぶりの言動に対する批判は、バークリーの作品ではおなじみのものです。ロジャー・シェリンガムという探偵が、それまでの探偵小説にみられたような、正確無比な推理機械の如き名探偵たちのアンチテーゼとして構想されたことは、たとえば『ジャンピング・ジェニイ』米版（三三）に付されたシェリンガム小伝の次の一節でも、あらためて表明されています。

小説家ロジャーがその職業の悪い見本にはなるまいと決意していたように、探偵ロジャーも、小説によくあるような（彼が探偵を始めたころの小説によくあるような、というべきか。というのはその後、探偵の流行はかなり変わったからだ）、尊大で、人を苛立たせる探偵にはなりたくないと思っていた。彼は自分が、痩せた尖り顔で、唇をぐっと引き結び、鷹のように鋭い目をした探偵を気取ることなどできないのをよく知っていた。また、彼のおしゃべりな性格では、謎めいた存在になどなりようがなかった。結果的に彼は正反対の極に走り、快活すぎるくらいになった。

『レイトン・コートの謎』で初登場するロジャー・シェリンガムは、三十代半ばの人気小説家（ただし探偵作家ではない）で、趣味は犯罪学、並外れた好奇心の持ち主で、快活で、無類のおしゃべり好き。回転の速い（すこしばかり想像力過多の）頭脳と休みを知らぬ恐るべき舌をのぞいては、とくに特殊な能力があるわけでもない、ごく普通の人間です。そして序文にあるように「時には一つ二つ間違いをしでかす」存在でもあります。旧時代の名探偵たちの時に不自然なまでに誇張された性格と比べると、きわめて自然で、人間的なキャラクターといえるでしょう。ちなみに『娯楽としての殺人』（四二）のハワード・ヘイクラフトは、バークリーをE・C・ベントリー『トレント最後の事件』（一三）のナチュラリズムの継承者に位置付けています。

滞在中の屋敷で起きた事件に探偵役の名乗りをあげたシェリンガムは、ワトスン役に指名した友人アレックに対して、何かを発見したら、どんなことでも必ず知らせることを約束し、それを実行していきます。「これこそ唯一のフェアなやり方」というわけです。何を当たり前のことを、と云われそうですが、しかしこの時点では、ヴァン・ダインの二十則も、ノックスの十戒も、ディテクション・クラブの誓言も、クイーンの読者への挑戦も、まだ書かれてはおりません。古いタイプの探偵小説では、探偵が重要な手がかりを読者には伏せておいて、解決場面でここぞとばかりに持ち出してくる、というようなことが実際によくありました。一九二〇年代に入って長篇時代が本格的に始まると、それに呼応するように、謎解き小説の「ゲームの規則」を求める動きも顕著になっていきます。フィリップ・マクドナルドやJ・J・コニントンなどのフェアプレイを意識した作品がこの前後に登場していますが、バークリーの宣言は文章化されたものとしては最初期の例の一つでしょう。ちなみに、クリスティ『アクロイド殺害事件』のトリックがフェアプレイか否かをめぐって大きな論議を呼んだのは、翌二六年の出来事です。

短い、しかし探偵小説史的に重要な意味をもつ序文をあらためて確認したところで、いよいよ、ある夏の朝、レイトン・コートの書斎で発見された死体の方へと足を伸ばしてみることにしましょう。**（以下、本書の内容に触れた部分がありますのでご注意ください）**

書斎の死体

さわやかな夏の朝、ハウス・パーティに招待されていたレイトン・コートの庭をぶらついていたロジャー・シェリンガムが、仕事中の庭師に一方的に話しかけては煙たがられる愉快な場面からこの小説は始まります。

その朝、屋敷の主人がいっこうに姿を見せないのに不審を抱き、錠のかかった書斎のドアを押し破った一同は、額を撃ち抜かれ絶命した主人スタンワース氏の死体を発見します。現場は完全な密室状態で、手には拳銃を握りしめ、署名入りの遺書もあったことから、駆けつけた地元の警察は自殺を示唆しましたが、シェリンガムはスタンワースの秘書や滞在客たちの怪しげな言動に疑惑を抱き、アマチュア探偵の名乗りを上げます。そして、額の傷の不自然な位置から殺人事件の可能性を導き出した彼は、気の進まない年下の友人アレックを無理やり助手に指名すると、事件の調査に乗り出したのです。

傷痕の件で冴えたところをみせたシェリンガムは、多少の脱線はありながらも、消えた花瓶やタイプで打たれた遺書を手がかりに素晴らしい推理を展開し、さらには密室の謎も解き明かして、実際に殺人があったことを証明します。続いて窓の外の花壇に残された足跡も発見して、初めての探偵仕事は順調に成果をあげていきます。そして、入手した証拠から「謎のよそ者」の存在を察知したシェリンガムは、ついにスタンワース氏が死ぬほど恐れていたという「凶暴な」奴の居場所を突き止めることに成功します……。ところが、シェリンガムはそこでとんでもない大失態を演じることになり、軽やかなユーモアは爆笑へと転じます。

しかし、シェリンガムはめげることなく振り出しに戻って事件に取り組み、やがて被害者の隠された顔が明らかになると、事態は意外な展開を見せはじめます。

探偵の喜劇

献辞のかたちをとった序文であらかじめ予告されているとおり、ロジャー・シェリンガムは「時には一つ二つ間違いをしでかす」名探偵です。探偵の失敗を描いた小説はいくつもありますが、彼ほど何度も繰り返し間違える探偵は他に類をみないでしょう。わずかな手がかりから、シェリンガムはたちどころに仮説を組み立ててみせますが、その多くはあっという間に行き詰まり、あるいは覆されてしまいます。

しかし、一九四〇年代に「探偵の失敗」というテーマに真正面から取り組んだエラリー・クイーンが、それを名探偵の悲劇としてとらえたのに対して、バークリーは一貫してこれを探偵の喜劇として描きつづけました。E・C・ベントリー直系の喜劇的探偵小説の継承者でもあるバークリーのシェリンガム・シリーズは、もともと探偵小説のパロディとして構想されたという『トレント最後の事件』の延長線上に、様々な変奏曲をかなでています。しかし、その存在自体がいわば一つのジョークであり、名探偵のパロディであったはずのシェリンガムも、先輩のフィリップ・トレント同様、読者から予想外に真面目に受け取られてしまったために、後の作品では、むしろその不真面目さを減じるようにしなければなりませんでした。それと同時に、本書を始めとする初期作品の朗らかな明るいユーモアにも、次第に苦いものが混じるようになり、笑いはひとひねり屈折の度を深めていきます。

それでもロジャー・シェリンガムは、最後までその喜劇的性格を失ってはいません（といっても、シリーズ最終作『パニック・パーティ』は例外かもしれません）。まるでドン・キホーテのように、シェリンガムは謎に向かって突進していきます。その豊かすぎる想像力は、ときに火のないところに煙を見、風車を怪物と思い込んでしまいます。後年の傑作『最上階の殺人』『ジャンピング・ジェニイ』では、想像力が妄想の域にまで達した探偵の暴走ぶりが最大の見どころとなっています。

一つの事実からはいくらでも異なる解釈を引き出すことができる、というのがバークリーの探偵小説なのです。たとえばホームズは、依頼人の靴を観察して、「あの地方独特の粘土が付いている」から、そちらから来たのですね、というような推理の仕方をします。そして、それはつねに正解なのです。それに対してバークリーは、本当にそうなのかな、と感じていたのでしょう。靴にある地方の粘土が付いていたからといって、必ずしもその土地から来たとは限らないんじゃないか。同じ証拠からまったく別の答えを引き出すことだってできるんじゃないか、と。

バークリーは事実の絶対に正しい読み解き方というものに、不信の念を抱いていたのでしょう。世界という「書物《テクスト》」はどのようにも読むことができる。しかしそれは、あらゆる手がかりが合理の糸によって唯一絶対の解決へと収斂されていく、いわゆる「本格」探偵小説とは本来相容れない考え方なのかもしれません。黄金時代探偵小説の巨匠たちのなかで、ひとりバークリーだけが本格的な紹介が遅れてしまった背景には、彼の作品に内在するこのような異質さが、かつての日本の「真面目な」探偵小説ファンには受け入れにくかったこともあったのではないでしょうか。同時に、いまバークリー作品が熱烈な支持を得ている理由の一つもそこにあるような気がします。

ともあれ本書『レイトン・コートの謎』は、巧妙な手がかりと楽しい脱線、明るいユーモアとウィットに満ちた会話、そして何よりも意外な真相と、読みどころの多い優れた探偵小説です。黄金時代から現代までを通じて最も重要な探偵作家のひとり、アントニイ・バークリーの出発点である本作をお楽しみいただければと思います。

アントニイ・バークリー著作リスト

☆＝ロジャー・シェリンガム・シリーズ

アントニイ・バークリー名義

The Layton Court Mystery（1925）『レイトン・コートの謎』※本書 ☆
The Wychford Poisoning Case（1926）『ウィッチフォード毒殺事件』晶文社 ☆
Roger Sheringham and the Vane Mystery［米版 The Mystery at Lover's Cave／改題 The Vane Mystery］（1927）『ロジャー・シェリンガムとヴェインの謎』晶文社 ☆
The Silk Stocking Murders（1928）『絹靴下殺人事件』晶文社 ☆
The Poisoned Chocolates Case（1929）『毒入りチョコレート事件』創元推理文庫 ☆
The Piccadilly Murder（1929）『ピカデリーの殺人』創元推理文庫
The Second Shot（1930）『第二の銃声』創元推理文庫 ☆
Top Storey Murder［米版 Top Story Murder］（1931）『最上階の殺人』創元推理文庫刊行予定 ☆
Murder in the Basement（1932）『地下室の殺人』国書刊行会 ☆
Jumping Jenny［米版 Dead Mrs Stratton］（1933）『ジャンピング・ジェニイ』創元推理文庫 ☆
Panic Party［米版 Mr. Pidgeon's Island］（1934）『パニック・パーティ』原書房 ☆

Trial and Error（1937）『試行錯誤』創元推理文庫

Not to Be Taken［米版 A Puzzle in Poison］（1938）『服用禁止』原書房

Death in the House（1939）

The Roger Sheringham Stories（1994）※短篇集（没後編集）☆

The Avenging Chance and Other Mysteries from Roger Sheringham's Casebook（2004）※短篇集（没後編集）☆

フランシス・アイルズ名義

Malice Aforethought（1931）『殺意』創元推理文庫

Before the Fact（1932）『犯行以前』ハヤカワ・ミステリ／同改訂版（1958）『レディに捧げる殺人物語』創元推理文庫

As for the Woman（1939）『被告の女性に関しては』晶文社

A・B・コックス名義

Brenda Entertains（1925）※ユーモア短篇集

Jugged Journalism（1925）※実践篇を添えたジャンル別創作入門

The Family Witch（1926）※ユーモア・ファンタジー

The Professor on Paws（1926）※SF風ユーモア小説

Mr. Priestley's Problem［米版 The Amateur Crime］（1927）『プリーストリー氏の問題』晶文社
O England!（1934）※エッセー
A Pocketbook of 100 New Limericks（1959）※リメリック集。私家本
A Pocketbook of 100 More Limericks（1960）※リメリック集。私家本

A・モンマス・プラッツ名義

Cicely Disappears（1927）『シシリーは消えた』原書房（邦訳はバークリー名義）

合作（いずれもバークリー名義）

The Floating Admiral（1931）『漂う提督』ハヤカワ・ミステリ文庫
Ask a Policeman（1933）『警察官に聞け』ハヤカワ・ミステリ文庫
Behind the Screen（1983／初出 1930）『屏風のかげに』（中央公論社『ザ・スクープ』所収）
The Scoop（1983／初出 1931）『ザ・スクープ』中央公論社

ロジャー・シェリンガムは何故おしゃべりなのか？

法月綸太郎

アントニイ・バークリーがどういう作家だったのか、日本の読者にも理解できるようになったのは、たぶん二十一世紀に入ってからである。レギュラー探偵のロジャー・シェリンガムも一九九〇年代前半までは今イチぱっとしない存在だった。知名度のわりに翻訳に恵まれず、戦後もずっと冷遇されてきたキャラクターで、むしろ二番手のチタウィック氏の方が格上と目されていたのではないか。『毒入りチョコレート事件』で損な役回りを振られたせいか、あるいはフランシス・アイルズ名義の犯罪小説が高く評価された反動か、旧世代の本格ミステリマニアはシェリンガムのことを舐《な》めていたと思う。

シェリンガム探偵が見直されるようになったきっかけは一九九四年、「世界探偵小説全集」（国書刊行会）の第一回配本として『第二の銃声』の完訳が出たことだろう。九八年の『地下室の殺人』をへて、バークリー・リバイバルが最初のピークに達したのは『ジャンピング・ジェニイ』と『最上階の殺人』が相次いで訳された二〇〇一年のこと。同年暮れに刊行された「2002年版　本格ミステリ・ベスト10」で、この二作が海外ランキングの一位と三位の座を占めたほどである（同じ年の四位にドロシー・L・セイヤーズ『学寮祭の夜』がランクインしているのも感慨深い。英ディテクション・クラブを牽引したバークリーとセイヤーズは、日本での再評価もほぼ同時進行だった）。

『ジャンピング・ジェニイ』『最上階の殺人』の最強コンボは、クラシック本格の愛好家に多大なインパクトを与えたが（どちらをより高く評価するかで、ファンの意見が真っ二つに分かれた）、個人的には『レイトン・コートの謎』と『被告の女性に関しては』が訳された二〇〇二年の印象が強い。この二作は探偵小説家バークリー（アイルズ）のデビュー作と最終作で、特にロジャー・シェリンガムが果たした役割に関しては、キャラクターの原点に遡《さかのぼ》る『レイトン・コートの謎』を読んでやっと腑《ふ》に落ちた覚えがある。

『レイトン・コートの謎』はバークリーの初々《ういうい》しい探偵小説愛がストレートに出た作品で、法や正義を相対化する皮肉な視点より、牧歌的で気の置けないユーモアの方が上回っている。性格描写にも余裕が感じられ、後に表面化するギスギスした厭人《えんじん》癖はそれほど目立たない。こんなに愉快な英国ミステリが二〇〇二年まで未訳だったのも不思議だが、たぶんバークリーに対する妙な先入観が邪魔をして、訳す側の目が曇《くも》らされていたのだろう。実際にこのデビュー作を読めば、シェリンガムの人となりはもちろん、ニューフェイスならではの迷いのない快活さの中にその後の作風の発展の芽が胚胎《はいたい》しているのがわかる。そういう意味で、これからバークリー作品を読んでいこうという人は本書から入るのがベストだと思うし、すでに次作以降の本を読んでいる人にとっても、なるべく早く履修してほしい作品である。

本書に限らず、当時のイギリス探偵小説界には、アマチュアの「探偵ごっこ」を歓迎する独特の多幸感が広がっていたようだ。そうした空気を知るには、石上三登志《みつとし》『名探偵たちのユートピア　黄金期・探偵小説の役割』（東京創元社）が参考になるだろう。石上氏は第2章「それぞれなりの『ホームズ』論」で、E・C・ベントリー『トレント最後の事件』、A・A・ミルン『赤い館の秘密』、ロナルド・A・ノックス『陸橋《りつきよう》殺人事件』、コール夫妻『百万長者の死』、ジェームズ・ヒルトン『学校の殺人』といった作品を取り上げ、それらの長編が非プロパー作家による一作きりの「ホームズ」論として書かれていることを指摘する（実際はこの要約からはみ出るケースも多いけれど）。この章の記述は「創元推理21」二〇〇三年春号が初出だが、惜しむらくは石上氏がその前年に訳された『レイトン・コートの謎』に言及しなかったこと。初登場時のシェリンガムは、これらの作品のアマチュア探偵たちと志を同じくする仲間にほかならないからである。

特筆すべきは、ゴルフ仲間のアマチュア探偵四人組が推理合戦を繰り広げるノックス師のデビュー作『陸橋殺人事件』が、本書と同じ一九二五年に出版されていることだろう。やはりユーモアを基調とした探偵小説のパロディで、多重推理を志向するバークリーの作風と同時代の空気を共有する。ついでにわが国の探偵小説界に目を向けると、同年（大正十四年）には明智小五郎の初登場短編「D坂の殺人事件」（江戸川乱歩）が発表されている。ロジャー・シェリンガムと明智探偵は同期デビューになるわけで、そう思って読むと初期の明智の胡乱《うろん》なキャラクターもシェリンガムに通じるところがありそうだ。

翌一九二六年には、アガサ・クリスティ『アクロイド殺害事件』のトリックがフェアプレイか否かをめぐって大きな議論を呼んだ。心理的探偵法を打ち出し「アメリカ探偵小説は一夜にして成人に達した」と評されたS・S・ヴァン・ダインのデビュー作『ベンスン殺人事件』が出たのも二六年で、この時期に英米探偵小説が新しいフェーズに入ったことが見て取れる。同年『ウィッチフォード毒殺事件』にロジャー・シェリンガムを再登板させたバークリーは、彼らより一足早くフェアプレイというコンセプトを探偵役のキャラクターに実装し、探偵小説が進むべき道を先導していた。

よく言われるように、シェリンガムはおしゃべりな探偵である。彼の評判を示す例として、トミーとタペンスのベレズフォード夫妻が活躍するクリスティの短編集『二人で探偵を』（一九二九年）を挙げておこう。「牧師の娘」事件の予告編に当たる場面で、トミーは「次回の事件は、ロジャー・シェリンガムふうにいきたいな」と持ちかける。「きみがロジャー・シェリンガムになるんだ」と告げられたタペンスは、「たっぷりお喋りしなければならないのね」（「破れないアリバイなんて」、一ノ瀬直二訳）と答える。さらに「牧師の娘」本編の冒頭でも、シェリンガムの「おしゃべり」設定があらためて揶揄《やゆ》される。

実は昔からこの設定がもうひとつピンと来なかったのだが、『レイトン・コートの謎』を読んでやっとその意味を理解した。腑に落ちたというのはそのことで、シェリンガムがおしゃべりなのは「名探偵の秘密主義」、すなわち推理の恣意《しい》的な囲い込みに対する異議申し立てなのである。

「ホームズがワトスンにやっていたような、隠し事はしないな？」

「もちろんさ、きみ！ それを言うなら、隠したくてもできないよ。ぼくは誰かに打ち明けて相談せずにはいられないんだ」（第6章、傍点法月）

シェリンガムは捜査の各段階で、読者に対して／あるいはワトスン役のアレックに対しても、内心の推理過程を隠さない。フェアプレイを行う性格的な裏付けとして、心の声がダダ漏れのおしゃべりなキャラクターが必要とされているということだ。

それだけではない。隠し事をしないことはプロットにも影響する。「調べを進めていく時は、二人一緒だ。きみに知らせないどころか、きみの同意なしには何もしない。それこそフェアなやり方だ」（同章）。ところがシェリンガムのフェアプレイ宣言は、諸刃《もろは》の剣《つるぎ》となって思いがけない結末を引き寄せてしまう。犯人の意外性と叙述の整合性《コンシステンシー》を両立させるのに欠かせない条件として、シェリンガムの性格が造型されているわけだ。だからバークリーという作家は、最初から登場人物の性格とプロットの調和を最優先事項として、探偵小説を書き始めたと考えなければならない。

フェアプレイの遵守《じゅんしゅ》とは捜査と推理のプロセスを省略しないで、読者に対してきちんと説明することである。短編中心だった探偵小説が第一次大戦後、長編主体に移行していく中で、そうしたプロセスを十全に記述することがようやく可能になったともいえる。読者を退屈させずに事件のデータを提示し、スムーズにディスカッションを進めていく文体、すなわち「他のもっと軽い小説と同じように、自然な雰囲気を作り出す」（序文）ため、シェリンガムのおしゃべりなキャラクターは必須の要素だった。探偵小説家としてのバークリーは、まずそのような地点から第一歩を踏み出したのである。

本書は二〇〇二年、国書刊行会から刊行されたものの文庫化である。

編集　藤原編集室

検印
廃止

訳者紹介　1963年長崎市生まれ。お茶の水女子大学文教育学部卒業。翻訳家。訳書にP・ワイルド「悪党どものお楽しみ」「探偵術教えます」、グルーバー「ケンカ鶏の秘密」などがある。

レイトン・コートの謎

2023年8月31日　初版

著者　アントニイ・バークリー

訳者　巴《ともえ》　妙《たえ》子《こ》

発行所（株）東京創元社
代表者　渋谷健太郎

162-0814/東京都新宿区新小川町1-5
電話　03・3268・8231-営業部
　　　03・3268・8204-編集部
URL　http://www.tsogen.co.jp
DTP　萩原印刷
暁印刷・本間製本

乱丁・落丁本は、ご面倒ですが小社までご送付ください。送料小社負担にてお取替えいたします。

ISBN978-4-488-12308-6　C0197

貴族探偵の優美な活躍

THE CASEBOOK OF LORD PETER◆Dorothy L. Sayers

ピーター卿の事件簿

ドロシー・L・セイヤーズ

宇野利泰 訳　創元推理文庫

◆

クリスティと並び称されるミステリの女王セイヤーズ。
彼女が創造したピーター・ウィムジイ卿は、
従僕を連れた優雅な青年貴族として世に出たのち、
作家ハリエット・ヴェインとの大恋愛を経て
人間的に大きく成長、
古今の名探偵の中でも屈指の魅力的な人物となった。
本書はその貴族探偵の活躍する中短編から、
代表的な秀作７編を選んだ短編集である。

収録作品＝鏡の映像,
ピーター・ウィムジイ卿の奇怪な失踪,
盗まれた胃袋，完全アリバイ，銅の指を持つ男の悲惨な話,
幽霊に憑かれた巡査，不和の種、小さな村のメロドラマ

〈レーン四部作〉の開幕を飾る大傑作

THE TRAGEDY OF X◆Ellery Queen

Xの悲劇

エラリー・クイーン

中村有希 訳 創元推理文庫

◆

鋭敏な頭脳を持つ引退した名優ドルリー・レーンは、
ニューヨークで起きた奇怪な殺人事件への捜査協力を
ブルーノ地方検事とサム警視から依頼される。
毒針を植えつけたコルク球という前代未聞の凶器、
満員の路面電車の中での大胆不敵な犯行。
名探偵レーンは多数の容疑者がいる中から
ただひとりの犯人Xを特定できるのか。
巨匠クイーンがバーナビー・ロス名義で発表した、
『X』『Y』『Z』『最後の事件』からなる
不朽不滅の本格ミステリ〈レーン四部作〉、
その開幕を飾る大傑作！